七夜

SEVEN NIGHTS

林北尘◎著

北京联合出版公司
Beijing United Publishing Co.,Ltd.

CONTENTS 目录

CONTENTS
目录

1 记 忆 的 裂 痕

有这样的传闻：人在临死前的刹那，会回忆起自己的一生。

那再短不过的瞬间，在濒死者脑海中却长如永恒。

"如果这一刻当真如此漫长，原本尘封的记忆又是否会被唤起？"无尽的黑暗中，她是这样想的。

然而这问题，该去问谁？

生者不得而知，死者已然离世。

每当思绪一片朦胧的时候，林晓夕总爱回忆自己的过往。会想刚分手的男友以前对她有多好，信誓旦旦要娶她，执子之手，与子偕老；想到高中老师告诉她大学生活有多美满，而她至今一点也没感受到；想童年的时候父亲背着她走一段山路，结果失足跌入山下，留她一个小女孩在山崖上吹着冷风……

这种时候，她往往可以想到一些原以为被遗忘的往事。

然而，有一段时间里，她的记忆出现了断裂，无论怎么努力去回忆，都无法想起当时发生了怎么样的事情。

父亲背着她穿过山洞与湖泊，因为深夜太暗坠入山崖。她孤独地忍受寒冷的黑夜，不住在风中发抖，到后面连哭的力气也没有了。而就在这样一个夜里，她遇到了一个人。那个人长什么样，说过什么，她都记不得了，总之在没有繁星的黑暗中，这个人毫无征兆的出现，好像生来就在寒风刺骨的山崖。接着，她被这个人带走了。

也就是在这个时候，林晓夕的记忆出现了裂痕，她不记得被那个人带到一个怎样的地方，也不记得这之间发生了什么事情，只记得她后来回到了家里，把爸爸摔死的事告诉了妈妈，母女二人抱着痛哭……

当时年幼的她并没有感觉什么不对，慢慢长大后，再次回忆起这段往事，一个巨大的疑问号出现了——那个人到底带她去了什么地方？这之间是不是发生了什么特别的事情？

无论林晓夕怎样努力，都回忆不起这段记忆裂痕。她尝试过从母亲那里得到答案，可自从父亲去世后，母亲的精神遭到巨大的打击，开始疯疯癫癫起来，说话经常不着边际。她大概了解到，父亲死后第二天，她就自己一人回到了家里，中间并没有发生什么特别的事情，也没有陌生人来她家。

于是林晓夕自己也想，当时年龄这么小，现实与梦境往往会发生混淆。长大后回忆起，也无从辨别是不是真的发生过。

父亲死后，她肯定做过很多关于那个山崖上的噩梦，而那个奇怪的人，有可能只是在她曾经的一个梦或者几个梦中出现过，导致她有了这样一段似乎真实发生过的记忆错觉。

尽管她这样去想，也无法改变她的记忆确实在那个时候出现了断带的事实，起码她连当时怎么回到家的过程都记不清，好像忽然一下就回到了家里，这又怎么可能？

"假如我即将死去，会不会忆起那个时候发生的事情？"林晓夕想。

……

"哐啷！"

猛烈的震动将林晓夕从冥想中拉了回来。

漆黑。

一片漆黑。

淡淡的汽油味飘进她的鼻子，旁边是一扇分辨不出颜色的窗户，窗外仍旧是漆黑一片，数不清的、大大小小的黑色残影如鬼魅般从窗外飘过。

林晓夕这才想起自己在公交车上。

"你醒了。"前面传来一个声音。

林晓夕眉毛抖了抖，前后左右瞧了一阵，讶然发现，偌大一辆公交车上，竟然只剩她一名乘客。

那么刚才那句话，只能是司机说的。

林晓夕看了看手机，深夜一点半……她想起这辆是夜间公交，也无怪乎人少。

"怎么会这么暗？"林晓夕看着车窗外。

公交车内外静得出奇，车子没有发出什么噪音。车外似乎是个完全未知的世界，而非她所熟悉的 N 市。

"过大桥进入城北区后，哪里都是这样。应该是停电了。"

"哦。"林晓夕把目光从漆黑一片的窗外收回，"现在到哪了？"

"离 H 大还有五站。"司机回答。

"你知道我去哪儿？"林晓夕话一出口就发现自己问了个白痴问题。明眼人一看就知道她是学生，而这趟公交车剩下的站中只有 H 大一所学校，不去那儿还能去哪儿？

也许同样认为这问题太白痴，司机没有回答，而是问："需要开灯吗？"

"不用。"

"不怕黑？"

"怕……"林晓夕觉得有点冷，缩了缩脖子："但有的时候，光明比黑暗更可怕。"

黑夜中，只有两个人的公交车再次陷入了沉寂。

直到到达下一站，公交车经过一小段减速后缓缓停下。

在站台上停靠了一小会儿，再次启动。

"没有人也要停的吗？"林晓夕把快没电的手机放回口袋，打破车内短暂的沉寂。

"你赶时间？"司机反问。

"不。"林晓夕摇着头："反正都这么晚了，又有什么好赶的？"

"职业习惯吧。"司机算是回答了她的问题。

"这样啊……你应该是名很尽职的司机。"林晓夕猜测。

她话一说完，公交车猛然停了下来，发出非常刺耳的刹车声。

林晓夕感觉身体颠簸了一下，不由轻呼一声。坐稳之后，她听到车门打开的声音，才知道是有人要上车了。

这么晚了，怎么还有人上公交？

而且，这会儿停的位置，不是站台吧……

她忽然想到传说中 1995 年在首都发生的一起灵异事件，也是关于公交车，也是有人不在固定站台等车，中途把公交拦下……想到这些，林晓夕心里不禁抖了抖。

不过她很快就释然了。

随着车上的明灯亮起，她看清上来的人身份和她一样，是一名女大学生，圆脸，戴顶灰白色的鸭舌帽，背着一个浅绿色的小背包，体型偏瘦，脸色苍白。多瞄了几眼后，林晓夕发现这是一名乍一看并不惊艳，久之又会觉得很耐看的女生。

女生塞完硬币后，小声对司机道歉："不好意思，我怕待会儿没车了，所以没在站台等车。"

"快坐好吧。"司机语气也没有责备的意思。

戴鸭舌帽的女生缓缓往公交车后面走，看到林晓夕对她眨了眨眼，犹豫一下，坐到了晓夕旁边。

车上的灯又关了。

感受着四面的黑暗和淡淡的香水味，一种似曾相识的感觉飘过林晓夕心间，一闪即逝。

"你也是 H 大的学生吧？"林晓夕先打招呼。

女生点点头，把小背包轻轻放在大腿上。

平日，即便在外遇到同班同学，也没什么好稀奇。但是在这样一个整片城北区都没有电的夜里，在这样一趟空空荡荡的公交车上，能遇到校友，着实给林晓夕一种别样的感觉。

很快她就有想认识一下的冲动："你叫什么名字？哪个系的？"

"我叫怀婷。"女生嘴唇稍微动了动，只回答了一个问题。

林晓夕有点尴尬，感觉这个叫"怀婷"的女生似乎不太愿意和她说话。她以为自己的性格已经算是内向了，没想到碰上一个更内向的。

不过林晓夕也不在意，女孩子都比较谨慎，这么晚了，车里车外都黑乎乎的，天晓得谁是好人谁是坏人。

她转而把目光投到怀婷手里的那个包上，借助车窗外的月光打量了一番。

刚刚车灯亮的时候林晓夕就注意到这是一款特别精致的小背包，现在仔细看，果不出其然。背包呈梯形，通体淡绿色，小巧玲珑，上面镶嵌着几块透明的小塑料，在月光下像宝石一样闪闪发光，做工非常精细。

"好漂亮的包呀！"林晓夕赞美了一句。

没想到她这样夸了一句，怀婷倒显得不像之前那样冷淡了："是吗？"

"嗯！是别人送的吧？"看起来怀婷对这包挺在意，林晓夕猜测是她男朋友送的。

怀婷点了下头："是。"

林晓夕继续打量："不过感觉有点小哎，里面装的什么东西啊？"

她本想问"里面能装什么东西啊"，怎料一个不小心竟说错，这语义就完全不一样了，毕竟问陌生人这样的问题是很冒昧的。

怀婷睫毛微微一抖："没什么……衣服而已。"

可以察觉到，怀婷在说这句话的时候，眼神有点异样。

直觉告诉林晓夕，肯定是有个念头过了怀婷的脑子。

这包里，装的恐怕不是什么衣服。不过既然怀婷不愿意说，那也就算了，可能里面有不少钱吧……

林晓夕不再说话。

马上要到学校了，好像也没啥可说的。

陌生人要变成熟人，比熟人变成陌生人难太多。

有一点奇怪的是，自从刚才怀婷上车后，林晓夕就隐约感觉到这车上似乎有什么东西不太对劲。

"我最近是不是太敏感了？"林晓夕心里苦笑。虽然生活坎坷，但她一直也算乐观。看来男友的抛弃，终归还是给了她不小的打击。

很快，车到了H大的校门口。

从窗户往外看，外头依然漆黑一片，只有车灯探照的地方能看到校门口植种的花草，看来校内也是没有电的。

林晓夕叹口气，从座位上站起来。与此同时，在她旁边的怀婷举动却有些奇怪。只见怀婷先是从座位走到公交车过道上，然后往后退了一步，给林晓夕让出了路。

"你不在这站下吗？"这是林晓夕的第一反应。

"不……"怀婷摇头："我夜盲，你走前面吧。"

夜盲？

怀婷是忽然在中途上车的，夜盲的人，能在这样一个黑漆漆的夜里做什么？

林晓夕当然难以置信，但她还是走在了前面，然后听到怀婷从后面跟上来的声音。

她难道怕我在后面会对她做什么吗？林晓夕暗想。

"小心哪。"一只脚已经踏下车的时候，林晓夕听到司机的说话声。

"谢谢！"林晓夕心想这果然是一个好司机，知道她们两个女生这么晚在外面不安全，好意提醒。平日里哪能遇到这样的司机？

她回头朝车内看了看。

灯光照亮了车左侧的那面大后视镜，通过后视镜，可以看到司机半个身体的轮廓。只是，好像有一层浅雾笼罩在整辆车上，使得她无法看清这位司机的面容。

林晓夕心里也暗自嘲笑："奇怪了，你管他长什么样干吗？"

2 无尽的楼梯

脚踩在校门口的沥青路上，阵阵阴冷的风拂过寂静的夜。有声有色的校园，此夜也是死一般的沉寂。

公交车停和走一样安静，以至于车启动的时候，林晓夕竟没有半点察觉。等她反应过来，车已消融在漆黑之中，只留下一阵清寒的冷风，证明它经过这无声的夏夜。

林晓夕将了将头发，借助月色往校门的轮廓缓步走去。怀婷却没有和她并肩而行，而是跟随在她身后。不知为何，怀婷若有若无的脚步声让她心里猛地一阵抽搐。林晓夕忽然想到下车时司机说的那句"小心哪"，怎么感觉不像是对她们两个说的。

难道这句话——是对她一个人说的？

小心？小心什么？

难道是身后这个女生吗？

林晓夕越想越觉得不对劲。

这个叫怀婷的女生，为什么这么晚了会忽然在路上出现？为何要隐瞒包里藏的东西？明明她坐在外侧，为什么非要让我走到前面？

这回林晓夕不再认为是自己敏感了，这些东西串联起来，分明就验证了怀婷动机不一般。

正当林晓夕起疑心的时候，比她矮半个头的怀婷却走到了她身边。

"你住静庐吧？"这次是怀婷主动和她说话了。

H大有四栋大宿舍——宁、静、祥、和。

林晓夕住在静庐第18层。

林晓夕点头："嗯。"她刚悬起的一颗心好像又放下一些。

"我不住校内，就在这里别过吧。"

又是一阵冷风吹过，拂起了两个女孩的头发。本应沁人的馨香，也在黑暗中显得微不足道。

"哦……哦。"这回林晓夕有些木讷了。她刚怀疑怀婷对她有动机，后者便提出就此别过。

"那，拜了……"林晓夕不好意思地摆起了手。

"再见。"怀婷也轻挥了一下手，娇小的身影和绿色的小包，和公交车一样瞬间融于夜色中。

怀婷早已走远，林晓夕却仍呆呆矗立在原地。良久，才苦笑一声，心想："我这是怎么了？"

独自一人经过校门，平日最勤劳的门卫，此刻也没了踪影。

走进校园，正对的是一个大花圃，种植着各样的花草。林晓夕也是没多久前才知道，这个花圃里面的花，构成的竟是一幅简单的世界地图，这必须在花圃正对的教学楼上仔细看才看得出来。

从左侧绕过花圃一直走，经过体育场后，就来到了她所在的宿舍——静庐。

和预料的一样，由于停电的缘故，电梯不能使用。

这反而让林晓夕松了口气。虽说她胆子不小，但这么晚了要她一个人去乘坐电梯，在那狭隘的小空间里，难免会升起惧意。

只是楼梯要走 18 层，也纯当锻炼身体了。

林晓夕蹑手蹑脚地走上楼梯，用手机发出的淡光照亮面前一个个台阶。

偌大的楼梯道，只有她一个人的脚步声在回荡。尤其是在这样一个阴暗、没有灯光的夜里，气氛显得格外诡异。

林晓夕越来越感觉害怕，几乎就想闭上眼睛了。

也许是心理在作怪，她总觉得身后有什么东西在跟着她。林晓夕也不敢回头，只盼尽快回到自己寝室。

当她踏上一个新台阶时，脚步忽然顿住。

她把手机扬在额头上方，生怕是自己看错了。

没有错，楼梯口上贴着一个大大的数字标签——"9"。

这只是一个很普通的楼道标签，没有任何异样。然而正是这样一个标签，给林晓夕带来了难以言表的恐惧。

只因为这个"9"，她分明已经走过了一次……

"看错了，刚才肯定是看错了……"林晓夕平复了一下心态，继续往上走。这一次她的步子缓了很多，尽管她竭力掩盖，但心底最真实的那个声音告诉她，刚才并没有看错。

当第三个"9"再次出现在凄惨的暗光下时，林晓夕的神经终于来到崩溃的边缘。

鬼打墙？

不，不可能的。

楼梯口遭遇鬼打墙，这种事只能发生在梦里。

然而，接二连三出现同一个数字，是无论如何也解释不通的。

林晓夕感觉手上渐渐乏力，竟连手机也有些拿捏不稳。她另一只手支着额头，努力让自己的理智不散去。

她思考了几秒钟，走进这个"9楼"。

如果说方才的楼梯道还能有一丝月光点亮，那么走廊之内就没有任何发光的东西了。漆黑一片，死一般沉寂，只能听到她自己轻得不能再轻的脚步声。

这里，是我们宿舍？

连林晓夕自己都不相信。

她一次又一次按亮手机，生怕这唯一的一点色彩消失，尽管她也知道手机就要没电了。走廊两边，的的确确是成排的铁门，让她有理由相信这真的是她们宿舍，只是因为太黑太暗，阴森得和往日不一样而已。

林晓夕的恐惧感稍稍消减了一些，她很想敲其中一扇门问问，又怕打搅到别人休息——她很在意，在意别人对她的厌恶。

不知不觉间，林晓夕感觉累了。

她靠在一扇门边，缓缓蹲了下去。

手机屏幕又暗了下去，让她迷失在黑暗中。

她害怕走回楼梯口，害怕那始终不变的数字。

"这到底是怎么回事啊？"林晓夕难以想象。她不是没有遭遇过所谓的"鬼打墙"，但那是在没有具体参照物的情况下迷失方向。楼梯层层向上，是不会有重复的。

不断重复的数字……为何有一种似曾相识的感觉？难道也经历过类似的事情吗？林晓夕拼命摇了摇头，什么也想不起来。

靠在门廊上，林晓夕仿佛感觉到门内传出的温暖，冰凉的身体也舒服了一些。

这真是见鬼的一天啊！

她开始回忆这一天的过程。

上午和室友王雪一起去 N 市市中心买东西。王雪喜欢购物，一逛商场不觉就过了大半下午，然后又说要去找同学，约定傍晚的时候再一起回学校。两人就此分开，林晓夕在偌大的城里也不知道该干什么，就在公园闲步。之后王雪电话一直处于关机状态，眼看天色变暗，晓夕走也不是，不走也不是。既然约好一起回学校，一走了之不是她的作风，何况王雪手机一直关机，也不知道是不是出了什么事情……

等王雪打她电话的时候，已经接近晚上九点了。电话那头王雪连连道歉，说玩得太 high，忘记时间了……今晚要和同学在一起，就不回去了。晓夕呆呆地听着电话另一头的声音，难以相信最要好的室友竟如此不在乎自己的感受。无奈，她只有一个人回去，却发现回学校的末趟公交已经开走了。身上的 200 块钱，也被王雪借走，就剩几枚硬币。如此一来，唯一回去的途径只有坐夜间公交车了，这也是 N 市的奇葩之处，过了八点半的最后一趟公交后，回 H 大最早的一趟夜间公交也要晚上十一点半。于是她又在城里四处乱逛，感受繁忙城市夜间独有的喧哗。不知不觉，就过了零点，她上了夜间公交车，无聊了一整天，迷迷糊糊就在车上睡着了……

想到这里，林晓夕拨打了其他几个室友的号码，果然不出所料，都已经关机了。

"嘟嘟嘟……"手机不断传来低电警告，上面显示的时间是凌晨两点二十。

林晓夕接着回忆。

记不得车上都做了什么梦，醒来后，发现周围全部是黑的，好像来到了另外一个世界。司机给她的感觉有点特别，也许是整辆公交车上只剩两个人的缘故。后来又上来一个女孩子，手里拿着一款漂亮的小背包，和她是校友。女孩子和她一样，不太爱说话，两人在剩余的几站中也没有多少交流。到站了，女孩起身让她走前面，接着、接着……

林晓夕瞳孔骤然收缩，她忽然想到了什么！

声音！

那个时候怀婷让她走在前面，她并没有怎么注意。现在回想一下，发现当时背后的声音并不对劲。怀婷一个瘦弱的女孩，踩在公交车的地板上，声音未免太大了点……如果放在平时，公交车里挤满了人，是不会有任何感觉的，但当时乘客只有她们俩，怀婷在她背后，踏地所发出的声音，所产生的震动，和她娇小的身躯完全不搭调。

是那个包里有什么沉重的东西吗？

不对！林晓夕再仔细回忆了一下，产生了一个极其恐怖的推想：当时公交车上的乘客，不是只有她们两个人……

"小心哪。"

司机的话仿佛又在她耳旁响起。

小心？

到底小心什么？

就在林晓夕惶恐不安的时候，手机忽然闪动了一下，好像是有什么东西在她旁边。

她站了起来，扬起手机。

刺鼻的气息，无情的黑暗，笼罩着林晓夕的身体、心灵。

淡光所照之处，就离林晓夕不到两米的地方，躺着一个人。

确切地说，这已不再是一个活人。漆黑的走廊里，无数蟑螂密密麻麻贯穿在他五脏六腑，俨然已是具尸体。

这东西，是什么时候躺在她旁边的？

连喊出来的力气都没有，林晓夕直接晕倒了过去……

3 不 明 的 来 客

"你最想做的事情是什么？"

"成长成我希望成为的人。"

"哪种人？"

"用正确的思考，去做正确的事。"

"最难忘的时光是？"

"高中。"

"关于你的高中，脑海中浮现过最多的片段是什么？"

"放下书，溜达到操场。抬起头，数数星星，然后飞奔起来。"

"林源同学，你很阳光呢……"

林源睁开眼睛，四周都还是暗色。

这是晚上，并且是半夜。

一直以来都是一觉睡到天亮的他，为什么半夜会醒？

是了，他感觉到门外有动静。

林源从床上爬起来，感觉芳香扑鼻，棉被轻柔抚骨，才意识到这是女孩子的房间……不，是寝室。

我怎么到女生宿舍来了？林源愣了愣。

"你怎么醒了？"对面床铺一个甜美的声音传来，是女友夏薇。

"薇薇，我……我怎么到你这儿来了？"林源一边拍着有点疼痛的脑袋，一边摸索着手机。

"你又忘了？"对面床铺手机先亮，照亮了这漆暗的小房间，同时也照亮了夏薇娇好的容颜："昨晚我生日，你喝了好多，醉了。回学校的时候宁庐大门关了，我那些姊妹们使坏心眼，说把你带到我寝室去，所以你现在就在这里啦。还好宿舍就我一个，不然有你个醉鬼在，几个闺密肯定要骂我一顿了。"

林源和夏薇都是 H 大人文学院的学生，学校对男女之事还是很开放的，虽有"男生不得入女生宿舍"之规定，但真正管理起来却是睁一只眼闭一只眼。何况夏薇和宿管一向交好，过去也不是没有把林源带到自己寝室来。

林源简单回忆了一下，苦笑："我怎么一点都不记得？"说话间已经把手机打开。

"谁知道呢？你动不动就能把没发生多久的事忘得一干二净，莫不成这就是'贵人多忘事'？"夏薇笑嘻嘻地说。她倒不是嘲讽，林源是不是"贵人"不好说，标准的富二代却是肯定的。

此时寝室非常安静，连林源这样喜欢静的人都觉得有点不自在。

夏薇又说："比起这个，我更想知道，你怎么忽然就醒来了，你不是号称睡觉从不醒的吗？做噩梦了？还是……嘻嘻……"

"门口有东西。"林源几乎是下意识说出了一句话。

"哈？"夏薇一下没反应过来。

林源定了下神，抬起头看着女友："我感觉门口有动静。可能是……外面有人吧。"他知道这样说很离谱，但直觉是这样告诉他的。

手机上的时间是两点二十六分，这种时候，寝室门口会有人？

夏薇竖了竖耳朵，没听到什么。她猜测："可我什么都没听到呀，应该是有谁经过了门口吧。"她知道男友耳力极佳，要说是他听错了，夏薇自己也不会相信。

"不，是停在了门口。"林源这次回答得很肯定。

看着坐在对面床铺的女友逐渐露出惊讶，甚至略显惊恐的表情，林源问："你一直都坐床上没睡？"

夏薇点点头："一直有人发信息，我要回的。"她人脉极广，过个生日不停有人送祝福。

"那你刚刚没听到什么吗？"林源又问。

这次夏薇没有说话，而是茫然地摇了摇头。

"或许是你离门远吧。"说话间，林源已经下床穿好了鞋子。

"林！"夏薇颤抖地喊了一句。有没有搞错？这个点了，就算外面真有个什么，也不该打开门看的吧？

林源知道她害怕，安慰着说："放心，真是鬼的话，看到你这样的美人也舍不得吃。何况，我一直觉得鬼不会打斗地主，拉进来正好验证一番。"

"去你的！"夏薇又好气又好笑，不过害怕的感觉也随着林源的玩笑消失了不少。她也穿好凉拖，晃着手机跟到林源身后，并习惯性把脑袋靠在林源肩膀上。

"哒。"门栓一打开，门毫无征兆地往室内撒了过来。

林源清楚地看到一个人坐倚在门后，正是她往门上靠的力导致门向内打开的。

在夏薇轻声的呼喊中，林源已蹲下将那人抱住，防止她倒在地上。

"别怕，不是鬼。"林源已看清怀内是一名女生。

夏薇站在林源旁边，用手机照亮了这位"不速之客"的脸，惊呼："这是谁啊？怎么会睡在外面？"

女友的话有点出乎林源的意料："你都不认识？"

"当然不认识！"夏薇怪叫，"难道你认识？"

我怎么可能认识？话到林源嘴边又收了回来，不知什么原因，他硬是没能把这句话说出口。

难道真在哪里见过？

可为什么没有一点印象？

他拍了拍女生的肩膀："同学！醒醒！"没有一点反应。接着他又轻拍女生的脸颊，仍无任何动静。

"喂喂！你把我当空气啊？"夏薇两手叉腰，显得不太高兴。

林源此刻却无心察觉女友的醋意，说道："不好，她可能是晕过去了。"

"啊？不……不是吧？"夏薇刚叉在腰上的双手又放了下来。

这到底是怎么回事？深更半夜怎么会有人晕倒在别人寝室门口？

林源好像想到什么，对女友说："你抱住她，别让她摔倒。"

"哦……哦哦……"夏薇听男友说这女生竟是晕倒而不是睡着，已经有些木讷了。

林源来到走廊，发现走廊和寝室一样，黑乎乎的，什么也看不见。他拿手机往四面照了照："静庐晚上连走廊的灯也熄吗？"他住的宁庐，每晚到十二点室内都会停电，但是走廊、楼道的灯是不会熄的，电梯也是二十四小时运行。

"不是。据说整个城北区都停电了，好像今晚开始这边电网要做大面积调修，这几个晚上搞不好都没电。唉，都是前几天的雷阵雨害的。"说起这事夏薇还有点抱怨，她可是有十一二点洗澡的习惯。

林源没再说什么，在漆黑空荡的走廊上来回踱了几步，忽然趴了下来，把耳朵贴在凉凉的地板上。

"你干什么呀？脏死啦！"夏薇捂着嘴。

林源似乎不怕脏，耳朵贴地面足足有半分钟之久。

夏薇好不容易猜到他在干什么，惊讶之余也不再多话。

"没有动静……"林源双眉紧锁。地板上没有传来任何声响，整个静庐好像死楼一栋。

"你觉得，是有人把她带到这里的？"夏薇看着眼前的女生，越来越觉得恐怖。

"你觉得她是自己来的吗？"林源反问。

夏薇哑口无言。

深更半夜，女寝门口惊现来历不明的女生，状态还是晕过去的，这算哪门子破事儿？

"我们把她送医院吧。"林源说。心想只要这女生醒过来，就知道是怎么一回事了。

夏薇不大情愿，生日刚过，不能听男友多说几句情话也就罢了，还要她老半夜跑医院那种地方。不过想想又没有别的办法，总不能把这来历不明的女生拖进自己寝室过夜吧？

"要不就我去吧，你也累了。"林源大概猜到了女友的心思。

"不行！你们孤男寡女的，我很担心这妹子的安全！"夏薇理所当然不会答应。

"那你还说什么？赶紧锁门。"林源也笑了笑，把女生背在背上。说也奇怪，女生个子偏高，体型也不瘦，背在背上却飘飘然的，感觉比夏薇还要轻。

"喂喂！你干什么？"夏薇一边锁门一边嗔怒。

"要不你来？"

"算了，非常时期，让你捡个便宜！"夏薇咬牙切齿。

两人很快走到楼梯口。

夏薇走在最前面，用屏幕的光照亮一层层阶梯，很嘚瑟地说："这地方，闭着眼睛我也能走下去。"

"这么熟悉？你平时不乘电梯的？"

"我哪像你这么懒！"

"呵呵，每天爬十一层楼，也没见你有多苗条。"林源说完这话，脑子里忽然闪了一个镜头。

"死林源你敢嫌我胖？"夏薇张牙舞爪就要扑过来，猛然注意到男友的表情不知何时凝重了起来。

楼梯道静悄悄的，伸手不见五指，连楼道的大窗外也是乌漆墨黑。加上林源忽然变成这副表情，夏薇不禁又害怕了起来。

"哎……你干吗呀？"她小心问。

"刚刚我们在几楼？"林源支着额头问，感觉脑袋又开始痛了起来。

"什么意思？最开始11楼，下了两层，现在是9楼。有什么不对吗？"夏薇照亮了那个大数字"9"，奇怪地问。

"我们去上面那楼看看。"林源冒出一句。

"啊？"夏薇错愕之余，林源已经背着女生一步步往反方向爬楼梯了。

"什么呀！"无奈下她也只好跟了上去。

"下面是'9'，这个是'10'，哪里不对了？"夏薇爬上一层后，指着楼梯口的那个数字，气呼呼地说："你小学数学老师是不是把樟脑丸当棒棒糖吃了？"

没错，这就是10楼，没有任何问题。

"走吧。"林源勉强挤出笑容。

坐在冰冷的副驾驶上，看着玻璃外面，黑色的、根本无法分辨的东西一扫而过，夏薇第一次感觉到一座城市在没有光芒下的死寂。此刻她表现得出奇的安静，也没有再拿出手机和朋友发短信聊天，只是静静地看着窗外。

林源也没有搭话，双手熟练地操控着方向盘和变速杆，在无尽的黑暗中探索着前进的方向。

两人相恋时间虽不久，此时彼此间都没有言语，也未觉得尴尬。

"林。"看到市中心的灯光逐渐浮现，先打破宁静的还是夏薇。她依然倚靠在车窗上，看着窗外的那些无法看清的物体溜过："我觉得生命也是如此，一生中有无数美好的、丑恶的事物经过生活，而你总是没法察觉出它们究竟是什么。"

"嗯。"林源右手食指轻点了两下方向盘，代表他认可女友的说法。

"你有心事？"夏薇扭过了头，温柔地看着她身边的男孩。其实她早就意识到了，只是一直没有说出口而已。

三秒钟的短暂沉默后，林源再次轻点了两下，并稍稍点了点头。

夏薇等了一会儿，没有听到他的下文。

"前几天你去找过心理咨询师吴老师，是吗？"夏薇缓缓转过头，看向正前方。

"这她也要告诉你？"

"不是，我听同学说的，然后主动去问了吴老师。"

"哦？她和你说了什么吗？老实说当时她问了我很多问题，最后也没告诉我个具体结果。"

"需要什么结果呢？"夏薇笑了，"她跟我说，你很阳光、很健康，根本没有任何心理问题。其实不用谁说，大家都是这样认为的，你自个为何总是要胡思乱想？"

林源知道女友想真正走进他的内心，想知道他在想些什么，想知道刚才在楼梯上反常的表情，究竟是因为什么。

"躺在后面的那女生，我可能见过。"

"'可能'？为什么要用这个词？你又要说，你记不起来在哪儿见过，只是有印象，对不对？"

"不是……如果真是她的话。"

"什……什么意思？"夏薇没听懂。

"这个，就要从我小时候经历过的一件事说起了。"林源迟疑了一下，接着说，"不过这件事，全世界我只和外公一个人说过。"

夏薇不会不知道，林源的外公，就是他们人文学院的院长。

"没和人提起，并不是说对我而言有多隐秘，而是太匪夷所思，自己说起来都感觉是编造的、幻想的……然而事实上，它真真切切地发生在了我身上。薇薇，你真的要听吗？"

"嗯。"

车外，淅沥沥地下起了绵雨。

城区万家灯火，越来越近。

林源则开始了回忆……

4 林 源 的 回 忆 （上）

那是在十二或者十三年前发生的。

不记得是怎么开始，像忽然来临。

记忆最开始的那个点，我手里就塞着一个硬邦邦的东西——竟是一把短刀。

我面前站着一个穿白裙子的女孩，小女孩，感觉不比我大。

她和我一样，衣服湿漉漉的。

地上，有一个火堆。

我确信曾经见过她，并且知道她叫婷。

我双手握着刀，就这样面对着她。

"来呀！"小女孩竟然对我笑了，笑得很甜。

我慌忙把不知从哪里来的刀扔掉，才发现，我来到了一个不认识的地方。

这是一个夜晚，又像是一个梦。

刚才所发生的，就是梦的开始。

我似乎处在一个荒漠之中，除了墨色的天空，能看到的只有并排的电线杆——当时我不知道那叫什么。地上都是沙土，偶有一两丛杂草，也是勉强才能看到。远处是低矮的山峦、废弃的土壤，还有夜风中残卷的沙土。

即便现在再努力回忆，也不知道那究竟是什么地方。

这里，只有我和她两个人。

"这是哪儿？"我为什么会在这里？

"鬼城……"婷依然笑着，"魅之鬼城。"

"鬼城？"虽不知道是什么，但凡是带个"鬼"字，在那个年龄都能引发我的恐惧。

奇怪的是，她好像不怕。

"你叫什么？"我不知道自己为什么明知故问。

"他叫我婷。"

"他？"

"是哥哥，我唯一的亲人。"

"你哥哥……他在哪儿？"

"和我们一样，在找东西。"

"哦。"

我说这个字的时候，毫不感觉惊疑。仿佛冥冥之中，我是知道自己在这个地方找东西的；又仿佛与生俱来，我就在寻找着些什么。

燃烧的火堆已然熄灭。

婷把掉在沙堆里的短刀拾起，重新递到我手上："拿着！"

"不！"我慌忙退后，"我为什么要拿这个？"想起之前我用刀尖对着她，就感觉阵阵后怕。

刚才究竟发生了什么？我为什么会做出这么危险的举动？

"这里到处都是危险，你要用它来保护我们。"

"我不要！"我很固执。这可是一把真的，明晃晃的刀啊！又不是玩具刀！我怎么能把它拿在手上？

可是婷没有把刀放下，依然用一只手举着，托在半空中，眼睛一直看着我。

"为什么要我拿？"

"你是男的，有义务保护我。"

我想这是没道理的，因为我只觉得所谓义务是大人保护好小朋友。

但我不想纠缠了，一把将刀接了过来。

那不是梦。

所看到的、所听到的、所闻到的、所触到的，每一种感觉都是那么真实，那么清晰。

对于那时的我来说，害怕在我心里只占一小部分。忽然出现在这样一个陌生的地方，更多是一种刺激的感觉，一种离开禁锢后的兴奋与贪婪。所以，这只是一个游戏，一次冒险。没有"死亡"的概念，也就没有对它的恐惧。

我拿着一件不愿支配的利器，上路了。

这是一个只有黑白两色的世界。天空是黑的，只有月亮透出些许苍白的光芒；荒漠是黑的，只有电线杆上不知名的金属偶尔反光；小山峦是黑的，只有草上的点滴露珠还能让人感觉到光亮。

月色中，苍穹下，荒漠间，尘埃里。

没有方向，只有无尽的行走。

可是不管走多远，一切都没有变化。

"这究竟是哪儿啊？"我一屁股坐下来，绝望了。

"魅之鬼城。"婷回过头来看着我，已经没有了笑意，目光冰冷。

听到这个词，我心里又抖了一下。

"我们是在想办法离开这里？"我好像意识到自己在干什么了。

"是的。"婷很明确。她接着往前走，不顾身后的我。

我赶紧爬起来，不明白她为何这样冷淡。

"我们能离开吗？"我跑上前去，走到她身边，冲她笑了笑。

"不知道。"

"你怎么这么没信心呢？我爸爸告诉我，只要敢想，只要努力，什么困难都可以跨过去的。你有没有听过一句话——世上无难事，只怕有心人！"

"或许你爸爸觉得你还小吧。"

"你怎么能这么说？"我气鼓鼓地回应。

她减缓了步子，对我说："我现在随便说件事你就做不到。"

"你说！"

"你能不能把我抱起来？"

"这有什么难的？"我一下就把她抱了起来。

她不重，轻轻柔柔的。

我抬头看着被我臂膀托起的她，非常得意。

与此同时，我发现这个世界还有一样有颜色的东西——那就是她的眼睛。《辛德勒的名单》里，斯导用一抹红色让这部黑白电影触目惊心。不同的是，此时婷眼里折射出闪闪发光的色彩，让我看到的不是凄凉，而是希望。

我把她放下。

"那你能不能把自己抱起来？"

我鼓足气尝试了一下，发现不能。

"我长大就可以了！"我不会服气的。

正当我要和她理论的时候，耳边传来一阵从没听过的声音。

"嗷——"

好像是从很远的地方传来的。

"那是什么？"我眨了眨眼，很好奇。

"什么'什么'？"婷好像没听到。

不过下一秒，她的脸色就变了："那是狼！"

"狼？"对于这种生物，我只在《狼来了》的故事里听过，大人们都说很凶猛、很可怕。

"你怎么知道是狼？"我很奇怪，她也只是小孩子，怎么就听过狼的叫声？

"嗷——"在这个只有黑白两色的世界里，这种嚎叫分外可怖。

她没有回答我，而是竖了竖耳朵，对我说："你耳朵似乎挺好使，能听出是哪个方向吗？"

我仔细辨别了一下，指着声音传来的源头："好像是那边。"然后又指另外一个方向："那边也有。"

她看了看这边，又看了看那边，好像在思考着什么。

我认为她既然知道这种生物，想必是已经有了主意。

下一秒，她真的有了举动——拔腿就跑。

我连忙跟着她跑，边跑边喊："喂！你怎么这样啊？什么都不说就跑了，丢我一个人不管！"

"你被吃了最好！狼饱了就不管我了。"

我彻底被她这话吓傻了。

这绝对不是玩笑！我们都还没到开玩笑的年龄。

她是真不管我的死活，并认为我被吃了对她还有好处！

"你，你……"我要被气哭了，话都说不出来。

她也不跟我说话，省着力气跑。

就这样，我们两个小孩在黑白的、漫无尽头的画面里疯狂地跑着。

很快，她就跑不动了，停了下来，喘着气。

我想，你真是活该！

但我也停了下来。

我们好像到了一个不太一样的地方。虽然脚下仍旧是沙土，但成排的电线杆不知什么时候被我们甩在了后面。

狼嚎声没有停止，因而我们还要继续跑。

我也不多说什么，强行把她背到背上。

"你干什么？"她在我背上重重地喘气。

"你在这里被狼吃了怎么办？"我大声说，边说边背着她跑。

她没有再说话。

很快，我也没力气了。

我在想，也许，扔下她，我能跑得更快、更远。她是一个累赘，一个会让我们两个都被狼吃掉的累赘。她甚至可以完全不顾我的死活，任由我被狼处置，那我为什么还要管她？

可我还是没能扔下她。

"前面好像有水。"背上的婷忽然和我说，"可能是个湖。"

狼怕水吗？

不知道——大概是怕的吧。我乐观地想。

于是又有了力气，拼命往前跑。

如今想来，那些狼群并没有要攻击我们的意图，否则就算成年人也要瞬间被追上，更别说是我了。

当然，那个时候压根不晓得这些，只知道要快点逃。

婷说得没错，前面果然有一个湖，月光下可以看到被风吹起的水波轻轻荡漾。

"船！有艘船！"婷有些激动。

我当然也是大喜，有种死里逃生的感觉。

当跑到那艘破旧的小木船面前时，我又呆住了，脑袋里莫名其妙闪着一些念头。

"这船，我是不是乘过？"我喃喃自语。

可是我记忆中是没有坐过船的，每次去公园想要划船，爸爸总是不许，因而我几乎可以确信自己不曾上过船。然而在我面前的这艘小木船，确实有似曾相识的感觉。

"你想不想上来了？"正当我走神时，婷已经爬上了船，急不可耐地对我说。

我也不多想了，连忙爬了上去。

木船上有两支船桨，婷托起一个，使劲在岸上点了一下，船就往反方向去了。

我也顾不得身体传来的疲惫，手忙脚乱地把船往湖中心划去。

等船划出好长一段距离后，我才忽然意识到自己竟然会划船。这难道是天生的？

婷很快就不行了，扔下手里的船桨，身体趴在船上。

我跟她一样累得不行，倒头就睡。

也不知道过了多久，我睁开了眼睛。

我可以肯定，现在是白天了。

因为我看到了太阳，虽然只是那么一点点，虽然太阳光是那么暗，但它的温暖，却是任何事物所替代不了的。

可是，即便是太阳的光芒，依然不能让这个世界变成彩色。

所有的所有，依然是黑白的，只是看得更清晰而已。

婷比我更早醒来，正默默地看着湖面。

湖很大——至少我感觉从未见过这么大片的水域。仅有的两种颜色，黑和白，在湖面上交替着。四面都是环山，将湖包裹在有限的天空下，像几只巨大的、静立的野兽，正冷冷地盯着我们。

湖面上偶有微风，吹起我们不动的衣角。

"你知不知道，一个人说话的时候，他自己听到的声音，和别人听到的声音，是不一样的。"婷开口了。

"啊？"我不懂她在说什么。

"那么，哪一种声音，才是真的？"她好像不在和我说话，只是自顾自地说。

我不明白她讲的是什么，当然也没办法回答。

甚至到今天，我依然没办法去回答。

于是我没有说什么，只是静静地看眼前这巨大无比的湖，欣赏着它别致的景色。

我好像忘记了要寻找的东西，只想好好休息一下。

她也一样。

就这样很久很久，我看到天上，有很多东西正掉落下来，铺天盖地的。

"下雨了！"我对婷说。

婷也抬起了头。

然而她下一句话让我彻底震惊："那是蜘蛛！"

讲到这里，林源看了看副驾驶，才发现夏薇不知何时已经睡着了。

看来她的确是太累了。

又或许……谁都会觉得这只是一个梦吧。

林源又通过车内后视镜看了看躺在后面的女生，她依然处于昏厥的状态。

会是你吗？

车穿过大桥，进入主市区。

灯光骤亮。

5 司机的身份

警察局。

摄像头反复播放着一个女生上楼的片段。

林源双眉紧锁，试图通过这短暂的、灰暗的画面寻找出线索。

昨晚他把女生送到市医院，便返回学校，查出这位女生名叫林晓夕。他又将学校静庐昨晚上用摄像头所监控到的录像看了一遍后，拷贝带给了表哥黄俊。

黄俊是局内探员，得到林源的描述后，也观看了几遍录像。

整栋静庐寝室楼的每一个楼梯口，基本都安置了一个摄像头。各楼层走道上当然也都有安装，可是因昨晚没有电的缘故，根本什么都看不到。更可气的是，有不少摄像头的电池早就耗光了，放在宿舍楼纯粹是威慑而已。

幸运的是，他们可以看到一部分主要内容，也就是林晓夕在上楼梯过程中所经历的一切。镜头显示，林晓夕在上前面 9 层楼时，都还是很正常的状态。可就到了第 10 楼，不知出于何种原因，她的情绪忽然变得紧张，甚至有点失控。之后她上了 11 楼，用手机往楼道口照了一下，整个人便完全呆滞。由于光度实在太暗，也不知道她究竟看到了什么。大概停留了十几秒后，她走了进去，接下来就完全不知道发生什么事情了。

黄俊说："从方位和角度来判断，她看到的应该是楼层标记的数字。是那个数字有什么特别，还是上面有别的东西？"

"数字特别。"林源道。

"你怎么知道？"黄俊有点惊讶。

林源摇摇头："只是一种感觉。"他不想说十几年前经历过的那件事。

黄俊伸了伸腰，打了打哈欠："我觉得这不是什么大事。林晓夕同学只是短时间昏迷，并无大碍，等她醒来，什么问题都不是问题了。"

表面上看的确如此，无非就是女生深夜归寝，因为身体疲惫，或者患有病症，或者因为没有光走错了地方，而倒在了其他寝室门口，这些都是说得通的解释。毕竟那可是凌晨两点多，而且没有光线。

黄俊没有重视，也在林源的意料之中。

"莫要和别人讲起，就当什么事都没发生过。"黄俊提醒。

"我当然不会讲。"林源莫名其妙，这还用交代？

"我不是说你。"黄俊白了他一眼。

林源懂了，心想也对，有时候夏薇嘴还真不少。

"没什么事早点回去休息吧，看你一副没精神的样子！"黄俊说，"如果林晓夕同学醒来后说一番超出我们意料的话，那时再来注意不迟。"

走出警察局，林源感觉空气好了很多。

办公的地方，总是那么压抑和沉闷。

他的确有点犯困，不过没有打算现在回学校去。

"表哥，车子在你这儿放一晚，明天再过来开走。"他给黄俊发了条短信。

很快他就收到回信："好好对小薇，整天拈花惹草像什么样？"

林源无语，表哥肯定以为他不开车走就是不回学校，可是不回学校就意味要拈花惹草？虽然这是玩笑，也未免太不符林源的作风。作为富家子弟的林源是不乏异性对他放电，可他自认对女友的忠诚度还是很高的。

合上手机，林源朝市区一个公园走去——他需要休息一下。

晚上回 H 大的夜公交只有 323 路。也就是说，林晓夕昨晚十有八九是乘坐这趟公交回学校的，女孩子一个人又在这么晚的情况下，打的的可能性极低。

他已经让夏薇去通知林晓夕的室友，说她去朋友家玩两天，以免晓夕室友起疑。至于上课，多数老师是不会管你是不是发生了意外，无理由缺课就是扣分，更不存在怀疑的说法。所以这件事在学校暂时就算瞒过去了。

至于家庭，夏薇不知从哪个门路打听到，林晓夕幼年丧父，母亲精神失常，所以……也不必操心了。

林源找到个长石凳，躺在上面，闭上了眼睛。他在想，假如这个女孩子就这样从我们的世界蒸发，会有人在乎吗？

下一个睁眼，天已经灰暗。

"糟了！"林源暗呼不妙，本来就想打个盹的，没想到会睡这么久。

拿出手机，果然，夏薇给他打了无数个电话。

他连忙回拨，果然，对方毫不犹豫就挂了。

连打几个，都是挂。

也许是太过紧张，林源竟然朦朦胧胧地听到了夏薇的手机铃声，不过他很快认为这是幻听。

林源暗骂自己愚蠢，手机调震动也不至于一点感觉都没吧？

"薇薇，对不起，刚刚不小心睡着了。接个电话好吗？"他马上发信息。再拨，仍然是挂断。

"回来再向你赔罪了。"他只好又发了一条。

这时，公园里有个穿溜冰鞋的小朋友朝他溜了过来，笑着说："大哥哥，你又回来了？"

"回来？我不是一直在这里吗？"林源很奇怪。

小朋友笑容一下消失了，面露奇怪、惊疑之色。他想了想，又笑了起来："大哥哥你真会说笑。"说完又缓缓溜走了。

林源刚想叫住他问明白的时候，口袋忽然抖动了起来。

他心下一喜，拿出手机，却是个陌生的同市号码。

响了五声后，林源按下接听。

"喂，哥们！"电话另一头是个粗嗓门，另外夹杂着吵吵嚷嚷的杂音，应该是KTV、酒吧之类的场所。

"喂，你是？"林源忍住挂电话的冲动，礼貌地问了句。

"林源，我张猛啊！记得不？"粗嗓门用力吼着，努力盖过周围的杂音。

林源稍微想了一下，记起这是他初中一同学。典型的差生，不好好念书，经常翘课打群架，初中没毕业就被学校开除，那时他俩关系还不错，林源觉得张猛这人够义气，合他脾气。但初中过后，就没有了联系，如今也有五六年光景了。

"记得。"林源将通话音量调低。

"哈哈！我也来N市混了，租了个房开酒吧，过两天就开张！听说你小子也在这里，想邀你赏脸来吃个饭，有空不？"张猛粗声粗气地说。

居然就有钱开酒吧了？想当初还是个混混呢！林源多少有点惊讶。

"什么时候？"

"就明天吧！"

林源思考了一下，说："明天可能没时间，以后有空一定来拜访！"老实说他不喜欢那种场所，能推就推吧。

"OK！那你忙，拜了！"张猛也不在意。

放下手机，公园的凉风吹着他的脸，林源感觉一阵失落……还以为是夏薇原谅他给他回电话了。

只好暂时放一放这件事了。

林晓夕出现在静庐的时间是两点多。323路夜间公交从十一点半开始从起点站出发，每小时一趟。从时间来分析，林晓夕乘坐的无疑是十二点半那趟。

算好了时间后，林源四处走了走，算好点，上了十二点半的323路夜间公交车。没有猜错的话，林晓夕昨夜就是这趟了。

上车后，林源发现，车上的人还不少。

没想到已经这个点了，还有这么多人回城北区。

他找到靠后的一个位置坐下，眺望车窗外，眼睛时不时扫过上下公交的乘客。

公交进入城北区后，又是一个完全黑暗的世界。

"什么时候才能修好啊？"原本安静的公交车上有不少人开始抱怨。人无力解决眼前的问题时，抱怨是种很好的出气方式，虽然对困难没有任何作用。

很快车厢又安静下来，大家取出自个儿手机玩耍。

车往前开过几站后，乘客逐渐下车，直到只剩林源一个。

整理了一下大脑的思绪，林源已经有了个推断。

感受着公交送走除他外最后一名乘客后缓缓启动，林源敲了敲车窗："陈教授，你想和我玩到什么时候？"

没有人回答他的话。

"陈教授！"林源提高了点分贝，目光看向被挡住的驾驶室。

良久，驾驶室传出一个中年人的声音，沉缓而有力："你怎么知道？"

揭穿对方身份后，林源走到车厢最前面，坐到"陈教授"旁边，脸依然看着车窗外。此时他的心情并不好，真没想到此事居然和这个人有关联。

"虽看不到全身，但可以看到你伸出来的右手。食指、中指、无名指三根手指挂挡，是你开车的习惯，而这种习惯很少人有。看到这种挂挡的手势，我第一个想到的就是你。"

"接着说。"

"你不喜欢光。从公交进入城北区，除了到站乘客上下车外，车厢内的灯没有亮过，很符合你的品位。这更确定了我的猜测。"

"还有呢？"

"我记得你以前就是司机。"

可以看到，陈教授脸上逐渐露出了笑容。

陈教授，姓陈名斌，H大科学技术学院教授，和林源的外公、人文学院院长黄远山是好友，和林源的父亲也是旧交。因为这些关系，林源对陈斌多少有些了解。他知道陈斌名义上是教授，但实际上很少参与授课，喜欢私下搞自己的研究，性质和研究员类似。他不止一次坐过陈斌开的车，有些细节记得很清楚，比如陈斌用三根手指挂挡的习惯。

"也就是说，昨晚林晓夕的事情，也和你也有关系。"林源口气并不好，完全没有后辈对前辈应有的尊重。他感觉到愤怒，一来是因为林晓夕，二来是他对陈斌这个人向来没有好感。

"是。但我们没有恶意。"陈斌并不在乎林源的口气。

"没有恶意？你知道吗，她一个孤苦伶仃的小女生，现在躺在医院的病房里！你有什么资格这样做？"林源冷笑不止。

陈斌没有回话。

冷静了一下，林源意识到刚才陈斌话里的弦音："'我们'？"

"黄院长，还有一个老朋友……一会儿你就能见到了。"

"我外公？"林源彻底蒙了，他外公怎么可能参与这样的事？

"已经说了，我们没有恶意，只是想了解一些事情。"

"这和林晓夕有什么关系？她只是个普通的女孩。"

"普通人？你没有觉得，在什么地方见过她？"

听到这句话，林源心里猛然一惊，嘴上却说："你们到底对她做了什么？"

"她只是受到惊吓暂时性昏厥，无大碍。至于其他问题，等见到黄院长再问不迟。"

林源深吸口气："我明白了。"平静下来后，他说："陈教授，刚才我有点激动，你……"

"没关系。"陈斌很平静地说。

林源印象中，他已经不是第一次这样和陈斌说话，但作为前辈的陈斌总能心平气和，一副老好人的样子。

"也就是说，你已经猜到我今晚会来坐这趟车。"既然陈斌再次出现在这趟公交车上，既然他外公正在不远处等他，那毫无疑问，他们已经预料到自己会来调查林晓夕这件事。

"是。我们相信你会想方设法弄明白。"

"你为什么可以开公交？"林源问，他还没听说教授有开公交车的资格。

"如你所说，我以前是司机。不过你不知道，我现在依然有这个工作，只是因为校方原因，我一个月只有几次开车时间，并且都是凌晨这个点。"

"这是为什么？"既然有了安稳高薪的工作，何必要腾出几个晚上的时间来干司机这活？

"每个人都有自己所喜欢思考问题的方式。我喜欢在车上思考，这并不辛苦，反而可以让我放松。"

林源点点头，这一点上，陈斌和他倒有几分相似。

没有多久，公交车到达终点站——城北公交车停车场。

这里离 H 大只有二十分钟的步行路程，要走回去完全不是问题。

一下车，林源果然看到他外公的面孔，在车前灯下闪烁。

身为一院之长，黄远山气度不凡，虽然早度过知天命之年，双目仍然炯炯有神，卧蚕眉，国字脸颇具威严。

在他身边，站着一个女生，圆脸，戴着顶灰白色的鸭舌帽，面色苍白。

"婷……"下意识说出这个字后，林源自己也愣住了。

"叫我怀婷吧。"女生对他点头。

震惊已经不足以形容林源内心的感受了。

原以为成过客的人，却在这样的场合下重逢；原以为成过去的事，却在这一刻再次掀起。

早有预感，十几年前发生的那件事并没有真正结束，可当真正面临的时候，林源依然不知所措。

"边走边说吧。"黄远山率先一步往 H 大的方向走去，消融在夜色中。

"走吧。"陈斌在背后推了一下还在发愣的林源。

这究竟……是怎么一回事？

带着一头雾水，林源只能甩甩头跟了上去。

6 故 事 的 开 始

　　林源父亲林子风，是著名的鸿盟集团有限公司的董事长。就在林源的爷爷林永观过世第二天，林子风以子承父业的形式获取了这一席位，并以其卓绝的才华经营着整个集团。

　　生下林源后不久，林子风妻子也因病去世。

　　父亲和妻子的离去，让一向乐观洒脱的林子风变得郁郁寡欢，还好对其工作上并无太大影响，公司仍旧红火运营。

　　十三年前，发生了一件大事——林子风得罪某黑帮组织，而对方扬言要杀其全家。

　　林子风毫不畏惧，一者他认为这只是危言耸听，二者他也不怕死。唯独担心的，是独生子林源的安危，妻子生前多次交代要让林源平安长大。

　　于是林子风欲图将林源安置在一个绝对安全的地方。

　　恰好林子风有个亲弟弟，叫作林子云，长年隐居于偏僻的乡下，过着闲云野鹤的生活。林子风左思右想，觉得把儿子交托到林子云那儿住一段时间，必定是安全的。首先极少有人知道林子风有这么一个亲弟弟，再者听闻林子云所居住的地方很难找到，就是林子风也只知道一个大概的住址。

　　想好之后，林子风请来黄远山，希望岳父能亲自出马一趟，将林源带到林子云身边。林子风觉得，名声昭著的岳父比任何一个人都值得信任。

　　当年的黄远山已是全市知名的学者，得到这一消息后，毫不犹豫答应下来，他也是非常疼爱林源这外孙的。

　　为了确保林源行程上的安全，林子风还派遣了两员得力干将，孪生兄弟陈斌和陈宏。陈斌是林子风手下司机，年轻时是赛车手，因为屡次竞技失败而放弃了赛车；陈宏长相和兄长陈斌一模一样，是林子风的贴身保镖兼研究员。

　　然后林子风好不容易联系到弟弟，让他安排一个明确的地点来迎接。

　　一切都准备好后，黄远山带着小林源，出发了。

　　路上，陈斌开的是一辆普通的大众汽车，掩人耳目。副驾驶，陈宏玩弄着手里一把水果刀，两只眼睛眯在了一起，看样子是要睡着，但了解他的人都知道，陈宏心里每时每刻都保持着高度警惕，可以随时应付突发情况。黄远山在后面逗林源玩乐。小林源压根不知道发生了什么事，只晓得要去一个没见过的叔叔家里。

另外一边，林子风所得罪的黑帮组织不知通过什么渠道获取了这一重要情报，派出金牌杀手怀炎，命令只有一句话："活要见人，死要见尸！"

一身劲装的怀炎是冷血杀手，杀人如麻，并从未失手。他有个唯一的亲人——妹妹怀婷。当时的怀婷只有 7 岁，但是怀炎有意把她培养成下一个杀手，每有杀人的任务都会把妹妹带上，让她亲眼看自己是怎么杀人，并教她如何使用枪械、刀具等。怀炎看来，杀人是件简单又高回报的事，哪天自己失手了，妹妹仍然可以以此来维持生计。

"轰隆隆……"伴随着猛烈的油门声，怀炎骑一辆黑豹似的摩托，出发了。

"哥，我感觉，这次会遇上什么事……"怀婷在他耳旁轻声说。

"什么事是我没遇过的？"怀炎嘴角翘起一个弧度。

大众汽车上，开车的陈斌没有一直正视前方，而是时不时盯着方向盘边上的一台仪器。这看起来似乎是一台导航设备，但实际上它的功能并不简单，它可以检测到四周物体的动态情况，并以质点的方式呈现出来。陈斌发现，有一个点跟随他们已经超过五十公里，速度还越来越快。

"貌似被盯上了。"陈斌叹口气。

"没关系。"陈宏也早注意到那个点，仍旧把玩着刀，一脸自信。

"不过，他们是怎么知道的？"陈斌扭头问。

恰好这时陈宏也把头转了过来，两兄弟四目相对，都看出了彼此眼神中的疑惑。

这时小林源把头从后排座位伸了过来："什么怎么知道的？"

两兄弟纷纷转头正视车前方，不再说话。

林源讨了个没趣，也跟着他们抬头看前面的路。

车已经行驶到一处乡间小路，路面窄小，且起伏不定，车时不时在颠簸的路上摇曳。小道的四周，是麦田和荒野的组合，偶尔能看到一两个池塘，远处村落只依稀可见，有淡淡的白烟从上方冒出。

"这是哪儿？"林源睁大了眼睛，久居城市的他从未见过这样的地方。

"乡下。"陈斌看到黄远山已经靠在车门上小憩，便替后者回答。

"前面那堆白色的是什么？"林源遥遥指着路前方。

陈宏眼尖，瞥了一瞥："鸭群。"

陈斌听闻此话，降低了一点车速。

"鸭群是什么？"林源茫然。

"就是很多鸭子。"

鸭群也察觉到这个庞然大物的到来，纷纷跳下旁边的小池塘。其中一只鸭子好像是伤了脚，身体移动得非常缓慢，恰巧这只鸭子左边有一个大泥坑，车轮陷进这个坑里，只怕麻烦不小。也就是说，要么停车等这只鸭子走开，要么从它身上碾压过去。

如果是平时，陈斌或许会选择前一种办法，但是现在后面有人追赶的前提下……

"停下！"林源喊了一声。

陈斌皱了皱眉，依言把车停下。

林源跳下车，快步到车前，抱起了那只鸭子。

鸭子猛地在他怀里抖动了起来，"嘎嘎"地惨叫。

林源轻轻抚摸着它白色的羽毛，小心安抚："小鸭小鸭别害怕，你不会有事的。"

车上陈斌看着仪器上越来越接近的那个质点，无奈道："这孩子……"

"不要紧，由他去吧。"陈宏看着小林源，若有所思。

林源生怕受伤的鸭子无法游泳，把它抱过了大坑，将它放在小道边缘，这样车子就不会压到它身上了。

"瞧，这样就没事了。"林源笑了，很阳光。

他回到车上，大众汽车再次启动。路过那只鸭子旁边时候，林源把头伸出车窗挥手和鸭子告别。

日渐西，受伤的鸭子仿佛也理解了人类的好意，不由扭着受伤的身体来到小道中央，看向那辆消失在西边的汽车……

"轰隆隆……"猛然，一辆黑豹式的摩托从它身上无情碾压而过。瞬间小林源所说"没事了"的它只剩一具尸体，连一声惨叫都不能留下。

夕阳的乡间小道上，白色的汽车和黑色的摩托的距离还在拉近。

眼见后视镜上都可以模糊地看到那个"质点"，身为保镖的陈宏终于按捺不住，对陈斌说："打开天窗！"

陈宏两手一撑，轻松一跃跳上车顶，用力将把玩已久的水果刀甩飞到路中央，再跳回车内。

怀炎经过这处，看到那把笔直插在水泥地上的水果刀，减慢了车速，对妹妹说："看来对方有身怀绝技之人。汽车在高速行驶状态居然能把刀投掷插入地面，并且分毫无差的与地面垂直……明显是对我的警告。"

"警告对你有用吗？"怀婷轻问。

"没有！"怀炎用力催动油门，摩托车一下提升到之前的速度，并且继续加快。

"真是不要命了！"车内陈宏冷冷地说，拿出随身佩戴的手枪，从窗户上伸出头，朝着后面就是两枪。

原本空旷寂静的乡道响起了两声巨响。

"格洛克……"怀炎喃喃自语。

怀婷跟随哥哥时间长，知道这是手枪的品牌。

"头靠在我背上。"怀炎用力地说，并且再一次加快了速度。同时，他一只手将枪支安装在摩托车龙头上，疯狂向前面那辆白色轿车扫射。

小林源脑袋紧紧贴在黄远山肩上："外公，他们在干吗呀？"

黄远山轻轻摸着林源的头："别怕，叔叔们在玩游戏呢。"其实他自己的手也不觉在发抖了。

反观陈斌陈宏两兄弟，一个泰然自若地开车，一个更是跃跃欲试要和后面那家伙一较高下，丝毫没有恐惧。

"这两人心理素质还真是……"黄远山不得不佩服，心想林子风派出的人果然靠谱。

此时夕阳已沉，天空响起了滚滚秋雷。

"离接头点还有多远？"陈宏看向闪电交织的天空。

"半小时车程。"陈斌说。

"前面那个桥停下，就在那里解决他们！"陈宏冷冷道。

"'他们'？"陈斌不解。

"有两个！"陈宏不会看不出怀炎背后还有一个人。

雷声伴杂着零碎的枪声，汽车飞快驶入了一座窄桥。

"这是木桥！"陈斌皱眉。

"再好不过，把车停下，你们在车里尽可能把头低下去。"陈宏交代完后，持枪一个翻身从车窗跳下，紧跟着快速跨过桥边护栏，一个跟斗就潜伏在木桥下面，手指用力扣在桥木板的短缝隙之中，另一只手则紧紧握住格洛克。这样一来除非是在正上面，否则很难察觉到这里埋伏着一个人。而等对方到了正上面的时候……

陈斌依弟弟之言把车停下，并交代后面一老一小："趴座椅下面！"

三人都爬到座椅下面，耳闻雷鸣之声，大气不敢喘一口。

怀炎很快来到桥前。此时雨水纷飞，雷声愈洪，桥下流水哗哗作响。看到停在木桥中央的汽车，怀炎疑心顿起。

他把摩托停下，迎着额头上落下的暴雨，将一把手枪和一把短佩刀丢给怀婷："拿着！我去前面看看，你在这里盯紧，一有情况立即开枪，明白？"

他的声音不算响亮，但是铿锵有力，俨然盖过了天上的雷鸣与桥下的暴流。

怀婷不依："我也要去！"

怀炎看了妹妹一眼，未再出言阻止。

杀手兄妹各持枪械，缓步走上桥。

木板发出吱呀声。雨打湿了怀婷漂亮的眼睛，但她无暇去顾及。她在担心，枪淋了这么多雨会不会哑火；她更担心，他们兄妹俩会不会死在这里。

哥哥从来没有失手过。

但是，谁敢保证下一次？

"轰隆隆……"雷声不断，狂风怒吼，豆大的雨点敲击着每个人的心灵。

"外公，我们下去吧。既然是游戏，和他们好好说不就是了。"林源小声对黄远山说。

黄远山没说话，只是不停摸着林源的小脑袋，安慰着他，也安慰着自己。

陈斌拿出车上另一把配枪，缓缓上膛。

"哥，要不，我们走吧？"怀婷忽然停下。一种极为不安的感觉笼罩着她——她有预感，再往前走，真的要出事了……

怀炎没有理她，继续向前。

怀婷只好跟上去。

一步，又一步……

很快，他们走到距桥下陈宏不到一米的地方。

陈宏息声屏气，就等着两个猎物送上门了。

白色汽车上，车尾雨刷器将雨水推开，让林源恰好通过车内后视镜看到了这一幕。其实他早知道——这绝非游戏！

林源忽然打开车门就跳了下去，撕心裂肺地喊："桥下面有人啊！"

声音伴随着雷鸣，传入每一个人耳里。

车内黄远山惊呆了。

桥下陈宏惊呆了。

怀炎兄妹看到他们追杀的对象竟然就这样暴露在他们的视线中，也愣住了。

桥下陈宏反应奇快，朝桥上开了一枪，以引开两兄妹的注意。

果然，怀炎察觉到真正最危险的人在桥下，拉着怀婷猛退两步："你去杀了那小子，我对付这个人，快！"言罢一个翻身跨过栏杆也来到木桥下方。

怀炎一到桥下，就看到陈宏的枪口正对着他。

"嘭！"

怀炎左手用劲，身随力摆，一个快速转身躲开这致命一枪，同时右手把枪举起。

陈宏眼疾手快，双手悬桥，身体垂起，一脚将怀炎的手枪踢掉。

眼见怀炎失去武器，陈宏立刻朝他开出第二枪，不料一声空响，枪俨然哑火。

陈宏只得弃枪，与怀炎在桥下展开肉搏。

木桥上面，怀婷举枪对准林源，一步步朝他靠近。

一个红色的光点出现在林源的太阳穴上，正是怀婷手中那把枪的瞄准器。

林源起初见只是一个女孩，也不以为意，直到察觉对方那森寒的目光时，终于感觉到了恐惧。

"那把……是真的枪？"林源不敢相信，这么小一个女孩，怎么会？

黄远山也下了车，看到林源太阳穴上那个闪闪发光的红点，不由倒吸一口凉气。

"小姑娘，别闹，快把枪放下！"他试图说服这个看起来弱不禁风的小女孩。

此时怀婷距林源只有五米。

怀婷没有理黄远山，仍旧向前。不知为何，她几次想扣动扳机，但都没有扣下去。如果不是这个男孩，刚才他们兄妹俩……

两个小孩，一个单纯，一个漠然，一个天真善良，一个冷血无情。此时，他们的目光复杂地交织在了一起。

"应该吗？""不该吗？"怀婷幼小的心灵充斥着矛盾。

如果是哥哥，这一枪早开了——可她不是。

此时大众汽车里还有一个人——司机陈斌。

可以说，如今整件事情的走向都掌控在他手上，因为他手里有一把枪。只要他冲出去杀了那个小女孩，再和弟弟陈宏合力除掉那个杀手，他们就没事了。

但是他只是个司机。

他有救人的勇气，却没有杀人的意识。

生死关头，陈斌下车打开车油箱，顺手掏出兜里的打火机，扔了过去，大声喊……"快跳下去，车要炸了！"言罢奋力跨过栏杆一跃入河……他早就观察过，这河水很深，距桥只有几米，水流较缓，以他和陈宏的水性，是应付得来的。

黄远山一下懂了陈斌的意思，拉住林源的小手："孩子，危险！快跳下去！"

如果这种危急情况下小女孩还是要开枪，那也没办法了。

怀婷最终没能扣下扳机，轻轻把手放下。

千钧一发之际，林源挣脱外公的手，冲过去双臂搂住怀婷，抱着她一同往河里跳。他们两个身材小很多，可以从栏杆的缝里钻过去。

随着一声惊天巨响，桥下打斗的杀手和保镖也不由自主把抓在木板上的手松开，双双坠入河里。

于是，大大小小六个人，都掉进了河里，躲过了爆炸。

然而陈斌还是大大低估了这条河。水流远比他想的要急，加上今天体能消耗很多，很快他们几个会水的都没有了力气，只能随着水流往下游冲。

渐渐地，几个人在大河之中先后失去了意识……

等黄远山醒来的时候，发现来到了一个极其陌生的地方。

这是一个只有黑白两色的世界，无尽的荒野，数不清不是路的路。

黄远山站了起来，身边空无一人。

这时，响起了一个声音："黄先生，欢迎来到魅之鬼城。"

黄远山惊疑地往四周看，结果非但没看到一个人，甚至无法判断声源来自哪里，仿佛是在这个世界响起的。

"不用找了，你看不到我的，因为我是透明人。"那个声音再次响起。

仍旧找不到声音的源头，仍旧无法估计声音主人的年龄。

"你是谁？这是哪儿？"黄远山大喊，发现一点回声都听不到。

"我已经告诉你了。"

透明人。

魅之鬼城。

这都是什么？

"我知道你还想问怎么会来到这里，怎么离开……第一个问题没必要知道，第二个才是最关键的。要怎么离开呢？魅之鬼城与世隔绝，外来者不可能靠自己出去。"

"你到底想干什么？"黄远山边走边说，他试图找到林源等其他人。

"很简单，我想玩一个游戏。"声音没有随着黄远山的走动产生变化。

"游戏？"

"一个送给你们的游戏。"

"我们？"黄远山停下了脚步。

"我说明一下游戏规则。条件：七个人、七天时间。任务：杀死其他六个人。完成任务的奖励：平安离开这里。未完成的惩罚：全部死。"

"你胡说八道什么？"黄远山终于怒了。

"胡说八道？也许吧。或许你觉得这是玩笑，但你不杀人，就会有人来杀你。"

"七个人？"黄远山冷静了一下，想到一起掉进河里的林源等其他五个，莫非指的就是他们一群人？

"对，你想的一点不错。"声音似乎带着些许笑意。

黄远山震惊不已，对方竟可以猜测到自己在想什么。

"至于还有一个人，你马上也会知道。下面我要具体说明游戏规则，如果就让你们这样自相残杀，实在无趣。在你们游戏的这七天时间里，每个人会有一天的意识。也就是说，在固定的一天时间里，只有一个人有意识，其他六个人都是没有意识的。至于什么叫没有意识，相信黄先生你很快就能明白……"

7 疯狂的游戏

　　"他所谓没有意识，是一种类似于梦游的状态。"黄远山回头看着已经长大的林源，在黑夜中缓缓说道，"弗洛伊德认为，人格由本我、自我、超我三部分组成。本我是由潜意识中的本能、冲动与欲望构成，是人格的生物面，是人格中最早，也是最原始的部分，按'唯乐原则'活动，不顾一切地要寻求满足和快感；超我是人格的社会面，由良心、自我理想组成，在学习和生活中逐渐形成，指导自我、限制本我，遵循'理想原则'，是约束我们所作所为的根本；自我介于本我与外部世界之间，是人格的心理面，自我的作用是能使个体意识到其认识能力，并使个体为了适应现实而对本我加以约束和压抑，遵循'现实原则'，在本我和超我间进行调节。"

　　"本我、自我和超我之间始终处于冲突。本我寻求自身的生存，寻求本能欲望的满足，是必要的原动力；超我监督、控制自我接受社会道德准则行事，以保证正常的人际关系；而自我既要反映本我的欲望，并找到途径满足本我欲望又要接受超我的监督，还有反映客观现实，分析现实的条件和自我的处境，以促使人格内部协调并保证与外界交往活动顺利进行。"

　　"'透明人'给我们食用了一种特殊的药物，也可以说是在我们身上安置了一台设备，这台设备可以让人格中的自我丧失应有的调节能力，任凭本我和超我去竞争人格的主导地位。这种情况下，通常人的本我是可以完全遏制住超我的，这就等同于丧失了道德、律法。而每个人药物中所配的基因不一样，所以抑制超我的时间段也不一样。简单来说，'透明人'让我们七个每人丧失了六天的意识，只依靠本能行动。除此之外，这项药物基因还有另外一个功能，它们可以强行夺走个人的记忆，并蕴存于其中。'透明人'手中握有一个类似于控制器一样的东西，以此来控制人格中自我的苏醒与沉睡时间。并且在我们离开魅之鬼城后，他又通过控制器杀死了每个人身体中的药物基因。所以现在你大脑里留下的，只剩一天的回忆，而这天，恰也是你有意识的那天。"

　　此时林源脑海中残存的记忆一点点被唤醒，他隐约想起了十三年前在白色大众上发生过的事，这些都在他成长过程中被选择性遗忘了。原来他第一次见到怀婷是那个时候，原来她年幼时竟是半个杀手！

林源停下了脚步，驻足在原地："也就是说，我们七个人一起到了那个地方，而且……每个人关于那里的回忆，都只有一天，还是不重复的？"虽然这话没有人告诉他，但是自己隐约也能猜到了。

黑夜无情地侵袭着他的身体。

没有人回答，也就是默认了。

"那么，第七个人，就是林晓夕？"林源不难想象，外公他们找上林晓夕，无疑是有目的的。

"没错。林晓夕，其实就是你叔叔林子云的女儿。"黄远山点燃了一根烟——林源知道外公很少吸烟的。

"林晓夕是我妹妹？"林源失声道。

"准确地说是堂妹吧。那天你叔叔前往事先约定好的地方接你，晓夕说想见哥哥，子云就把她带上了。然而世事难料，子云不慎失足掉入悬崖，而后晓夕被一个神秘人带走，也和我们一样进了魅之鬼城。我猜得不错的话，那个人很有可能便是'透明人'。"

"这些您是怎么知道的？"

"我找她谈过话，旁推侧敲了解到一些事，首先她不知道自己父亲在外身份，不知道过世的祖父是大公司总裁。她出生开始就和父母居于乡里，直到那一天的事情发生前从未出去过。她和我谈起过那次经历，可是只记得有一个人把她带走，之后就回到家里。也就是说她并不记得自己在魅之鬼城那一天所经历的事情……可是，她那一天的回忆，是至关重要的，关系到我们从中了解'透明人'的真正身份。"

"所以你们想到用类似的场景来激发她的回忆。"林源已经大概明白外公他们昨晚为什么要这么做了，但是还有很多并不明白："然而事情已经过去这么久，我们离开鬼城也有整整十三年，为什么又要重新调查起这个？"

"因为这一切并没有结束。"一直没有说话的怀婷开口了。

听到怀婷说话，林源心里百感交集。实在难以想象，曾经这个女孩用枪指着他的脑袋，并差一点让他离开这个世界。可她现在为什么会在这里？她哥哥——那个冷酷的杀手又去哪儿了？

"怀炎已经死了，他是我们七个中唯一在鬼城丧命的人。"黄远山说，

"事后，晓夕自己回到了家，而怀婷则由陈教授收养。你回去后，你父亲得罪的那个黑帮组织，也没有再来威胁过你们家庭。整件事情，在这里也就到了一个段落，这个段落一直持续了十三年之久。我们都想把这个噩梦遗忘，然而在前几天，我办公桌上出现了一张纸条。"他从衣带里拿出一张小纸条，递到林源手上。

林源用手机照亮，纸条上是密密麻麻的横和点：_*_*　＿＿　_*_　_　**_　_*
**_　_*

"摩尔斯电码，continue……"林源沉声道。

"没错。"黄远山微微点头，他知道林源能看懂这个，但没想到一眼就翻译出了意思。

"有什么联系吗？"林源不明白，这一串摩尔斯电码和他们十几年前的事有什么关联？

"在这之前有两串类似的电码出现。一次是我在魅之鬼城的第一天，看到的是'begin'；接着是我们离开魅之鬼城后，我收到一串电码，翻译过来是'pause'。"

Begin、Pause、Continue

开始、暂停、继续。

也就是"游戏开始"、"游戏暂停"、"游戏继续"。

什么"游戏"？

林源愣住了。

"透明人"的游戏，还在继续？

"为此，我们必须要完全弄清楚，十三年前在魅之鬼城里，到底发生了一些什么样的事情。也就是说，需要把七个人的回忆拼凑在一起，才可能得出一块相对完整的版图。接下来，我们会把所知道的一切，全部告诉你……"

一个全市闻名的学者，一个默默无闻的司机，一个冷血无情的杀手，一个心事重重的女孩，一个身怀绝技的保镖，一个未经世事的姑娘，还有从小就有一颗悲天悯人心肠的男生。

七个人，被迫陷入一个极为疯狂的游戏中。

关于魅之鬼城，每个人只有一天的回忆。由于鬼城只有黑白两色，白天与黑夜是并无二异，于是也可以理解为，一人只有一夜的回忆。

他们之间到底发生过什么？

他们是怎样平安离开的？

接下来他们的生活还会发生什么？

一起走近七夜的回忆中。

8 院 长 的 阐 述

魅之鬼城第一天，来自黄远山的记忆。

"透明人"的话不多，说完了他所谓的"游戏规则"后，就好像从黑白世界消失了。

然而这些不多的话，足以给黄远山心里盖上一层巨大的阴影。

不用质疑"透明人"的能力，既然可以神不知鬼不觉把他们带进这里，也必然有能力除去他们所有人。这样一来，似乎只能依照"游戏"规则来保全自己的生命。

就算黄远山不会依照规则来做，可别的人呢？

别的不说，那个杀手，肯定会不顾一切除掉他们所有人。

另一件非常恐怖的事情是，一个人只有本能而没有意识，会干出什么事情来？

这似乎又要追究到另一个问题：人之初，到底是本善还是本恶？

这个问题很难有个明确的回答，不过可以肯定的是，本我与生俱来，但在成长过程中，也一定会产生与其经历、见识所相对应的变化。

也就是说，真正的问题其实是：一个人在剥去那层约束他的外壳后，其本质是一个怎么样的存在？

走在大街上，看到一个花枝招展的女人，她是不是很喜欢打扮？看到一个郁闷低头的学生，他是不是在学习生活上没有自信？看到一个把豪车停在最显眼位置的贵公子，他又是不是很虚荣？

你当然可以这样去想，然而绝不能因此得出定论。

女人可能是为悦己者容，学生可能在苦苦思考问题，贵公子可能是想让约好的人尽快找到他。

不过不管一个人内心究竟是怎么想，也不管他成长成什么样，所有人的本能都会存在一个交集，那就是生存。

现在他们就面临着这样一个游戏规则——想要生存下去，一定要杀死其他六个人。

当你处于一种正常状态，能够用正确的方式去思考问题，那你很有可能不会这样做。因为你的理性与良知，会阻止你犯罪。但是，一旦没有了这些，谁能保证自己还是一个所谓的好人？

黄远山就处在这样一种困难的局面里。

今天他是唯一清醒的人，可以确保自己不去伤害任何人。

可是明天呢？后天呢？

会不会在第一天就被某个"沉睡"的人杀死？

会不会在接下来几天被"清醒"的那个人杀死？

又或者，会不会自己在失去意识的时候，也杀死哪个"沉睡"、"清醒"的人？

黄远山矗立在这片荒野中，这个黑白世界里。

他摸了摸放在胸前衣带上的随身笔记本，发现纸笔居然都还在。不过原本滑顺的纸质变得干且硬，想到自己之前掉入水中，不难猜测笔记本被人烘干过。

翻开本子，以前记录的点滴全部被撕毁，只剩一连串的摩尔斯电码：_***

* _* ** _*

Begin

"游戏"开始了……

黄远山无力地瘫坐在地上。

他是从小就接受过严格教育的人，思想正统，为人刚正。他肯定不会去杀人的，却又如何去保证其他人？

时间不知道过去了多久，黄远山最终下定决心在笔记本上写了一行字："我们都能平安离开，但绝不是通过犯罪的方式！"

这行字刚写完，就有一件冰凉的物体顶在他脑袋上。

黑色的手枪！

那是陈斌。

如果要问现在所看到的这个陈斌和之前的有何不同，那就是眼睛。现在的陈斌，眼神空洞而深邃，像是一个完全失去情感的人。

"对不起了黄先生，为了活下去，我必须这样做。"他的声音也变了，和眼神一样，冰冷不带感情。

"我们都能平安离开，但绝不是通过犯罪的方式！"黄远山大声把自己写的话说了出来。

"是吗？"陈斌食指已经扣上扳机。

"我一介书生尚且不惧，你远比我勇敢，为何会怕他？他让我们怎么做，就一定要听吗？我们完全可以凭自己的努力离开这里，有什么理由用犯罪的方式？"黄远山仍旧大声质问。

"有道理，让上帝来决定吧。"声音依旧淡漠，语气却像极了《黑暗骑士》中投硬币的双面人丹特。

随着"咔擦"一声，并没有子弹出膛。

这一次，不勇敢的黄远山连眼皮都没有眨一下。

"原来真没子弹了。"陈斌将手枪收起，不像在笑，"我不喜欢按规则游戏。既然你也另有主意，就好好和那家伙唱反调吧。"

黄远山深吸一口气，知道陈斌已经不会对他构成威胁——起码眼下是这样的。

黄远山认为，仅以他们四个人来说，最危险的其实是陈斌。

林源只是个小孩。

陈宏是林子风身边的保镖，他脑子里想的是如何保护身边的人，这种人即便失去弗洛伊德论述的"自我"，仅有"本我"的他也不会去伤害对自己不构成危险的人。

那么剩下的，也是四个人里最可能杀人的，就是陈斌了。

但陈斌没有这样做。

黄远山迅速清理了一下思路。现在第一步要做的，是找到小林源和陈宏，小林源一定要保护好，陈宏则是唯一可以和杀手抗衡的人。第二步有两个选择：一是他们四个一起想方设法找到魅之鬼城的出口，最后脱离；二是找出所有人，齐心协力离开。相比而言，第二个选择会让他们逃脱鬼城的概率增加，但风险也高得多。

谁有把握能说服那个杀手？就算他处在清醒的状态可行性也非常低，更何况是现在？

于是黄远山决定，先尽快找到林源与陈宏，然后他们四个共同商讨离开的对策。没有意识不代表不能思想、没有智慧，就像现在的陈斌，仍然是可以正常思考问题的。只不过失去"自我"的他们，思考的方式想必不和以前一样。

然而有一个问题每个人都会去想的，那就是如何生存下去。

陈斌想杀他，是因为要生存。

"透明人"说，要生存只有一个办法，就是杀死其余六个人。这是陈斌杀人的动机，他认为这是唯一可以生存下来的方法。

现在黄远山推翻了这个"唯一论"，要生存不一定要杀人，不一定要按"透明人"所给的规则来办事，他们自己也可以想办法离开。魅之鬼城不可能是无边无际的，能进来，也就必定能出去，只要他们愿意去想。

无意识的陈斌接受了黄远山这个新的、也明显更为合理的方案。

于是在黑白两色的荒野中，他们寻找着其他人的踪迹。

黄远山知道，他们仍然面临着无数的问题。

首先就是，"透明人"究竟是个怎样的人，他为什么要制造这样一个"游戏"？这是黄远山最好奇的。然而现在思考这个没有意义，也不会有结果。现在他应该把所有精力放在逃离这个地方的方法上。

第二个问题随之而来：魅之鬼城是个怎样的地方？照"透明人"的话，这是一个与世隔绝的地方，想依靠自己的本领出去，比登天还难。可但凡在这个星球上，再与世隔绝的地方也必然有与外界的连接点，魅之鬼城也无疑会有一个甚至多个出口。"透明人"之所以这么说，肯定是因为这个点很难找到，或者即便找到了也没办法出去。

第三个问题："透明人"会不会干预这个"游戏"的行进过程？如果他发现这些人没有按自己给的规则来"玩"，会不会对他们痛下杀手？对于这个问题，黄远山心里有个模糊的答案。"透明人"这个游戏的目的，不好揣测，但不是为了杀人。如果只是想杀人，大可不必费此周折。还记得他说的那句话："魅之鬼城与世隔绝，外来者不可能靠自己出去。"什么叫不可能靠自己出去？此话之意，似乎"透明人"并不反对他们自己想方设法寻找出路。

第四个问题，假设"透明人"不干预，那么限制他们逃脱的因素会有哪些？把他们七个看成一个圈子里的人，可以笼统概括为两种因素：圈内因素和圈外因素。圈内因素包括七个人体内"本我"的根本想法，能不能接受黄远山提出有别于规则的方案，包括杀手兄妹对其他人所构成的威胁，还包括所有人思考计划和执行计划的能力。圈外因素主要是魅之鬼城的环境对他们造成的干扰，因为不知道这里究竟是个怎样的地方，也就无法预估突发的危险，无法预估找到出口的难度。

第五个问题，除了他们六个，还有一个人是谁？他（她）是个怎么样的人？会不会和杀手一样有巨大的威胁？

"您见到了林晓夕？"林源已经知道"第七个人"就是林晓夕，却不知道她是在第几天和外公等人相遇的。如果林晓夕先碰到的是怀炎，恐怕已经不在这个世界了吧？

"对。"黄远山吐出个烟圈，"我和陈教授先遇到的是她，而后在第二天才找到你。我看到她的第一眼，就知道那是个可怜的孩子，不可能会威胁到我们的。"

"当时您并不知道她就是我叔叔的女儿吧？"

"不……我猜到了。"

"什么？"林源不解，这怎么猜？

"看看你胸前的挂饰。"

林源胸前是一个木制的观音像，这是他从小就佩戴的。

"这是当年你祖父林永观用小叶紫檀刻成的观世音饰品，起初被你祖父分成正反两面，分别给了你父亲和你叔叔，以保平安。你出生后没多久，子风把它戴在了你身上。我见到晓夕的时候，第一眼就看到了她脖子上挂的饰品，和你的一模一样。这是世上独一无二的挂饰，也就不难推出，晓夕是子云的女儿，也就是你的堂妹。"

"原来是这样……"林源想起来了，这个紫檀木所刻的观世音在他小时候是只有半面的，后来不知道从什么时候开始就成完整的了。

"在魅之鬼城里，晓夕把挂饰的另一半给了你，因而它现在是完整的了。"黄远山说道。

"可是，'透明人'把晓夕牵扯进来，有什么特别的目的吗？"不知不觉，林源也改变了对林晓夕的称呼。

这次没有人回答他——看来并不是所有问题都已经弄清楚。

林源有个猜测：叔叔林子云失足跌落山崖，晓夕停留在原地，直到"透明人"出现，把她带走。那么，晓夕当时所在的位置，恐怕距魅之鬼城的入口很近。

由这个猜测又可以折射出一些思路："透明人"把他们四个和杀手兄妹捏合在这个"游戏"中似乎可以理解成巧合，毕竟当时他们都坠入河里。但是，年幼的林晓夕也参与进来，就完全可以否定这是巧合了……"透明人"必然了解了整件事的来龙去脉，否则就不会知道他们七个人间的关系。

如果是这样的话，那关于"透明人"的身份，就只剩两种较大的可能：第一，他是先知，可以知道别人身上发生的事情；第二，"透明人"就是他们身边的人，所以能够这样清楚地了解他们彼此间的关系，甚至有可能……

林源拼命甩了甩头，让这个荒诞可怕的念头离开他的大脑。

"在魅之鬼城的第一天,我们不断寻找你的踪影,同时观察着这个特殊的世界。这似乎是一个无际的荒野,永远都没有尽头。在这里,我们没有看到特别的参照物,只能靠感觉寻找可能出去的地方……然而,除了晓夕外,这一天没有任何收获。"黄远山丢去烟头,踩灭了小小的火苗。

"然而,最重要的决定,却是你做出来的。"怀婷说。

"否则,也没有今天的我们了。"林源也安慰。

此时,H大的校门已经在眼前。

黄远山告诉林源这七天的顺序:黄远山 -> 陈斌 -> 怀炎 -> 陈宏 -> 林源 -> 林晓夕 -> 怀婷。

这个顺序的含义,林源自然是知道的。

"我是第五天吗?"林源有点意外,原来他那天的回忆,已经接近在魅之鬼城的尾声了。

"很晚了,明天让陈教授和小婷跟你讲接下来的几天,先回去休息吧。"黄远山对林源说。

"知道了。"林源也没有迫切要了解剩余几天的事。他想,自己可能需要缓冲一下……

躺在寝室的床上,林源闭上眼睛。

真的没有想到,十几年前竟然发生过这样一件事情。

仇杀、躲避、缠斗、坠河、魅之鬼城、透明人、七天的回忆……

实在是太不可思议了。

外公所说的话,只能代表他的观点、他的理解。至于他所揣摩的推论是否正确,在当时那个环境下是不得而知的。

林源用被子蒙住头,陷入了沉睡。

9 隐身的斗篷

清晨，让林源醒过来的不是闹钟，也不是梦想，而是疼痛。

腹部剧烈的疼痛感让没有休息多久的林源无法再睡下去。

也难怪，他的胃本来就不好，这几天无规律的饮食总算有报应了。

看了看，三个室友只有王昆坐在电脑前。不用想，另外两个室友中，吴辰回家，乐小豪要考研老早就泡在图书馆。

"王昆！"林源忍住痛楚喊了一句。

听王昆点击鼠标的快速频率，不难判断出他在干什么。林源喊了他的名字后，王昆也只是抬头看了一眼，然后目光又回到了电脑。

"我肚子疼，你能不能陪我去趟医院？"林源一边说一边拿出手机，他猜王昆是不会答应的。

"我要上钻，你忍忍吧。我肚子也疼过，忍一下就没事了，什么时候麻烦过你们？"王昆戴上耳机，不想再听林源说什么，专心上钻去了。

林源拨通了另一个室友乐小豪的电话："小豪，那个，我肚子痛得厉害，能不能跟我去趟医院哪？"

"这个……我要看书哎，马上考试了都，每分钟都很宝贵啊。你不是有个那么漂亮的女朋友吗？叫她不就是了，可比我们这些汉子体贴得多。"

之后沉默一阵，也不知是谁先挂了电话。

林源完全愣住了。

王昆不答应完全在他意料中。

可是乐小豪……

乐小豪高中时候就是林源的同学，同学关系一直持续到现在，也就是大三。他是一名掉入文科圈中的理科生，明明喜欢数理化，却因为家人影响选择了文科。他有项特长，可以模仿其他人以及各种动物的声音，并且与原声几无二异，曾经参加国家级的比赛获奖，也正因如此家里人才希望他走文科的路子。现在乐小豪坚持要实现过去的愿望，往理科的方向钻研，但几年来落下的东西实在太多，进展非常困难，正因如此他才起早贪黑，梦想能考上化学方面的研究生。

在林源看来乐小豪虽然压力非常大，但仍然能每天保持乐观。因为一起度过了好几年，关系特别好，彼此也很是了解……

然而今天……

林源自以为他俩关系很铁的，怎么会连这种事情都？

诚然他晓得乐小豪要考研，可后者平时也没少和他一起去吃夜宵唱歌，他以为小豪会毫不犹豫放下手里的事来帮他的。

这种失落的感觉一直持续在林源心里，直到夏薇接通他的电话也没有平复。

"薇薇……"

"哼！"

听到夏薇这声冷哼，林源才想起昨天惹她生气过，一直打电话都被挂断。

林源苦笑，他现在有闲空去解释这个？

"薇薇，昨天是我不好，以后再和你赔罪。我现在肚子好痛，你在哪儿，可以陪我去趟医院吗？"

"少来！"

"我没骗你，真的好痛。"林源痛得额头一直冒汗，不断流进他的眼睛。

"自己去校医室呗！"夏薇口气依然冷漠。

H大校医室医术极差，据说去看病的学生就没几个治好的。夏薇这样说，又等于在泼冷水了。

"薇薇，我……"林源急了，猛地咳嗽了几声，痛得就要说不出话来。

"喂喂喂……"这时电话另一头的夏薇才意识到林源好像不是在耍她，"你没事吧？"

"你说呢？"林源声音干哑了不少。

"你别吓我！"夏薇终于紧张了，"我昨晚回老家去了，你室友呢？"

"他们都有事……"林源也不知该如何解释。

"什么事有这么要紧啊？那我现在该怎么办？我到学校怎么也得三个小时啊，你能忍吗？"夏薇焦急地发出一连串问题。

"当然不能……我找别人吧。别担心，我不会有事的。"听到夏薇焦急的声音，林源感觉暖暖的。

"可是……"

"都说不用担心啦……我要请求支援，快挂了吧。"林源勉强挤出些许笑意。

"真是的，这种时候还要管谁先挂……"那一头夏薇嗔怪，声音却很温柔，"好了发短信告诉我啊。"

之所以是短信而非电话，是因为夏薇察觉到林源说话很吃力。

林源等夏薇挂后，拨通隔壁宿舍张蒙的号码，却听到一个粗犷的声音："喂！哥们，怎么了？"

糟了，脑子一乱电话都打错了，这是昨天那个张猛啊！

"手机有点问题，乱点屏幕不小心拨到你那儿去了。"林源可不想说是打错了。

"你声音不太对啊，不舒服？"张猛一听就察觉出林源的不对劲。

"是啊，肚子疼得厉害。"林源老实说。

"你在 H 大是吧？等我，现在一早车少，15 分钟就到。"

"这……你酒吧要开张，事挺多的吧？"林源不好意思地说。

"还跟我客气了？一个酒吧而已，有什么要紧？"张猛豪气地说。

没想到这家伙还是跟当年一样讲义气……

"你还是跟当年一样有情义！"林源无力地躺在张猛车上。

张猛样子和初中没多少变化，多点沧桑罢了。

"那是！"张猛也不客气，"我书读得少，清楚'情义'二字有多重。"

林源笑了笑，不知该说什么。

"哪家医院好？"张猛已经开动了轿车。

"市二人民医院吧……"那是前晚送晓夕去住的医院，刚好可以去看下她怎么样了。

"哦？听说那医院看病很贵啊，你个穷小子消受得起不？"张猛哈哈大笑，倒没有恶意。

穷小子？

林源想起来了，他初中那会儿就是埋头读书，低调得厉害，穿得土里土气，活像农村老表，也没几个人知道他的家底。不过从张猛这话也可以听出，他并不是因为自己家有钱有势才愿意帮忙的。

"这点钱还勉强能出得起。"林源也没多解释。

也许是听出林源声音微弱，张猛说："你休息一下吧。有空来我酒吧转转。"说罢也不再言语了。

睁开眼睛的时候，林源先看到的是一双粉嫩的手。

"薇……"林源下意识地说出女友的名字，却发现病床边坐的女孩并不是夏薇。

"你……你怎么会在这里？"林源确定没有看错后，很疑惑地问。

此时他面前坐的人，竟然是怀婷！

"陈教授要我找你的。你忘了吗？"

林源这才想起，今天陈斌教授要给他讲在魅之鬼城第二天所发生的事。

"呼，一大早就肚子疼，什么都不记得了。"林源一骨碌从床上坐起，看了看表，已经快十二点了。

"不，我不是说这个。你刚刚问我为什么会在这里，难道你不记得了吗？"

"'记得'？记得什么？"林源莫名其妙。

怀婷本平静如水的表情出现了一点波动，不过很快又恢复过来。

"没什么……你现在感觉怎样了？"

"不疼了。"林源看了看挂在病床上方的点滴，摸了摸肚子，疼痛的感觉已经消失。

"那我们回学校去见陈教授吧。"怀婷说道。

"等等……"林源喊住了正欲起身的怀婷，"你包里装的是什么？"

他注意到怀婷背着个绿色的小包。

"衣服……"怀婷已经站起来了，并没有回头的意思。

"能和你说几句话吗？"

这个女孩曾经是个杀手的妹妹，她自己手上也可能沾过血。然而从她的眼睛里，林源没有感觉到任何危险。

在陈教授身边长大，早已磨灭了那颗冷血的心吧。更有可能，她从来都不是那样一个人。清楚地记得，黑白世界里的这双眼睛，对林源并无恶意。

见怀婷缓缓坐回原处，林源开口问："交男朋友了吗？"

怀婷不料他张口就问这样的问题，摸了下鼻子，迟疑了好一会儿，轻轻点头。

"你和他交往的时间并不长，包是他送给你的，可是此时里头装着一件他也不知道的东西，如你所说，可能真是一件衣服，却非常之特别。"

"你……"怀婷总算花容失色。

"都蒙对了？"林源笑了。

"你是蒙的？"

"不全是，我一个个说吧。"

"通常和男友交往时间长的话，回答刚才那个问题的时候即便有扭捏的表情，迟疑的时间也不会这么久。"

"从我醒来，看到你的手有意无意地触摸了包上面的塑料宝石几次，说明你很重视，想必是非常重要的人送给你的，而你的家人……抱歉。再根据你看它时特有的眼神，因而极有可能是你男友送给你的。"

"包的拉链口有一个袖珍的暗锁，需要用密码才能拉开，不仔细看的确很难发现，也就是说包里装了很重要、也很隐秘的物件，而这个暗锁的设计和包的整体造型格格不入，显然不是原配，而是后来装上去的。包是你男友买给你的，之所以在上面装一把暗锁，除了防止其他人翻开，也不想让你男朋友翻开，当然他可能不会注意。"

"你刚才说里面是件衣服的时候，不像在骗我。这一点我并不明确，只是凭感觉。如果真的是衣服，以这个包的大小，不易容纳，加上你上了把暗锁，说明这件衣服，必然是非常特殊的。"

说完这些，林源拿起手旁的矿泉水瓶，轻啜一口，干涩的喉咙感觉好了很多："你买的？"

"嗯……"怀婷则还震惊于林源的推理。

"谢谢了。"

"不客气。"怀婷微微低了下头，"果然，陈教授说得没错，有你在，对我们分析十三年前发生的事，以及现在的情况，有很大的帮助。"

"他过誉了……那么，现在你可以告诉我，包里装的是什么吗？"林源现在感兴趣的还是在那个包上。

"其实你迟早会知道的。黄院长和陈教授都能比我解释得清楚，何必要问我呢？"怀婷淡淡地说。

"对于外公也陷入过当年那件事，我现在还没回过神来，再加上他是我亲人，有些话不便直说；陈教授这人，我也算没少接触，但终究看不透。你我年龄相仿，交谈起来反而容易得多。"林源放下水瓶，语气很平静。

"你会不会怕我？"怀婷也是忽然冒出一问。

"有一点……"林源老实回答。开玩笑，毕竟眼前这位看似弱小的女生，差点夺走他的生命，要说林源现在对她没有丝毫戒备，那是不可能的。

怀婷点点头，也没有对这个答案感觉意外。

其实……她也未必在乎吧。

"里面是一件轻斗篷。"怀婷一边说，一边解开了暗锁，拉开拉链。她的手法轻且快，好像根本没有解锁动作。在林源看来也只是轻微地用小指勾了一下，接着拇指与食指顺手就把拉链拉开了。

"一件透明的、可以隐身的斗篷……"怀婷补充。

"隐身的斗篷？"林源怔住了。

怀婷从似乎包里拿出了一件东西，却是根本看不见的物体。

"陈斌教授是科学怪才。在近几年的时间里，他用已知的硅纳米材料，把具有不同折射率的介质有机结合在一起，使光线持续地改变方向。我们肉眼本应看到的物体，因为没有正确返回视界范围，造成无法视察。"怀婷解释，"然而这件斗篷并非完全能够隐身。比如你有一面甚至多面镜子，有机地通过光线不断折反射，还是可以看到它的。"

"通过影子也是可以的吧。"

"那只能知道这个地方有人。"

"也就是说，前天夜里晓夕所遇到的一切，和它有关了。"

"没有错。"

"能具体讲一下吗？"林源深吸口气，不得不惊讶于陈斌竟能秘密研制出这样的东西。

"这个……恐怕要从十三年前的事说起。我想，我是讲不清楚的。"怀婷摇着头。

"没事，我能听懂就行。"林源笑了笑。

于是怀婷说起了关于前天晚上事件的前因。

"关于十三年前，我们七个所留下的，并不是一份完整的记忆。"

"你知道，其实当初我们在鬼城里面，是有记忆的，只是因为人格中的自我能力被抑制，会出现对之前记忆比较模糊的现象。而真正完全没有记忆，是出魅之鬼城后的事情。"

"前三天，黄院长、陈教授以及……我哥哥，他们都在有意识的那天，在黄院长那本记事本上写下了他们重要的见闻，以及对如何逃离魅之鬼城给出观点、进展。"

"我知道你想问我哥哥的事。他并没有伤害我们之中任何人，因为……里面有一个他无法下手杀死的人——那就是我。关于这个，我以后还会和你讲的。总之，他们四个大人的观点达成了一致，就是逃出魅之鬼城。"

"第四天，陈教授的孪生弟弟陈宏查看了前三天记事本上的全部内容，并记载了他个人在前四天的见闻及进展。"

"然而，在这之后，接下来只有我们三个小孩。当时的我们不可能用文字来记录一切，所以假使我们成功逃离，也只能依靠大脑的记忆。"

"最终的结果是，除了我哥哥怀炎，其他六个人全部安全离开了魅之鬼城。可是那本记事本，丢失在鬼城之中。幸而有第四天记忆的陈宏，还记得上面记叙的内容，所以对于第三天发生的事，也有个大致的轮廓。不久之后，陈宏因为这次遭遇，患上了精神病，终年在家休养。另外，第五天和第七天，你我都有比较清晰的记忆。唯有第六天，林晓夕却一点都想不起来……"

说到这里，林源打断了她："你是说，陈教授的弟弟，那个和他长得一模一样的保镖陈宏，现在已经患了精神病？"

"没错……并且已经很久了。大概离开魅之鬼城后的第三个月，他就得了这种病。"怀婷说道。

"一个精神病患者在家休养，岂不是非常不安全？"

"他并没有做过什么危险的事，只是言语不着边际，举止古怪异常罢了。再说，我们对他也是有防范的。"

"从那以后，你一直在陈教授家居住，每天都要面对两个长得一模一样的人，不会觉得很困难？"

"你是说会混淆？那不可能，一疯一正常，根本无须分辨。"

林源点点头："我想去陈教授家看看他。"

"可以……"怀婷说。虽然不知林源意图何在，但这显然不难。

林源回到之前的话题："也就是说，陈宏在得精神病前，把他自己的记忆以及在记事本上你哥所记述的内容，告诉了我外公和陈教授。加上你和我的话，第一、二、四、五、七天的记忆，都有一个整体详细的过程。而第三天，只是出来后陈宏对记事本上内容的回忆，有个总体的轮廓；第六天，则因为晓夕无法想起，一无所知。所以你说这不是一份完整的记忆。"

"是，但不完全是这样。"怀婷轻轻摇头，"其他人第六天发生的事，都在第七天告诉过我了。唯有林晓夕……"见林源似懂非懂，怀婷话锋又是一转："本来我们都打算把这件痛苦、恐怖的事情忘记，但在不久前黄院长收到第三串摩尔斯电码后，终于面临把十三年前往事弄清楚的问题。"

"然而我外公找到晓夕，旁推侧敲，发现她始终只记得'透明人'将她带走的情节。于是外公想到一个办法，用类似于在魅之鬼城所经历的场景，试图推醒她的记忆。可没有人知道晓夕第六天发生了什么，所以外公用相邻的第五天，也就是我的经历，来模拟场景，因为这件事我恰好只告诉过外公一个人，所以他知道如何布置。但我还是有一点不清楚，与第六天相邻的，除了第五天外，还有后面的第七天。那么，外公他为什么选择的是我，而不是你？"

似乎早料到林源会问这个，怀婷一字一句答道："因为我的记忆里，并没有林晓夕这个人。"

这个答案绝对是出乎林源意料的，他也算是明白了怀婷之前那半句没说完话的含义。

怀婷第七天的记忆中，居然没有林晓夕这个人！

"那其他人呢？"

"全部有。"

这也就是说，林晓夕在七天中的最后一天，并没有和他们在一起。

她去了哪儿？

她一个小女孩是怎么离开魅之鬼城的？

林源感到大脑极度混乱，他使劲地摇了摇头，勉强道："说说你们是怎么做的吧。"

怀婷能够理解他此刻的混乱，未安慰，继续说前天晚上那事。

"受前段时间雷阵雨和台风影响，城北电路大面积故障，需要维修，于前天晚上开始，城北区超过 90% 的地方将于夜晚停止供电。"

"借助这个机会，黄院长决定执行他安排好的计划。模拟林晓夕和你、我在魅之鬼城第五天的场景，来帮助林晓夕回忆起在那里发生的事情。黄院长认为，本我由各种生物本能的能量所构成，没有意识，并不完全代表没有记忆，正如梦游者有想起他在梦游时所做事情的可能。"

"而你的记忆里，有两个非常重要的场景，完全可以在林晓夕毫不知情下模拟出来，就是'鬼城公交'和'无尽楼梯'。"

说到此处，怀婷的手机铃声响起，一首悠扬的乐曲。

"《那个夏天》？"林源笑了笑。

"没错……是陈教授打来的。"怀婷一边说，一边接通了电话。

"我女朋友用的也是这个铃声。"林源说道，隐约感觉这和之前发生的什么好像有关系，但一时又记不起来。

正想间，怀婷已经接完了电话。

"陈教授让我们过学校去。你肚子还疼吗？"

"没事了。"

"那边走边说吧。"

"可是？"边走边说，开玩笑，这种事怎么能再让其他人知道。

"我开了车过来——陈教授的。"

"如此说来，今天倒有幸坐美女的车了。"林源笑了。

"走吧，莫贫了。"怀婷没笑出来。

车内。

"还是先讲讲你那天的经历吧。虽然已经听黄院长讲过，但从你自己口里说出来，必是不一样的。"怀婷熟练地操控着方向盘，看样子车也没少开。

"你总算对我有兴趣了。"林源开玩笑。

"我只是想知道在我自己身上发生过，却无从忆起的往事。"怀婷正视前方。

"也好……"

林源又一次说起了前天夜里和夏薇讲过的那些话。

只是这一次，之前的"婷"变成了"你"。

10 林源的回忆（下）

水面上空，落下的不是雨点，是蜘蛛。

蜘蛛雨……

只见大湖之上，密密麻麻的黑色蜘蛛从天而降，它们个头不大，张牙舞爪在空中缓飘，像一只只小幽灵。

我挥舞着手里的船桨，试图把这些从天而降的、可怕的小东西驱走。

"你在干吗？快来帮忙啊！"我看到你蜷缩在一旁，瑟瑟发抖，不敢动一下。

"你怎么了？胆小鬼！"我骂人了，也很气恼，心想狼这么大的生物，好歹有胆逃跑，蜘蛛这么小的玩意却动都不敢动一下。

我把上衣脱了，遮盖在你身上。

然而那些蜘蛛还是一点点地爬向我们。

我趴在船上不停地滚动着，无数小蜘蛛被我压成了肉泥。很快，比湖水更腥的气味侵入了我的鼻孔。我在想，如果我会游泳就好了。

"婷！你会游泳吗？"

"没用的，它们是水蜘蛛。"

"有毒吗？"

"毒性轻。"

"那你怕什么？"

如果那个时候别人告诉我你是一个杀手的妹妹，并且出生入死过无数次，我必定是不会相信的。

渐渐地，你终于不那么害怕了。

"我们马上离开这里！"你告诉我。

"该怎么办？"

"那边有个小岛，看到没？那里会有遮挡的地方。"

我看到了，岛离我们不是很远。

于是我们迎着漫天的"蜘蛛雨"奋力划动着船桨，总算跌跌撞撞到了小岛。

这是一个很奇怪的岛。

我们正前方是一个浅滩，浅滩两边都是岩壁，只有中间留下一条小道。小道一直往前大约 50 米，是一个洞口。洞口很大——至少当时我是这样认为的。洞口的左右上方各挂有一个火把，在这个两色世界里冒着不知是黑还是白的火焰。

我看出来了，这简直就是一张妖怪的脸，洞口是它的嘴巴，火把是它的眼睛。妖怪面容狰狞，"双眼"闪闪发光，可怖至极。

我立刻就感觉害怕了："好像不下蜘蛛了，我们走吧。"

"不，我要进去看看。"你胆子一下又比我大了。

"你没看出来吗？这是只大妖怪！你想进它肚子吗？"

"是妖怪的话，早把我们吃了。"

我激将："要去你自己去吧，我可不会陪着你哦。"

你真的自己去了。

我吓坏了，赶紧跟在你背后。

你没有直接进去，而是沿着洞口的蔓藤往上爬，那身手真没的说。

"你干吗？"我在下面仰视着你，大声喊。

我可没本事爬上去啊！

"摘个火把。"

这话算是安慰了我一下，随即又紧张起来："你把它眼睛弄掉，我们会死得很难看的！"

可是你已经拿下了火把："洞很深，没有火你怎么看？"

眼看你决心进去，我还是很害怕："进这个地方干吗？怪阴森的！"

"没准这就是出口，你不想离开吗？"

"可是……"

"刚才你不是很勇敢吗，现在怎么了？"你把衣服丢回给我，我才发现自己是光着膀子的。

接着你头也不回就进去了。

我紧紧跟着你，生怕走丢。

洞果然很深，如果没有火把，的确是什么都看不见的。

里面安静得厉害，没有任何声音。

不知走了多远，你小声嘀咕："这的确是通道。难道真的会是出口？"声音很小，但长久在洞中回荡。

一片阴冷中，我感觉自己的牙齿咯咯直响，说："这地方好阴森，会不会有鬼啊？"我尽可能调控自己的声音到最小，没想到还是响得出奇。

见你不理，我又说："这墙上小窟窿好多，肯定是有蛇的！"

你还是不理。

"这么脏的地方，肯定有好多蜘蛛。"

你终于停了下来。

犹豫了一下，你把火把给我："你走前面！"

"凭什么？"我大概猜到，你害怕那种小东西。

"你不答应的话，我就跑了，留你一个在这里。"

"你手脚协调是好，不过你跑不过我，之前狼追我们的时候就证明了。"

看到你似乎有所动摇，我赶紧说："要不我们趁没走多远，赶紧离开这地方吧，等下就来不及了。"

谁知你一声不吭，扭头继续往前走。

"好吧好吧，我认输。"我抢过火把，走在了前面。

这似乎是个无底洞，天晓得走了多久，一直没有尽头的样子。

"现在怎么办？"我想你也该急了。

"前面有个岔道，出口应该不远了。"

"你怎么知道？"

"有两个不同方向吹过来的风……"

的确，没再走多久，洞内通道一分为三，两条不同的路出现在面前。

"该走哪儿？"我回头看你。不料脚下踩到一物，一个跟头栽倒在地。

还好你眼疾手快，夺过我手中的火把，没让光熄灭。

而我却大声尖叫了出来。

我发现踩到的竟是一个人！

在那个世界里，我一直没有机会知道她的名字。

直到十三年后的现在，我才知道她竟是我妹妹——林晓夕。

"有鬼！有鬼！"我终于压制不住心中的恐惧，放声大哭。

"吵死了！这是个人！"

我仍然止不住哭声。

你蹲下去把这个人，也就是晓夕，扶了起来，用力摇晃着她："喂！醒醒！"

这时我通过火把的光芒依稀看清，这的确是个人。而且……感觉在哪儿见过。

"我好像见过她……"我擦了擦鼻子，不哭了。

晓夕在你怀里悠悠转醒。

你一见她清醒，就问："说，知不知道魅之鬼城的出口在哪儿？"语气还挺凶。

"你疯了？"我搞不懂为什么要这样吓她。

谁知她晃了晃脑袋，缓缓伸出手，指向一个地方。

她指的竟是我们来的方向！

"她也疯了？"我立马被她这个动作惊呆。

你一把将她放下："可能吧！"

刚醒的晓夕被你这么一弄，又晕了过去。

"喂喂，你就这样不管她了？"

你没有理我，拿着火把在这个黑暗的岔道里转了又转。

看你想不出主意，我提醒："你看地上那深脚印，这就是她的！很明显，她是从左边那个道口跑过来，然后不小心滑倒在这里的。"

你盯着那个脚印看了看，好像认可了我的说法："然后呢？"

"没有然后了。"

"那我们分两路走吧。"

"别别别！我再想想……你觉得，她跟我们是不是一路的？"

"是……吧？"你好像也不能肯定。

"是的话，左边通道就不是出口。因为她是从那个方向过来的，是出口的话，她不会往里跑。"

"你的意思，我们该往右走？"

"我不确定……"我又想到个事，"可是她刚刚指的，是我们来的方向！要不要问问？"

"不用。你又不是不知道我们从什么地方来！"

"我们怎么判断自己出去了？"我觉得不可思议，也许刚才那个下"蜘蛛雨"的湖，就是魅之鬼城外面呢！

"当世界有颜色的时候。"你给出了依据。

是的，我们所在的世界，一直都没有颜色。

"走右边！"你做出决定！

"带上她？"

"随便！"

于是我扶着晕过去的晓夕，一起往右边走。

果然，出口不是太远，大概过了半个小时，终于走出了这个洞。

然而，我们眼前的，仍旧是黑与白。

但和之前完全不一样了。

我们过来的另一头，是个大荒野，没有方向，只有一望无际的电线杆和小山峦。而这里，有很多条规规矩矩的路，大小不一，延伸向未知的远方。路两边可以看到些许花草，虽然它们是那样稀疏。天已经暗了下来，不可及的远处，隐约可以看到一些建筑。

"走错了！"我呆了一阵，"回去走另一边吧。"

"不！我们可以试着在这里找答案！"你否决。

"是的，要找到一个人。"不知什么时候，晓夕转醒了过来。

我吓了一跳，险些把她推开："喂喂，你这醒得太没有征兆了吧？"

"找谁？"你冷冷看着她。

这个时候，面前一条大路的延伸处，天与地的交接点，有一个方形的物体朝我们靠近，闪烁着光，感觉像是……一辆车。

我们三个都没有再说话，眼睁睁地看着它朝我们这边过来。

它和我们的距离并没有想象中那么远，眨眼就到了面前。

的确是一辆车。

车上走下一个大人……我也不知道是不是人，因为对方脸上戴着一个面具。

昏暗的车灯照在她面具上，映射出来的是一张笑脸。

"好像'无脸人'。"我小声说。

她知道我说的这个人。

"难道不觉得，我更像'V'吗？"这是一个女人的声音。她半蹲着身注视我，面具下不晓得是怎样的表情。

我却不知道她说的这个人。

"上车吧！"这个不知是"无脸人"还是"V"的女人甩给我们一句。

暂时就叫她"面具"吧。

"等等！我们为什么要跟你走？"我很奇怪。

"既然来到这里，自然是要坐'鬼城公交'的。否则，凭一双脚能去哪儿呢？"

她这样说我也发现，腿上动弹不得。

走了这么久，怎能不累？

这时晓夕站了出来，递给面具一张纸："我们要去这个地方。"

"子午塔？"面具看了一眼便笑了，"你们不会是想找出口吧？"

"子午塔是出口？"

"你怎么知道我们是外来的？"

你我同一时间问了两个不同的问题。

"子午塔当然不是出口。魅之鬼城里的每一个人，都像我一样戴着面具，你们没有，当然是外来的。"

"出口在哪儿？"

"这里有很多外来人？"

我们又问了不同的问题。

感觉面具在笑："出口只有鬼城的城主和子午禅师知道。或许你们能在子午塔找到答案，哈哈！至于外来人，每年都有，但是进来了，就没有出去的，要么死，要么为鬼城注入新血液。"

没有出去的？我被吓蒙了。

"子午禅师在子午塔？"你总算问了个不弱智的问题。

面具点点头。

我们意见达成一致，都上了车。

这辆"鬼城公交"，和日常所见公交车整体构造差别不大。它的车门是开的，更具体来说是根本没有车门，也没有车窗。

车内只有面具、晓夕、你和我。

车外面黑漆漆的，什么也看不见。没有风，甚至感觉不到气体流动。

从狼嚎不断的大荒野，到下蜘蛛雨的神秘湖，到长着妖怪脸庞的岛屿，再到现在这样一辆公交上。这一天的过程，恍如隔世。

没有人知道接下来要通往什么样的地方，也没有人知道还会发生什么事情。

晓夕坐在你身边，我则被晾在了一旁。

车开了很久，才开始有人说话。

"你叫什么名字？"晓夕弱弱地问你。

"婷。"你的回答有些冷漠。

"你呢?"我问晓夕。

"忘了。"她竟不记得自己叫什么。

"那你是从哪里来的?"我接着问。

"家……"感觉她故意隐瞒。

我也懒得问了,伸个懒腰,顿觉困意袭来。

晓夕也困了,眼皮不停地眨动。

"清醒点你们!"你喝了一声。

"干吗呀?"我揉着眼睛。

"随时会有危险,都给我保持警惕!"

这时开车的面具说话了:"不用保持,马上就到了。"

她说的马上真是马上,不到一分钟车就停了。

"子午塔到了,请各位下车。"面具像是个很有修养的人。

"子午禅师在里面?他会告诉我们怎么出去吗?"我问面具。

"子午塔一共十三层,禅师每天都会在其中一层静养。然而见到过他的人,并没有几个。至于他会不会给你们答案,只有天晓得了。"

"哼!只需一层一层找,还有找不到的理?"你说。

"那祝你们好运!"面具彬彬有礼。

清楚地记得,坐在外边位置的你站了起来,往车后退了一步,对晓夕说了一句话:"我夜盲,你走前面吧。"

我不明白,然而也没有说什么。

下了车,四下一片寂静,视距内没有任何风吹草动。

面具提醒了一句:"小心哪。"接着这辆刚刚载过我们的公交如鬼魅一般消失在夜里。

面前这座就是子午塔了。塔很高,站在它面前仿佛望不到顶,像是个巨人。周围没有别的建筑,只有几个水池,然后就是泥巴沙土。塔最底层没有光亮,是暗的,但第二层就有灯光,再往上一层暗一层明,直指天际,雄伟至极。

"这就是塔?"我第一次见到这种建筑。

晓夕胆子也不小,率先就走了进去。

没人理……当时我就想，是不是所有女孩子，都是不喜欢讲话的？

由于第一层什么都看不清，也没感觉到有人，我们直接摸索着上了第二层。

我和你在这样没有光的地方都显得很吃力，唯有晓夕轻车熟路，好像不是第一次来似的。

第二层。

塔外看圆，塔内看方。

底距顶距离相当远，想必塔内每一层都很高。

天花板上绘有一些图案，边缘每隔固定距离内都悬挂一个圆盘，每个盘上点着三支蜡烛。天花板和地面用柱形梁连接，摇曳的烛光晃动着昏暗的地板。整个第二层就这一个空间，一览无余。

"没有人。"我肯定子午禅师不在第二层。

晓夕正欲往上走，你盯着天花板说："那个图什么意思？"

听你这么一说，我才抬头仔细看了看："一个女孩子嘛，能有什么意思？"

"不是个巫婆吗？"晓夕凑了过来。

"巫什么婆？"奇了，好好一个戴蝴蝶结帽子的女孩，怎么被她说成巫婆了？

"的确是巫婆。"你赞成晓夕的观点。

我又看了看。

画仍由黑白二色构成。布帽、蝴蝶结、长发、明目、琼鼻、下颚、衣领……每一条曲线都很清晰，每一处局部都很明朗。

"你们在说什么嘛！"我都快无语了。

"不管了！上楼吧！"你提醒。

继续往上，又是暗的一层。

如果不是第二层的圆盘挂得太高够不着，早就摘个蜡烛下来了。

"有人吗？"

"子午禅师，你在吗？"

没有人回应。

第三层构造并不像前两层那么简单，它不是一个单一的空间，而是用墙环绕了起来。

"感觉是迷宫哎，会不会出不去啊？"我摸索着，想想都觉得可怕。

"只是被分成几个房间而已。再说就这么大一块地方，怎么可能出不去？"

你说得有道理，塔面不是太宽，是不能构成迷宫的。

没转多久就回到原地。

"没有人，继续往上。"

接下来几层结构都和第三层类似，由墙面将单个空间切成九份，横竖相邻的两个空间有一条通道连接。

明暗依然执行之前的规律——奇数为暗，偶数为明。

不知上了多少层，还是没有见到半个人影。

"这是第几层了？"听到你在喘气。

我蹲下身，在楼梯口的地板上摸了摸："七。"

"你怎么知道？"

"每一层，最后一个台阶上会有几个凸起来的点。几个点就代表第几层。现在有七个点，所以是第七层。"我观察很久了。

"没想到你还有点本事。"

我不由得意。

"可是还是没找到子午禅师。"晓夕说。

听她这话我就想，刚刚我们喊得这么大声，他就算在最顶上也应该听到了，为什么没有任何回应？

他是故意的？他不在这里？还是子午禅师是个聋子？

不管了，继续找吧。

在第七层摸索了老半天，仍然没有半个人影。

只好继续往上。

再往上走一层后，意想不到的事发生了。

原本应该亮着烛光的第八层，居然是漆黑一片的！

看到你们毫不在意地忙着找子午禅师，我喊住了声："喂！怎么这一层没有蜡烛啊？"

"这有什么不对劲吗？"晓夕说。

"之前都是一暗一明。现在连续出现两个暗层，这还不是不对劲？"我跟她说明。

"人家喜欢哪层点灯，你管得着？"你不耐烦地说。

"问题是，我刚刚在子午塔外的时候往上看过了，从底到顶，全部是按一层暗一层明的顺序，没有例外的。"我接着解释。

"要不就是你看错了，要不就是灯熄了。"你冷冷说。

"不！"我隐隐觉得没那么简单。

我蹲下身，摸索了一阵，发现地面凸起的点数居然还是七个！

莫名地，我全身冒起了鸡皮疙瘩。

"这里，还是第七层……"我抬头看往你们的方向，不知道此时你们是怎样的表情。

"你在开什么玩笑？我明白了，这个点数根本就是随便凿上去的，和第几层没有一点关系，你从一开始就判断错了！莫要再说这些荒唐的话！"感觉你已经是在警告我了。

我感觉全身乏力。

冥冥中有种感觉，我的时间快没有了。

现在我理解了当时的感受——在魅之鬼城的第五天，马上要结束了。

我必须要马上想出办法。

"不要找了！这还是刚才那层楼，没用的！"我摸着脑袋。

"你说得对，这是个……无尽的楼梯。"晓夕同意了我说的话，喃喃说道。

"既然你们不去找，那我一个人去吧。"你冷声说道。

"等等，我可以证明给你看！"我一边说，一边往上层走，"我现在是在上楼。但是等一下我还可以见到你们！"

"荒谬！"

然而，诡异的事情终究是发生了。

我自己也不敢相信——更确切地说是不愿意去相信，我往上爬了一层，果然再次和你们碰面。

"这不可能……"这回你也惊呆了。

然后我们上上下下几次，发现始终停留在第七层。

"我说了，这里是无尽的楼梯……"晓夕再次在黑暗中重复这句话，诡异至极。

完全黑暗的空间……

没有帮助的塔里……

无穷无尽的阶梯……

渐渐地，我们都陷入绝望之中。

难道要永远被困在这里？

恍惚间，我脑海里闪过什么。

图案，是第二层那个图案！

"你来过这里！"我冲到晓夕面前，抓住她对着她吼叫。

"什么？你在干什么？"晓夕被我突如其来的举动吓着了。

"你刚才给开鬼城公交的那个人一张条子，我注意到了，上面除了几个字外，还有一幅画！上面画的，就是第二层天花板那女孩！"我越说越大声，"还有，你最开始的时候，为什么可以在没有光的前提下，轻而易举往上走？你一定来过这里是不是？"

"我不记得！我真的不记得了！"晓夕被我吓哭了，趴倒在地上。

我越想越觉得不对劲。

一开始在小岛的洞里见到她，判断出她是从左边通道过来的，因而我们选择了走右边。接着出了洞，鬼城公交出现，又是她把我们带到了这个诡异的子午塔，要找什么子午禅师。再在刚才，她那句"我说了，这里是无尽的楼梯……"这话不管怎么听都是不对劲的。

是她把我们引到这个死胡同的吗？

听着她乏力的哭声，我的心也软了下来。如果真的是我想的这样，她何苦一直在我们身边？

然而我基本上可以认定，她的的确确是来过这个地方。或许真如她所说，只是记不得了。

那么，她是在什么时候来过这里的？

也许，我们遇到她之前，她就是从这个地方出去的。

在那个三岔洞口，她是从左边通道跑来。而当你问她魅之鬼城的出口，她指向了我们来的方向，也就是下蜘蛛雨的神秘湖。

她是乱指的吗？

假定不是，那她是怎么知道的？

对了，她来过这里，已经遇到了子午禅师，所以得到了出去的答案。

那她为什么又和我们再一次来这里？是了，一来她当时处于昏厥的状态，是我们把她带过来的；二来她已经想不起在自己身上发生的事情。

可是，她明明是从左边通道过来的。

难道说，左右两条通道，通向的其实是一个地方？

问题回到子午塔，第七层往上往下，其实都是通向第七层？

然而这是不可能的，两条不同的通道，通往同一个目标点，完全没有问题。但是楼梯存在高低的差别，不可能往上往下到的是一个地点。

悖论就出现在这里。

我好像明白了。

因为没有光，我们上楼下楼的依据是方向，并非高低。刚刚我上楼的时候就有感觉，阶梯好像并不是一直往高走的……

"跟我来！"我拉着你们两个的手。

你们也都没有抗拒。

"听我说，从第七层到第七层，一共有八十一个台阶。现在我要站在中间那个，也就是第四十一个台阶那里。你们两个分别往两个方向走，我说句'走'，你们就走一个台阶。然后，你们一个拍巴掌，一个用手指弹这把刀，明白吗？"我拿出你之前给我的那把短刀。

"你这是要干什么？"你被我说糊涂了。

"我们在一个圈，或者更复杂的'8'字形里面。同方向，不是所有的阶梯高低走势都一样。因而，我要找出最高的那个点。"

"怎么找？"

"声音！我可以判断你们发出的声音水平面比我高还是低，每找出一个更高的点，我就站在那个阶梯上，直到没有更高的点为止。"

"这……这你也听得出来？"

"相信我！"我感觉从来没有这样镇定过。

接下来就是行动了。

漆黑中，晓夕打着抖："我……我害怕。"

你冷笑："之前胆子不是挺大的吗？"

"可是，那是因为我知道你们会在我身边啊。现在叫我一个人，又这么黑，我……我不敢。"

"不行！快没时间了！不要害怕，你可以的！"我也不知道该怎么鼓励。

话虽然这样说，但我有种感觉，除了我们三个小孩外，好像还有别的什么。否则，为什么刚才第六层通向第七层的楼梯会不见了？

当然，这种时候我是不会把这个猜测说出口的。

好说歹说几句后，晓夕总算勉强同意了。

"走吧！"

眼见为实，耳听为虚。

这句话对我一直不成立。

我听到的，总是比看到的准确。

而且，在这种伸手不见五指的地方，也只能依赖耳朵了。

闭上眼，感受着两个不同的声音，我不断地寻找那个更高的地方……

"应该就是这里了……"

也不知过了多久，我好像找到了这个"制高点"。

然而这有什么用呢？

没猜错的话，通往上一层的路，应该就在这个阶梯附近。

我敲了敲旁边的墙，感觉不出是不是空心的。我又用力推了推，并无反应……

"这会是一扇门？"你不可思议。

"不知道。"我也只是凭感觉。为今之计，只有一种可能一种可能去试验。

这时晓夕站了出来："让我来试试。"

只听她在墙面上用两种指法敲了好几下，接着一声巨响，墙面霍然打开，光亮四生，顿时我们都看清了彼此的脸庞。

而我，也终于看到了地面上八个凸起的点。

还没来得及高兴，就在我们眼前，一个大袋子仿佛从天而降，重重砸在子午塔第八层的地板上。

紧接着，无数只大大小小的蟑螂从袋子里面爬出，四下乱窜。

烛光下依稀看到，袋子里装的，好像是个人……

一股恶臭味扑鼻而来。

接下来，我感觉大脑一阵眩晕，就什么都不记得了……

11 面具的背后

"原来你小时候就这么聪明。"开着车的怀婷半开玩笑地说。

林源干咳两声:"我夸张了一点,但整体过程大致如此错不了的。"

怀婷无言。

"接下来发生了什么?"林源明知对方无法给出答案,还是忍不住问。

"这个问题应该问林晓夕。"

"然而她什么都不记得了。"林源有些沮丧。

"所以我们要尽可能让她想起来。"

林源点点头,接着谈之前的话题:"子午塔内部,利用了彭罗斯楼梯的原理,把我们困在其中。在光线充足的前提下,这个数学悖论原本不能实现,但在黑暗又不是完全不可见的环境中,通过巧妙地使用阴影和特殊标志,加上本来坡度小,台阶大,长度又足够,从而造成上坡和下坡感觉不分明。整体构造,应该是一个圈。"

怀婷点点头:"没错。其实第二层那个画像也给了我们提示,就是那幅既是少女,又是巫婆的图。它暗示我们,从不同角度去观察与理解,结果就会不一样。当时我们所考虑的都是上下楼的方向,只有你想到了平面高低。"

怀婷这话已经是称赞了。但现在的林源早已不是当初那孩子,不会因为别人的夸奖而感到丝毫得意。

"我现在又想明白了一件事,就是晓夕敲开那扇墙的方法。"林源摸着下巴。

"哦?"

"她用两种不同的指法,在墙上一共敲了十下。现在想来,那又是摩尔斯电码,意为'open'。"

"你……你还记得她当时是怎么敲的?"

"我也是这会儿想起来的。"

"黄院长还说你记性不好……"

"得具体看是什么事。"林源接着道,"也就是说,晓夕之前一定是去过子午塔,否则她也不会知道开门的方法。摩尔斯电码的使用,也恰巧说明子午塔和

'透明人'，或者说子午禅师和'透明人'之间，应当是有关联的。"

怀婷点头："继续说。"

林源苦笑道："我现在脑子也乱得厉害。可能要了解更多在那里发生过的事情，才能说出个所以然来。我倒还想问你，'鬼城公交'上，你让晓夕走前面，究竟几个意思？你会有夜盲？"

"我怎么知道那会儿是怎么想的？毕竟我可什么都不记得。"

"毕竟那是你本人，你连你自己的想法都捉摸不透？"

"我想，那时我不认为她安全吧……"

"那我就安全？"

"你救过我。"

"哦，对哦。还不止一次呢……喂，小心前面那车啊！"

"你再贫嘴，我可不知道会发生什么。"

"哈哈！"林源大笑，他总算让怀婷说了句比较搞笑的话。他一直认为这样可以更好地拉近两个人的距离。

"你居然还笑得出来？"怀婷哭笑不得。

林源止住笑声，感觉说了这么多，也的确累了："还是讲前晚吧。"

"前天夜里，城北区停电，大环境和当时的魅之鬼城十分相似。陈教授开夜间公交323，在市中心接到了孤身一人的林晓夕。他打电话通知黄院长和我，而我们也都清楚这是个难逢的好机会。"

"'鬼城公交'这个场景可以模仿，我们又想到'无尽楼梯'。由于静庐大楼不可能按照子午塔那样设计出彭罗斯阶梯，也就只能在楼层号上做文章。接到电话后，我穿上隐身斗篷，在静庐9楼以上，全部贴上了'9'的标签。学校摄像头本身就烂，更不会捕捉到一个看不见的人。"

"接着，黄院长和我都上了陈教授开的公交。由于林晓夕认识黄院长，所以他当时穿着隐身斗篷，也就是说林晓夕只能看到我一个人上车。然后我坐到了她旁边，就像在'鬼城公交'上那样相邻而坐。感觉她当时有那么一瞬间，对这个场景有所触动，也不知她可是想到了什么。"

"在这中间，我们还说了一些曾经说过的话，做了一些曾经有过的举动。比如我退出一步让她走前面，自称夜盲，比如在她下车后陈教授那句'小心哪'，都是为了让她想起曾经发生的事。"

"下车后，分道扬镳。其实我和黄院长都穿着隐身斗篷紧跟在她后面。由于电梯无法使用，林晓夕只能选择走我们布置好的楼梯。静庐大楼有两个楼梯，一个在进大门的口，一个在中间位置。我和黄院长兵分两路，他跟在林晓夕后面，以防她看到重复的楼层后会做出什么危险的举动，而我则带着之前准备好的物品走中间楼梯。"

"你可能猜到了，我带的是一个大袋子，里面装着一个塑料人以及数十只蟑螂。这是激起她回忆的最后一招，因为这是魅之鬼城第五天，你目睹的最后一幕，也必定就是第六天，林晓夕所目睹的第一幕。可那东西直接把她吓晕了过去……整件事的过程就是这样了。"

林源点点头："和我想的差不多，但是有几点我不是很明白。为什么选择九而不是七？"在子午塔内，不断重复的是第七层，理论上要让林晓夕想起那时的事，用"7"似乎更为合理。

"数字并不重要，重要的是一个词，就是林晓夕口中所述的'无尽'，实现这一点，才是最重要的，因而九和七并无分别。之所以选择九，是因为黄院长推断，林晓夕在三次看到这个数字后，就不会再往上走，而是进去一探究竟，而她走进的楼层，正是你当晚所住的十一楼。"怀婷回答。

"原来你们打听到我在我女朋友那儿……可是，为什么要把她引到我那里？"林源还是不太明白。

"因为考虑到林晓夕当时的疲劳情况，以及她看到那些蟑螂的反应……"

林源轻轻击掌："我懂了，你们已经考虑到她会晕厥过去的情况。一个女生晚上倒在走廊里，将引起不必要的轰动，所以必须要有一个人来处理。但是你们自己不行，无论是否穿隐身斗篷，背着个人被楼道上的摄像头捕捉到都会有麻烦，也就是说你们不能带晓夕去经过楼道。所以这个担子推给了我，外公也知道我必定不会宣传出去。也就是说，那天我在寝室里听到外面的动静，是你故意制造的？"

"没错。"

"那假如她看到那些蟑螂大叫出来了怎么办？"

"我会及时遮住她的嘴。"

林源点头，他知道以怀婷的反应，做到这点不难。并且林晓夕被一个看不到的人遮住嘴，恐怕不晕过去也不行了。

"这样未免太对不住她……"不管怎么样，林源还是很难接受林晓夕现在躺在病床上的结果。

"没办法。再说你也是知道她是你妹妹，才说这种话的。"

林源很惊讶，怀婷怎么能这样想？他不想争执，说："还有，那天我外公也在公交车上，有什么用意吗？"

怎么想都觉得，黄远山披着隐身斗篷在她们两个女生旁边，并没有起任何作用。

"陈教授做出隐身斗篷，是因为他觉得，'透明人'可以来无影去无踪，也是用了这样一套衣服。隐身斗篷的出现，可以进一步对'透明人'做出研究。"怀婷答非所问。

"然后呢？"

"虽然大家都不愿意相信，但是谁会知道，'透明人'究竟是谁？"

"你在说什么？"林源好像懂了，冷汗直冒。

"你还不懂吗？"怀婷语气越来越冷，"'透明人'可以在十三年前布出这样一个局，把我们玩弄于股掌之间。又可以在十三年后的今天继续'游戏'，让我们陷入惶恐之中。他对我们，是有多了解啊？"

"我不明白你的意思！"其实林源已经完全理解了怀婷的话，只是本能的，他在抗拒这个结论。

"那我就直说了！"怀婷毫不顾忌林源此时的心理，"所谓的'透明人'，很有可能就在我们几个中间！"

H大，大学生综合活动中心。

现在这里正在举办艺术学院毕业会。

H大艺术学院有个传统，无论是迎新会还是毕业会，都不在晚上举行，所以对他们来说没有"晚会"的说法。

陈斌教授似乎对这个会很有兴致，就邀林源一起来看。

"陈教授在第五排左侧第二个位置。"怀婷站在活动中心门口，告诉林源。

"你不进去？"

"太吵了，没兴趣。"怀婷说完就欲走开，忽然想到什么，回头对林源说，"对了，你说想去看陈教授的弟弟，就今晚怎么样？"

"没问题。"

林源告别怀婷，走进了这栋建筑。

一如既往的热闹非常，再次让林源感觉不适应。

他苦笑，怀婷不喜欢这样的场合，难道他就喜欢？

陈斌教授正戴着一副眼镜，架着一条腿在舞台下静静观看表演。他身旁那个空位置，不用说就是留给林源的了。

难以想象，陈斌怎么会选择在这种地方给他讲魅之鬼城的事情？

"我外公没来？"林源坐了下来，他没有看到黄远山。

"他有事处理。怀婷呢？"陈斌问。

"不想来……你应该了解她。"

说完这句，两个人都抬头看表演。

此时舞台上是一名帅气的男生在唱《五星红旗》。他身后，无数面五星红旗在舞台上迎风飘扬，伴随着五彩缤纷的灯光，蔚为壮观。

"五星红旗，你是我的骄傲"

"五星红旗，我为你自豪"

"为你欢呼，我为你祝福"

"你的名字，比我生命更重要"

林源认出，唱歌的男生是"校园十佳歌手"之一汪正辉，也是林源最喜欢的校园歌手。他的歌声不算嘹亮，声喉也不是上佳，但永远都饱含激情，充满着对音乐、对生活的热爱。

林源听得出神，不禁赞叹："唱得真好！"

早知道有汪正辉的歌，林源自己也会来听听的，何况这首《五星红旗》本身也是他很喜欢的歌曲。

"是好。"陈斌赞同，可随即话锋一转，"你觉得他爱国吗？"

"倘若没有对国家的极度热爱，又怎能如此饱含深情地唱出这首歌？"林源依然陶醉在歌声中，尽管他早发现四周大多学生对这曲子并不感冒。

"未必吧……"陈斌淡淡一笑，也没有后文。

但他这三个字却把林源硬生生从歌声里拉了出来。

林源想到来这里的目的，无心再听歌。

想起怀婷说的那句话，林源就不能自己。虽然他早就隐约有了这个念头，但本能地用大脑去否决。当怀婷把这个推论说出来后，左思右想，又觉得并非不可能。

那么，果真如此的话，"透明人"是谁呢？

七个人。

怀炎已经死在魅之鬼城里面。

陈宏得了精神病。

怀婷、林晓夕还有他，在十三年前都只是孩子。

外公黄远山？还是面前的教授陈斌？

感觉可能性都不算太高，因为全部不像。

然而越是每个人可能性都很低，就越显得每个人都有可能。

其中要挑出一个最可疑的，那就是陈斌了。此人聪明绝顶、天纵之才，却是赛车手出生，因时运不济而选择了司机，之后通过外公举荐进入 H 大并成功当上了教授。魅之鬼城第一天，外公黄远山就险些丧命在他手里，况且之前不是他开火引爆汽车油箱，他们就不会坠入激流之中，也很可能不会有魅之鬼城的事情。

还有一点，陈斌是极少数林源完全看不透的人。正因如此，林源也认为他最有可能做出意料之外的事，也最有可能是"透明人"。

正当林源在深思的时候，陈斌忽然问："今天上午你怎么了？"

林源想了想，如实将经过告诉了他。

"原来如此。你室友能完全置你的安危于不顾，不得不让人惊讶。"陈斌竟把重点放在这上面。

"他以前不这样的，最近实在太忙了。"讲到乐小豪，林源还能感觉到心中的痛楚。

"陈教授！"林源也不等陈斌下一句话，忽然转头看着陈斌，"怀婷对我说，'透明人'就在我们中间，你认为呢？"

林源之所以忽然这么问，是想看到陈斌的第一反应。

这个反应，可能会在很大程度上印证林源方才对"透明人"的猜想。

并不明亮的多个聚光灯下，林源死死盯着面前这个人，生怕错过他任何细微的动作。

"结束了……"陈斌只说了三个字，然后轻轻鼓掌。

结束了？

林源一愣，然后听到了四面八方响起的掌声和喝彩。

他这才反应过来，说的是节目结束了。

"我给你讲两个……不，讲三个故事吧。"陈斌并没有什么特别的动作，却说了一句特别的话。

林源越发觉得奇怪，不知陈斌葫芦里卖的什么药。不过他也没什么好说的，只得静听下文。

"这三个故事，都是我最近听说、了解的，也都是真的。第一个，说的是狗。在一个偏僻的院子，住着一位年过六旬的老人，老人身边的人都一个个离她而去，偌大的院子只剩她一人。老人养了一条狗，相依为命。一天，老人踩板凳取高处的暖袋，不慎失足摔倒在地，当场即亡。那狗被困在院子里，无食可觅，最终啃掉了它主人的尸体。"

"第二个，是我初中一同学，成绩顶尖，品格优异。如今，他在一所著名高中担任思想品德课老师。家有老母，重病难愈，不久前在医院去世。然而我前天秘密打听到，真相是我同学不愿支付疗养费用，用药毒死了自己母亲，并和医院内部人员沟通好，打出了一份假的检查报告。"

"第三个，刚才那名学生起初拒绝唱这首《五星红旗》，他认为当下喜欢这种歌的学生少之又少，所以无意义。后来是艺术学院院长亲自出面，他才不得已答应。前段时间的地震，他甚至说出过'为什么没有多死几个人'的言论……"

"陈教授！"林源打断了陈斌的话，"你说的这些，我无法去辨别真伪，其本身也没有任何意义！"

"没有意义？"陈斌很自然地笑了，"都说狗是人最忠诚的朋友，但结果它还是可以把你吃掉。人和动物，某些性质极为相似。一个颇具修养的思想品德教师，在课堂上声情并茂教导学生，百善孝为先，万事恩为本，背地却冷酷残害生母，视所谓道德如无物。一个能将《五星红旗》唱得催人泪下的学生，实际对这个国家没有任何感情，他只是在台上负责完成他的任务，从而将激情伪装于本质之上。"

"你说的只是特例，世上有形形色色的人。"与刚才的抵触不同，林源要找出一个说法，用这个说法来解释不合理的人与事。

"并不是特例。"陈斌摇摇头："如果需要，我可以说一整天这样的故事，而且每一个都必然真实。实际上随便找出一个人，不管再怎样熟悉，在众人印象中再怎么好，你也不知他想过什么，做过什么。不过人比动物聪明的地方就在于，他们会用至诚的外表和虔敬的行动，掩饰一颗魔鬼般的心。"

"你错了！"林源斩钉截铁："魅之鬼城七天，在只拥有本我的前提下，没有人选择去伤害别人，连怀婷的哥哥也没有！"

"那是因为，我们还有退路。假使这个游戏把七个人关在一个绝无可能逃出的笼子里，并要求十分钟内必须杀死笼子里的其他人，否则时间到后将没有一个活口。这样的话，结果最多只会有一个人从笼子里走出，而非像今天这样。当然，这样这个游戏也未免少了太多趣味……所以，我刚才说的并没有错，错的只是没有被逼到绝路罢了。没到迫不得已的时候，谁不想正义凛然？"

林源觉得自己被问住了。他需要自问，如果真被逼到迫不得已的地步，还可以做到正义凛然吗？

不过很快，内心的愤慨压制住了疑问。

陈斌刚才一番话，已经过分到不能再过分了！他居然能把这种疯狂的做法真正当成一个游戏，并津津有味地去描述与评论！

林源几乎就要下定论："透明人"真在他们几个之中的话，必是陈斌无疑。

"陈教授，请注意你的措辞。"林源压制住愤慨。

"我说错了什么吗？"陈斌依然带着笑意，"你自认为非常要好的哥们儿，可以为了看书这点小事而置你的安危于不顾。我知道你此刻在怀疑我，可我清楚自己做过什么，没做过什么，所以你尽管怀疑。说了这么多，我只是想用另一种方式来回答你最开始的问题。"

"因为需要在生活中扮演角色，所以人们用道德伪装自己，用修养涵盖自己。真诚、正义、孝顺、清廉……社会需要这些标签，因而人们理所当然把它们贴在脸上。然而事实是怎么样，不得而知，原因在于，人懂得伪装。可以说，人都披着一件'衣服'，一件透明的'衣服'，让世人看不清你本来的面貌。"

"你说'透明人'就在我们中间，我丝毫不会怀疑。因为事实上，我们都是——透明人。"

12 教授的作为

魅之鬼城第二天。

"我从一片废墟走来，经过湖和岛屿，进入一个全新的地方。"陈斌看了一眼自己写下的这行字，合上了笔记本。这本笔记本是黄远山在前一天的最后时刻交给他的。

废墟

荒野

湖

岛屿

陈斌默默将这些记在心里。

现在，他身边有两个人，黄远山和林晓夕。

目前这两个人人格中的自我都被抑制，但都看不出危险。

像黄远山这样的人物，是极少数可以用超我压制本我的人，他的理性远远高于其他人。而林晓夕只是个孩子，自也不必多说。

自遇到林晓夕开始，她就一直在哭，不肯跟他们说话，此刻好不容易消停了下来。

"你叫什么？"陈斌蹲下来问，那时他还不知道林晓夕的姓名。

"忘了。"可怜的小女孩回答。

"你在哭什么？为什么会来到这里？"陈斌接着问。

"我爸爸不见了！我是被一个人带到这里来的。"林晓夕的话语中又带着哭腔了。

黄远山摇摇头："算了，别为难孩子。"

陈斌却不依，接着问："谁把你带来的？"

"我不知道。我不认识他……呜呜……"林晓夕抹了抹鼻子。

陈斌站了起来，终于不再为难这个孩子。

"黄先生，出口不在这里，我们换个地方找。"陈斌对黄远山说。

"什么意思？"黄远山不明白。

"此地为荒野，四面皆为悬壁。虫兽尚难逾越，更不要说徒手的人类了。我们找了将近一整天，几乎走遍此地，也没见任何端倪，陈宏林源也不知所踪。这里不是通向鬼城外的接口，我们要尽快找到下一个目的地。"陈斌很冷静地分析。

"魅之鬼城不止这一个地方？"

"没错，我昨天就在一大片废墟之中。后来碰到一个湖，划船看见一个岛，里面有个山洞，穿过那个山洞，才进入这一块荒野地带。如果我猜得不错，那个湖是魅之鬼城的中心地带，湖上有数个岛，分别通向鬼城各个不同的地方。而我们要找的出口，也应当在其中一个岛上。"陈斌初步推论。他并不确定这种想法是否正确，但目前看来，起码是存在可能的。

"你是说，我们应该去寻找湖上其他岛，依次做判断？"黄远山问道。

"这并不是个好主意，然而现在也没有别的办法。"

两个大人带着一个小孩，一起来到湖边。

湖面有细微的风拂过，带起丝许波纹。

陈斌注意到，湖岸边刻有一块石碑，上面极其生硬地镌刻着两个草字——鬼湖。

"哼，尽是些不伦不类的名字！"陈斌冷哼。

湖边有一艘小船，和他昨天划的那艘一模一样。

三人上了船，一路往湖中心划去。

在这个说不出是什么感觉的湖上，陈斌一边持桨，一边看着正上空那苍白的太阳。

他在计算方向。

如果以鬼湖为中心点，那么他的初始位置，也就是昨天所在的废墟，是中心点的正南方向；而黄远山的初始位置，则是鬼湖的正东方向，是为荒野。

那么问题来了。

魅之鬼城到底分成了几个区域？是不是像他所想的那样，每个区域都可以通过鬼湖上的一个岛到达？

如果这个数量少，他们可以通过逐个排除的方式找到答案。但是如果岛屿非常之多，那即便出口就在其中，也很难在七天时间内把它找出来。

还有，整个魅之鬼城里面，有没有人居住？如果有的话，他们是土著的还是外迁进来的，是否能询问到出去的路径？

　　"这里有人居住。"陈斌自言自语。这种假设不是凭空得来，他第一天所在的地方，遍布废砖弃瓦，由此可以推测，鬼城的某一个区域，应当是有人居住的。

　　也就是说，如果能够找到魅之鬼城里居住的一个或者多个人，或许有可能找到出去的方案。

　　"那边，往那边！"船上，林晓夕指着一个方向喊。

　　陈斌瞥了一眼，晓夕指的是西北。

　　"为什么？"

　　"我家在那个地方。"林晓夕天真地说。

　　"呵……"陈斌轻笑。或许林晓夕家的确在西北方向，但现在是在魅之鬼城里面，这个方向就没有意义可言，他还知道他自己家在东南呢。

　　他想了想，又觉得这并非毫无玄机可言。

　　林晓夕家在西北，是不是说明"透明人"是从那个方向把她带进来的，又是不是说明，往西北走能找到出口？

　　从"透明人"的表述不难听出，这个出口并不是那么容易被发现。

　　陈斌下决定，往东北行驶。他觉得，这只是"透明人"打出的一个幌子，想利用林晓夕年幼无知把他们往错误的地方引而已。再说，现在林源和陈宏都还没找到，就这样离开也不妥当。

　　事实证明，陈斌这个想法不能算错，因为接下来他们找到了林源。

　　和陈斌预想的一样，船一路向东北，大约三个小时后出现了预期的那个岛屿。

　　他们经过了岛上的山洞，进入另外一个区域。

　　而这里又是一个全新的区域——草原。

　　辽阔无边，广袤无垠，野风怒吼，天地一线。偶有骏马奔腾于其间，白羊食草于其里，与日常所见草原并无二异。

　　如果不是仍未有第三种色彩，他们就要以为离开魅之鬼城了。这和之前的大荒野，实在是千差万别。

　　走了一会儿神，陈斌随即意识到，他们并没有走出去。

　　可以印证，他之前的猜测是正确的，魅之鬼城的确有人居住，否则不会有这么多牲畜。

　　陈斌搜了搜腰间的枪，注意力提升到最高。

这看似平静祥和的草原，隐藏着可怕的杀机。原因就是这里有人，魅之鬼城内部的人。这个谜一样的地方，势必存在谜一样的人，也就会有未知的危险。

这里居住着怎样的一群人？是否会威胁到他们的生存？

相比陈斌，黄远山显得不那样警惕，也许是被眼前祥和的景象所蒙蔽了吧。

陈斌同样观察了林晓夕的面部，结果后者没有表情。

这时黄远山伸出手指遥遥指向远处，似乎存在特别的事物。

"蒙古包？"陈斌也注意到，天和草原形成一条线的地方，有个建筑，看起来像是蒙古包。

这年头，就真是蒙古人也没多少搭建蒙古包的。再说如今豪车满地跑的情况下，仍以马作为交通工具的牧民也是少之又少，所以这里大群骏马的出现也有可疑之处。

"去那儿看看。"黄远山说。

其实不用谁说，陈斌自然也知道该这么做。

要说危险……从他们被带进魅之鬼城，就没有哪一刻是绝对安全的。

每走一步，陈斌都会注意观察周围的变化，包括地势的高低，风的流向，牲畜看到他们的反应，也包括他旁边两个人的动静……

别看黄远山是声名在外的学者，别看林晓夕是少不知事的孩童。陈斌压根不信这些，在他眼里，不存在没有威胁的人，哪怕最亲近的也不例外。

不多时，陈斌等三人接近了他们的目的地。

没有错，那确是蒙古包无疑，只是架构采用的是方形。蒙古包附近没看到人，但可以听到，帐内时有声音借风传出，虽不太清晰，但确是人无疑。

"真的有人！"尽管早料到这个结果，陈斌内心还是不免有些波动。

此时他们三人离蒙古包不到二十米。包门并没有正对着他们，所以也看不清里面到底有多少人，长什么样。

黄远山和陈斌一样，步伐安静，而林晓夕也老实地未吱一声。

陈斌对他二人说："你们在这里等，我前去看看。"说完无声慢步来到包门附近，侧耳细听。

蒙古包里一共有四个人，其中两个人正在交流，语言和普通话相去甚远，估计以黄远山的博学也无法听懂。两人声音都较为苍老，预计不下四十。

忽然，陈斌的眉头紧皱了一下，他听到一个熟悉的孩子声。

"你们都一起吃啊！"

陈斌听得亲切,这正是林源的声音。

小林源居然在这里!

陈斌又探出一步,侧目一看,注意到除林源以外,其他三个人都是背对着他……这是个绝好的机会!

陈斌不再犹豫,猛地一下冲了进去!

蒙古包里那三个人措手不及,一下被陈斌打倒了两个,还剩一个也被陈斌用枪指着:"别动!"

这时陈斌才发现,这几个人脸上都戴着面具,样式和《V字仇杀队》中类似。

令陈斌震惊的是,那个被他用枪指着的人,似乎并不害怕,反而冲过来抢他手里的枪!

此人身手算是矫健,但怎么也快不到子弹的速度,陈斌要开枪随时可以把他击毙。

亡命之徒?

不!

陈斌想到另外一种可能:他根本不认识这种武器!

小林源见状大喊:"大陈叔叔,你在干吗?"

"大陈"和"小陈"分别是十三年前林源对陈斌和陈宏的称呼。

陈斌一瞬间把枪收起,猛地往对方腹部踹了一脚,后者猝不及防,也和之前两个一样瘫倒在地。

在叽里咕噜的咒骂中,陈斌两步踏到林源身边:"你没事吧?"

"我很好啊。"林源眨着那双大眼睛,分明像什么都没经历的人。

怎么回事?

陈斌迅速扫了一眼蒙古包内部。

方形,三十平米,内部构造极简,两张床,一张矮桌,几个坐垫。

这时在外面的黄远山和林晓夕也闻声走了进来,见此狼藉状,满脸讶色。

"外公!"林源朝黄远山扑了过去。

"孩子……"黄远山也摸着小林源的头。

陈斌却无暇顾及许多,确定躺在地下的三个人暂时都没有抵抗之力的时候,他问林源:"你一直在这儿?"

"是啊……大陈叔叔你怎么这么坏?他们都是好人,干吗要打他们?"林源看着陈斌,一脸厌恶的表情。

"好人？"陈斌心底冷笑。且不说林源这话的真伪，就算真是所谓的好人，陈斌也不觉得自己做错什么。

"外公……"林源拉着黄远山的手，"这几个都是好人，大陈叔叔他太坏了！"

陈斌迅速跑出蒙古包外，确定四面都没有人，又走了进来，奋力拉起躺在地上的一个人，冷声问："能不能听懂我说话？"

戴面具的人只是嘴里念念有词，看样子是听不懂了。

陈斌从袋里拿出黄远山的那本笔记本，写下一个问题："这里叫什么？"

写完后递到那个人眼前。

对方瞄了一眼，接过了纸笔。

"魅之鬼城。"他如是写道。字迹虽草，总是能看懂的。

陈斌点点头，对黄远山说："他们懂汉文。"言罢继续写："怎么出去？"

这时另外两个躺下的人也陆续站了起来，但没有要攻击陈斌的意思，而是都围了前来。

接下来陈斌和他们展开了一段文字交流。

"出去什么？"

"就是怎么才能离开魅之鬼城。"

"离开，不能。"

"你们都没有离开过？"

"没有。"

"那么你们都不知道外面是什么样子？"

"没有外面，就这里。"

问到这里陈斌想，如果他们所言属实，认为魅之鬼城是这个世界的全部，那就好比井底之蛙只知道它所在的那口井一样。然而这并不可笑，浩瀚宇宙之中，人类的认知也一样是井底之蛙。人类既不聪明又很聪明的一点在于，对某件事物做出嘲讽的时候，不会思考相对而言的自己又是怎样的存在。

"你们这里有多少人？"陈斌继续写。

"大草原，一十四。"

也就是说他们也不知道魅之鬼城的具体，只知道在草原这一块区域的人数。

这个结果也在陈斌的预料之中。

"其他人呢？"

"游牧。"

"有人知道离开魅之鬼城的方法吗？"

"没有。"

"你们都是出生就在这里？"

"是。"

"为什么要戴面具？"

"城主规定的，每个人生下来都戴，摘下会被杀死。"

"城主是谁？"

"没见过。"

"也就是说他知道怎么出去？"

"不能出去，这里是全部。"

陈斌猜测，这几个牧民所说的"城主"，有相当大的可能就是他们遇到的"透明人"。

"魅之鬼城由几个地方组成？"

"八。"

"具体呢？"

"鬼湖为中，正东荒野，正南废墟，正西深林，正北沼泽，东北草原，西北城市，西南麦田。"

这时陈斌才感觉脑袋有些不够用了。其他几个还好说，怎么还会有城市？

他大脑飞快运转，又想到一点：除去鬼湖外，一共有七个不同的区域，他起始地在废墟，黄远山在荒野，而林源一开始八九不离十就在这里，也就是草原。这样的话，很可能说明，他们七个人的初始地点就在魅之鬼城不同的七个区域。

陈斌轻笑一声，如果只有七个区域，他倒是有自信在几天时间内找到出口，无论有多隐蔽。

单纯从感觉来说，"城市"是最有可能通向外界的地方，因为这个名词听起来和其他几个区域大不相同。而荒野和废墟这两大区域，经过考察后基本可以排除在外；至于草原，这些戴面具的牧民一生都未曾从这里接触到外界，也不妨预测可能性极低。

陈斌接着写："其他地方你们常去吗？"

"少，危险。"

陈斌点点头，收起了笔记本，对黄远山等一大二小说："我们走。"

"去哪儿？"林源喊道。

"想办法离开这里。"陈斌不冷不热。

"为什么？这里很好啊！"林源不解。

看来这几个人的确对他不错。陈斌心想，加上戴面具牧民所说的正东荒野、正南废墟是正确的，也更为确定了他刚刚得到信息的准确性。之前他还以为有多危险，目前来看暂且是多虑了。

黄远山摸着小林源的头："孩子，记住，我们要走出这里……我们不属于这里。"

林源依靠在黄远山身上，默许了。

四人离开蒙古包，在草原上周折了一番，正如陈斌所料，这里四面也被悬壁所封，根本没有通向外界的路。

眼看天色渐晚，黄远山和陈斌都决定离开这一区域。

他们同时往鬼湖的方向走。

林源看着林晓夕胸前佩戴的观音，说道："咦？你戴的这个，和我戴的一模一样呀！"

"是吗？"一直没说话的林晓夕喃喃自语，并用手抚摸了这块戴了不知多少年的木观音。

"好像还是两面的……"林源一边说一边把颈上的这半块饰品取下，走到林晓夕面前，轻轻往它的另一半扣上去。

"瞧！真是吻合的！"林源拍手大呼。这两块一模一样的观音饰品恰是正反两面，把它们扣在一起就成完整的一个了！

黄远山和陈斌的目光也朝这两个孩子投了过来，多少也有些惊奇。

林晓夕低头看着这刚刚变为完整的木观音，忽然一用力，把它摘了下来，并递给林源："给你吧！"

"你不喜欢？"林源抬头问。

林晓夕点头。

于是林源接过这块紫檀木刻成的木观音，戴在脖子上，左右把玩。

眼看鬼湖依稀可见，第二天也马上要过去了。

陈斌拿出笔记本，在上面画了七个方形，分别在里面写上"东荒野"、"南废墟"、"西深林"、"北沼泽"、"东北草原"、"西北城市"、"西南麦田"。同时，他在"东荒野"、"南废墟"和"东北草原"三个方形内画了个×，标注为排除。

陈宏如果看到这些，一定能明白他的意思——出口是在深林、沼泽、城市或者麦田这四个区域中。

为什么接下来这本笔记本要交给陈宏？

很简单，就和第一天过完后黄远山把笔记本给他的道理一样。一旦人格中的自我消失，谁也不敢保证自己会写下准确的信息。

夜晚的鬼湖，风平浪静，湖和天空一样，都是无法看透的黑色，天中月和湖中月，苍白冷清，却又只有它们能将天与湖区分开来。

借助微弱的月茫，陈斌发现，岸上停靠的木筏，居然有两艘……

之前荒野和废墟都只有一艘船停在湖边，为什么这里会多出一艘来？

而就在此时，陈斌忽然感觉到，一件冰冷的物体抵在了他的后颈。

13 兄妹的往事

"你哥哥？"林源问坐在旁边的怀婷。

此时的他已经坐在陈斌的汽车上，和怀婷一起去陈斌家里。

之前他和陈斌二人，一边看表演一边说旧事。艺术学院的毕业会完结得很快，比林源想象的还要无趣。两人走出大学生活动中心后，已是黄昏。林源提出要去陈斌家里一趟，后者很爽快地答应了，并让林源在原地稍等，他去把怀婷接过来。

林源随处找了个地方坐下，边等边想。

单纯从陈斌的描述来看，他不可能会是那个"透明人"，否则不会做出一系列完全帮助他们的事情。但是，如果"透明人"真在他们几个当中，那必然有人会隐瞒真相，也就是说假话。

陈斌说的是真是假？很难判断。不但现在很难判断，而且就算林源得到外公他们所了解的全部信息，依然很难判断，否则外公或者陈斌早就发现端倪了。假使每个人的陈述都找不出漏洞的话，"透明人"真在他们中间也没办法找出来了。

陈斌的话，可疑点也不是完全没有，但不是针对他个人而言。就单纯说魅之鬼城内部构造，首先鬼湖和七块区域是相连接的，那为什么还要通过岛上的密道过去？另外，理论上以鬼湖为中，八面都应该有一块区域，为什么东南角没有？

这两个问题外公他们很可能已经有了答案，只是林源暂时不知后面发生的事情而已。

还有一个能算上可疑的就是，按照陈斌的描述，他当年行为和说话的风格，和现在不大一样。只是人都会变，因而也算不上稀奇。

林源这一等就是一个多小时，一向有耐心的他也有些焦躁，接个人至于这么久？

不过他很快又调整了心态，看来对这件事的确太在意了。

曾经在自己身上发生了这么一件事，怎能不在意？

还好他没有再等太久，陈斌那辆灰蓝色汽车出现在他眼前。

"是的。"怀婷点头应了林源，头偏向车窗外，某些动作倒和夏薇有些相似。

陈斌在主驾驶室，打着方向盘，并没有加入这两个孩子谈话的行列。

林源问怀婷："你说过，你哥哥没有伤害我们，是因为你。"

"是的。"怀婷幽幽道，"哥是我唯一的亲人。我从小就在他的照顾下成长，他教我走路、教我吃饭、教我……杀人。孩童时期，我的脑海里，就只有他一个人。"

"你有恋兄癖？"林源很不识时务地问了一句，听怀婷的措辞和语气，她对她哥哥的感情好像不止是亲人那么简单。反正怀炎早已离开人世，林源也不觉得问这个有伤大雅。

"他不是我亲哥。"

"哦……"这个回答多少有些出乎林源意料。

"能说一下你小时候的事吗？"林源对她和怀炎的过往来了兴趣。

别看怀婷外貌冷漠，脾气还真不错。不算上孩童时期，她和林源认识不过两天而已，彼此间远谈不上了解，而林源已经不止一次提出略显冒昧的问题或要求，也没见怀婷有什么不高兴的地方。

"你不是要听鬼城里的事吗？"怀婷说。

"等下再说也无妨。"林源笑笑。

怀婷顿了顿，戴上那顶鸭舌帽，并将一只耳机塞入左耳，轻声说："本来，我是不想和任何人说起这个的。"

"现在变成除了我了。"林源笑意更浓，自顾自地得意。

"那不说了。"

"咳咳，玩笑玩笑。"

怀婷拧了拧耳机，开始说她和怀炎的过往。

"怀炎并不是我亲哥哥，他是捡来的。"

"我的家乡在一个偏远的村落，那里山峦成群，草木丛生，时有野兽出没。我的生父是一个猎人，以捕猎为生。家中有老有小，过着不平静却很安稳的生活。"

"哥哥比我大二十岁左右。把他带回家的那年，离我出生还有好久好久。那天父亲外出狩猎，在狼窝里看到了他，当时哥哥凶光毕露，并对父亲展开了攻击。还好父亲眼疾手快，用枪托击中他头部，把他打晕。后来哥哥告诉我，当时他差一点杀死了父亲。"

"父亲见这是一个孩子，想到他是一个被遗弃的孤儿，从小在狼群里长大，因而体内只有兽性。父亲心生怜悯，把他带回家抚养。起初哥哥被绑在木桩上，整天怪吼怪叫，见到家里每一个人都是咆哮不止。时间一久，他逐渐体会到父亲他们的善意，于是兽性慢慢被侵蚀，渐而转变为人性。"

"哥哥天生聪明绝顶，本来一个从小在狼群里待的人，智力发育会非常缓慢，即便后天受过专门的纠正效果也很差。但哥哥在我父母的教导培养下，进步飞快。他被带回家的时候大约七八岁，十年后，他的智慧已不亚于同龄人，甚至有过之而无不及。他的行为方式也早被纠正过来，并且因年幼时和狼一起掠食，身手敏捷异常，远非寻常人类可比。"

"而后，就在我出生的那一年，灾难发生了。"

"那是一个晴朗的早晨，父亲带着生下我不久的母亲，进城去买补品。他们俩在城里分开了一段时间，再次见面后，父亲看到有一个陌生男子正在调戏母亲。父亲是直性之人，火冒三丈，二话不说冲前去对那人就是一顿狠揍。那男子挨打后扬言要报复，父亲全没当一回事。"

"不幸来临得太快，没有人会想到接下来发生的事。第二天，那个男人就带着一群帮手找上了门。他是黑帮组织的成员，周围有兄弟多名，当时一共不下二十人来到我家，手里拿着不同的器械。起初他们没有对人攻击，只是破坏家中的财物。父亲和叔叔等人立刻上前与他们争斗，两边人就这样打了起来。对方虽然人多，但我们一家人也没有落于下风，尤其是哥哥，一个人随随便便就打倒对面几号壮汉。"

"慌乱中，对面一个人的扳手狠狠砸在了年老力衰的爷爷头上，爷爷当场就毙命。父亲红了眼，拿出了猎枪，不管三七二十一朝对面猛开。"

"没想到对面也有两三人持有手枪。眼见情况不妙，又已闹出人命，索性一不做二不休，用枪把父亲等人一个个杀害……混乱中哥哥手臂中了一枪，带着出生没几个月的我，逃离了我们的家……"

"就这样，除了我和哥哥，一家人全部被杀害。"

怀婷说到这里，语气和表情仍无波动。

而林源已是毛骨悚然。这群黑帮行事之凶，手段之狠，着实匪夷所思。而怀婷竟然能以普通的口气将这些陈述出来，也出乎林源意料。林源心想如果是他，说起这样一件事必然咬牙切齿，尽管刚出生的时候的确什么都不知道。

也就是说，怀婷除去她哥哥外，从没见过一位亲人。而且就算是怀炎，也不是亲哥。

好可怜……林源早知怀婷身世凄惨，现在看来比他先前预料的还要惨。

林源没有打断，让她接着说下去。

"哥哥带着我四处流浪，找到一座破庙，暂时居住在那里。为了维持生计，他开始偷盗。起初他偷盗的是食物，只是为了让我能活着。后来他开始偷钱，因为他发现金钱可以换来一切。由于他观察力强，胆子大，手速快，没多久就变得富裕起来。他租下一间舒适的住所，开始了下一步计划。"

"没有错，他的下一步计划就是复仇。哥哥骨子里认为，血债就当血还。他从各个渠道摸索出杀人之法，并在黑市上购买了刀、枪、毒药等多种杀人道具。用了三年时间，哥哥查出当年元凶的身份，并找到机会，用消音枪杀死了他。"

"事情没有这样结束。对方是一个规模庞大的黑帮组织，得到己方人员被暗杀的消息后，立刻派出人手进行报复。我哥带着我，用反侦察技巧躲过四面楚歌，并连续击杀、击毙对方多名成员。"

"这样的生活持续了一年多，黑帮头目忽然出面，说想雇用我哥成为他们内部的杀手，并愿意出高价，这样第一我们兄妹不用整天过提心吊胆的生活，第二以后可以衣食无忧，并且一年到头也接不到一两次任务。"

"起初哥哥毫不犹豫拒绝了，他不愿意和一个曾经杀害他一家人的组织在一起。可随后他又感觉到对方势力的确非常庞大，再这样被追杀下去终究不是办法。于是最后的最后，哥哥还是选择了妥协……"

"就这样，我们兄妹俩都加入了黑帮，一个对我们来说有不共戴天之仇的组织。照哥哥的话说，他完全没有办法，都是被逼的……绝对的势力面前，倔强如他，也不得不低头。不过，仇总是报了，他也总算找到一份'职业'。"

"之后，哥哥顺理成章地成为了他们的金牌杀手，每次杀人任务都完成得干净利落，并且在一次次生死磨炼中越来越强。"

"后来我多次跟随哥哥去执行杀人任务，主要原因在我……我不知道没有他的生活是什么样子。我想，如果他在哪次任务中不幸离开人世，那我也要跟随他的脚步，哪怕去地狱的路上，我也不想和他分开。而在哥哥的观点里，他也希望我具备自我保护的能力，最好也能和他一样学会杀人，学会嗜血，这样如果他不在了，我也能生存，也能继续这份工作。"

讲到这里，怀婷对她和怀炎往事的描述算是到了一个段落，也让林源大致了解到他两兄妹的经历。

"你哥从小和狼长大，被人所抚养后，非但智力发育没有问题，还可以在没人教导的情况下，自己摸索出成为杀手的路线，真不是一般的不简单。"林源摸着下巴。他没有半点吹嘘的意思，要知道想成为一名杀手是非常非常之困难的，过人的胆识和灵敏的身手都只是表面，更为主要的是，杀手必须要学会伪装，这一点需要远超常人的智慧以及洞察力。

怀婷接着拧了拧耳机："所以我也知道，我不可能成为他那样的人。"

"那个黑帮名字叫什么？"林源联想到一件事情。十三年前他父亲林子风就是因为得罪一黑帮，所以对面派出了怀炎这样一号杀手。也就是说，父亲得罪的黑帮，便是怀炎兄妹加入的黑帮了。

"曌靐。"怀婷说了两个字。

"什么？"林源没听懂。这非但不是一个词，连读起来都很是拗口。

"日月当空，三雷分立——曌靐。"怀婷解释。

"武则天的曌，三个雷的靐？"林源很勉强地从脑海中搜索出这两个字。

"正是。"

"没有听过。"林源苦笑摇头。

"很正常。这个黑帮组织势力相当庞大，但行动通常隐秘，所知之人极少。从他们对我家采取赶尽杀绝，不留活口的态度，便不难看出。我哥名义上是他们内部成员，实际上对那个组织也是一点不了解，只是有接头的人负责传递任务、支付酬劳罢了。"

"这么说，你们并不知道曌靐的第一头目是谁？"林源问。

"不知道。"怀婷轻吸口气，"他的身份极为神秘，只怕没几个人知道。当初他收拢我哥，也只是派人传递意思，本尊从来都没有现身过。"

"神秘吗？那么这号人，我们恐怕都见过。有可能，他就是那个'透明人'。"林源忽然冒出一句。

"你说什么？"怀婷惊呆了。无法想象，曌靐的头目，和魅之鬼城遇到的"透明人"之间会有什么关联。难道仅因为他们都很神秘，就能说成是同一个人？

事实上，林源自己说这句话也是毫无根据。他之所以这么说，只是想看到前面开着车的陈斌有何反应。

结果再次出乎林源意料。他说完这样一句话后，能通过车内后视镜看到陈斌的表情仍无分毫变化，连眉头都没有抖一下。

怎么会有这么淡定的人？林源咬了咬牙。无论"透明人"是不是陈斌，他听到这句离奇的话时，怎么也该有个反应才对。没有任何表情和肢体上的语言，林源当然也不好展开有可能的猜想。

"喂！你倒是说话呀！"反倒是怀婷重重拍了一下林源的大腿，早已急不可耐。

"我随便说说。"林源朝她笑了笑，也说了实话。

"真是有病！"

总算看到怀婷发小脾气的样子了，虽然林源压根没这打算。

三个人在车上都沉默了一会儿，忽然响起了一阵手机铃声。

《那个夏天》——是怀婷的。

"男朋友来电话啦？"林源笑嘻嘻地说，礼貌地把头侧向另一边，不去看怀婷的手机。怀婷应该不会希望林源知道她男朋友是谁。

怀婷没有回答，按下了接听，并把手机放回口袋里——她刚好戴着耳机。

奇怪的事情发生了。

怀婷一直没有说话，只是在听，听了足足有两分钟。如果是什么广告，早该挂了才对。

因为怀婷戴着耳机，本身通话音量也调得小，因而即便是耳力极佳的林源，也只能勉强分辨出是个男声。至于是谁，说的什么话，就完全不知道了。

林源原本也没多大兴趣知道的。但是，通过车内后视镜，他双眼捕捉到不可思议的一幕。

有那么半秒钟，怀婷的脸上忽然出现了一副极为惊恐的表情。虽然只是一闪而逝，却深深刻在林源脑海里。他从来没见过，也不敢想象，怀婷居然会有这样的表情。

这肯定是个极度不一般的电话！林源断定。

怀婷为什么只听不说话？为什么会出现这样一个可怕的表情？又为什么马上克制自己，让表情恢复正常？

怀婷只听不说话，正如他前面所想，可能是某个广告。为何不挂断？也可能是怀婷对这个广告有兴趣。但又为什么会让她产生那样的表情？这一点似乎怎么也解释不通。

也就是说，不是广告。

第二种可能，怀婷和某个特定的人说话的时候，有只听不说的习惯。那么这个表情可以理解为，她听到了某件很可怕的事情。可是，她又为什么要强行恢复神态。就算这件事很保密，也没必要这样的吧？

那么还有一个可能，在怀婷刚接听电话的时候，对方就交代她，只听，不要说话。之所以那么做，目的肯定只有一个——防备身边的人。那么怀婷表情瞬间回神也就解释得通了，因为她要防备就在她身边的人，所以她不能让那个人注意到她表情的变化。这是林源能想到最合理的解释。

那么问题来了，现在怀婷身在车上，能听她说话，看到她表情的，只有两个人。

她要防备谁？

面对这样一个选择题，林源不用脑子就可以得到答案。

怀婷在防备陈斌陈教授？

这是为什么？

离开魅之鬼城后，不是陈斌把她抚养到现在的吗？他们之间要防备什么？

打通怀婷电话的又是谁？熟悉还是陌生？

林源感觉头都要炸了，他真后悔刚才没有注意怀婷的手机，如果看到一个人名，哪怕一个号码，那也是好的。等一下假使他再向怀婷要手机，后者极有可能不会同意，而且说不定会有什么麻烦。

也就在林源纠结的时候，怀婷收起了耳机，看来是对方挂断电话了。

整个通话时间大约四分钟。

"谁啊？"林源故意装作满不在乎的样子，问了一句。

"你不认识。"怀婷的语气也和之前一样，就好像什么都没发生过。

林源当然知道没有那么简单，但他现在不能随便问。如果怀婷真是在提防陈斌，他现在胡乱问一通问题必然是不该的。

事后有单独和怀婷相处的机会，再问不迟。

"快到了，你还要听鬼城第三天的事吗？"怀婷也在有意无意转移话题。

"当然。"林源现在也只能先让自己忘掉刚才的电话了。

"那我说了啊。"怀婷拿出手机，调了另外一首曲目，并重新把耳机戴在耳朵上。

从她刚收下耳机又戴上这样的细节来看，也不难察觉出怀婷此时内心的慌张。

她还没从刚才那电话中回过神来。

可林源只好暂时装成不知道了。

14 杀手的温情

"我哥的经过，只是寥寥几句写在笔记本上的语言，而就是这些话，也是刚出魅之鬼城不久的陈宏告诉我们的。所以具体过程，无法描述到详细，我只能凭借想象大概还原一下，也许会错过很多细节……"

"不要紧。"林源一只手托着下巴。

"哥他没有杀人，的确是因为我。'透明人'的指令是必须杀死其他六个人，哥没有办法对我下手，所以想到和黄院长一样的思路，就是逃脱。他要找到我，再一起逃出去。"

"他的初始地在鬼湖正西的深林，也许是一个和家乡很像的地方。可以想象，那里也充斥着各种各样的危险。以哥哥的本领，当然不会害怕。他在深林寻找出路。花费了整整一天的时间，除了鬼湖和一个山洞没有调查过，其他地方都找遍了，并无通向外界的通道。"

"他没有像陈教授那样，可以推测出鬼城大体结构。他选择进去调查山洞，结果自然通到了鬼湖七个岛中的其中一个，并在临岛湖边看到了一艘船。"

讲到这里，林源打断了一下："你是说，七个区域和鬼湖的交接处，以及鬼湖上的七个岛，都有一艘船？"

"对。"

"十四艘一模一样的船……"林源总算明白他回忆起船的时候为什么会有熟悉的感觉，也知道他会划船并不是天生的。

"十五艘。"怀婷纠正了一下。

"这是为什么？"林源不解。他想，"透明人"应该是在每个可以和其他区相通的地方都放了一艘船，以便他们通向不同区域去攻击别人，这样就是一十四艘船，为什么会是一十五？

"后面你就知道了。"

"就在哥划船驶入鬼湖的时候，他看到天空忽然闪了一下，那是烟雾信号，我和他通信的方式。他立刻出发，并在最短的时间内找到了同样划船驶入鬼湖的我。"

"我想当时他肯定对我寒暄了不少话，这一切我是没有办法想起来了。"

"最重要的事是离开魅之鬼城。第二天，一小段休息后，我们来到了陈教授最开始所在的区域——废墟。那里没有一个人，有的只是旧砖破瓦，荒凉至极。在这里我们看到了先前陈教授在地上留下的笔记——'无出路'，然后画了一个箭头，指向下一个他去的方位，也就是黄院长所在的荒野。"

"我们跟着陈教授留下的信号，一路跟随，最终在第二天结束之际，于草原上碰到了你们。那个时候哥哥没有要伤害你们任一个人的意思，他用刀顶着陈教授，只是为了确保他和我的安全。"

林源很容易就明白，怀炎知道他们这边有个非常厉害的人物，而陈宏和陈斌长得一模一样，怀炎为了安全，自然要先下手为强。

"哥意识到站在他面前的不是之前和他缠斗的人，于是把刀收起，顺势拿下了陈教授手里的笔记本。差不多就是这个时候，第三天开始了。"

"刚开始看到我哥，我想你、黄院长、陈教授可能都会害怕。后来我哥表达了他的意思，说现在最重要的是出去而不是杀人。他用小电筒简单看了一下笔记本里的内容，明白了意思，并再次从陈教授手里拿过笔，用非常简练的语言记录了他前两天的境遇，并在那七个方块中的'正西深林'上打了个×。"

林源暗自咋舌，心想这兄妹俩手头东西还真不少，又是烟幕信号弹又是小电筒的。这些玩意长期浸水后居然还能使用，也不知道是不是可以算奇迹。

"你什么表情？"

"呃，我只是想，你哥身上带的那些东西泡水那么久，居然还能用，真是神奇。"林源如实说。

"那些都是高级设备，在水里都能直接使用，别说泡水了。"怀婷白了他一眼。

"如此下来就只剩三个区域未被排除——城市、沼泽和麦田。经过询问，可以确定我的初始地点在麦田，而林晓夕的描述模糊不清，只有场景，大概可以估计为城市。这样也可以推出，当时唯一不在场的陈宏，起初是在沼泽了。"

"我哥告诉你们一行人，他的目的也是逃离鬼城，陈教授回答不妨合作，并且构思出下一步计划。照陈教授的意思，我们六个人分成三路，分别去探查还未确定的三个区域。恰巧我哥手上还剩三枚烟幕信号弹，可以分配用。一旦有一路找到出口，就可以用此来通知，至于其他人能不能看到，只好听天由命了。"

"计划好后，就是怎么分线路的问题。我哥决定独自一组，前往最危险的'沼泽'——字面来看沼泽是最危险的。他这样做一来怕失去自我的时候控制不当会杀人，二来不希望别人拖累到他。我当时一定是不愿意离开他的，但他劝慰了几句，也只好乖乖听话了。然后陈教授和林晓夕一组，去最有可能找到出口，或者说最有可能探查到出口信息的'城市'。最后三个，黄院长、你、我，则去往相对安全的麦田。因为那里是我最开始待的地方，所以知道安全。"

"就这样，我和我哥刚在一起不久，又分开了。"

"他孤身一人前往沼泽，并在那里见到了……"

说到这里，怀婷的眼睛有意无意地往陈斌那里瞥了一眼。

"陈宏？"林源很快想到，因为已经推测出来了，陈宏的初始地点是在沼泽。

"是的。"怀婷说道。

"如果我们的推论都没有问题，那么去过魅之鬼城中'沼泽'一区的只有我哥和陈宏。"

言外之意，沼泽也不是魅之鬼城的出口。

林源点点头，他一直觉得出口只有两个可能：一种是在城市，也就是他和怀婷、林晓夕当时所在子午塔的那里；另一种可能则是荒野或者废墟，因为第五天他们在洞里遇到林晓夕的时候，询问出口，林晓夕指向与城市相反的一边，城市在鬼湖的西北，相对应的东南不存在区域，那么林晓夕指的只能是正东的荒野和正南的废墟了。并且第五天他和怀婷都在荒野，说明之前黄远山等人可能遗漏了什么重要信息，否则也不会返回那里。

当怀婷说到陈宏出现的时候，就结束了。

并不是说这就是第三天的终点，而是接下来的事，怀炎和陈宏都有经历。陈宏本人在魅之鬼城内记录了前四天在他身上发生的事，这其中当然也包括了第三天。

并且陈宏在离开魅之鬼城后，本人对第四天的记忆是完好的。

进一步说，接下来的进展，从陈宏的角度来描述会更明朗。所以怀婷要说的第三天，到这里就终结了。

怀婷描述的内容不多，因为她也不清楚怀炎具体的经过。如果加上一些可能的猜想及未知细节的描述，结局不会浮出水面，反而会沉得越来越深。

最后，怀婷说："陈宏是看到那本笔记本的最后一个人。当他还是个正常人的时候，曾经告诉我，我哥写下了一句话——'我不会伤害仅有的亲人'。"

"这是哥哥身为杀手所不为人知的一面……他，也有温情的。也正因为如此，我们才离开了魅之鬼城。"

话到此处，汽车已经开到陈斌家门口了。

15 病人的画作

陈斌的家是一栋小别墅，在人烟稀少的郊外。

这别墅看起来也有不少年龄了。整体呈椭圆，三层。进大门后是一个花圃，种植着各式各样的花草。

单从居住环境来说，还是挺合林源口味的。

别墅内部构造简洁干净，没有一件物品的存在或摆放给人以违和感。

陈斌的夫人刘佳慧，是个十足的大美人。年过四旬，风韵犹存，不必说当年自是迷倒过万千男子的。

林源还是很久前见过她，仅一个照面，便留下了非常深刻的印象。

"刘阿姨好。"林源主动打招呼。

"原来是林家少爷，稀客呀……"刘佳慧微微一笑。言罢对陈斌说："真是的，也不提早告诉我有客人来。你们先坐，我这就去做晚餐。"

"有劳阿姨了。"林源说道。

待刘佳慧走进厨房，陈斌领着怀婷和林源上了二楼。

二楼和一楼一样，一点不豪华，只是墙上各种各样的荣誉证书还是很吸引人眼球的。林源快速扫了一眼，全部都是国家级的荣誉，表彰陈斌教授在科研方面取得的各项杰出贡献。

林源早先还不知道，这个他一直不喜欢的陈斌竟然这么厉害。不过自从见识了隐身斗篷后，对这些科研也就不以为然了。

"我去放下东西，你招呼一下林源。"陈斌对怀婷说。言罢拿着行李包，往自己房间走了。

机会……林源心想。一等陈斌走进房间，林源立刻拍了一下正欲给他倒茶的怀婷，小声问："刚才那个电话……"

然而他说到这里又停了下来。

因为他看到，怀婷那双清澈的眼睛里，出现了另外一个人。

林源扭头，看到陈斌出现在另一个方向，还换了套衣服。

不对！林源很快否认。陈斌刚刚进的房间是在他左边，不可能忽然又从右边冒出来。何况这么短的时间内也无法换衣服的，也就是说，这个人是陈宏……

那么像……林源心下讶然。尽管他早知道这对孪生兄弟长得一模一样，但真正见到后，还是不得不心生感叹。年幼时林源曾见过这两兄弟，不过那个时候的他观察力还远没有现在的水平，并且就算两个人长一样也只是觉得好玩。

林源再看怀婷时，发现后者目光中露出一丝警惕。

直觉告诉林源，他还是不能问车上那个电话。

"这就是陈教授的弟弟——陈宏。"尽管林源已经知道，怀婷还是介绍了一句。

林源点点头，看着面对着他的这名男子，也是林源今晚来此的目的。

陈宏朝他走了过来，脸上露出了笑容。

连笑容都和陈斌一样。

"林源。"陈宏微微眯起眼睛，已经站在林源面前。

不仅笑容，连声音都和陈斌一样。

这两兄弟究竟怎么区别？

"你怎么知道？"林源略感诧异。印象中最后一次见到陈宏，也就是在那座桥上。之后他们在魅之鬼城肯定还有过碰面，因为怀婷说最后一天除了林晓夕其他六个人都是在一起的，只不过林源没有那天的记忆。

十三年前到现在，林源样貌必定变了很多，陈宏还能记得他？

"当然，我们刚见面不久，你就忘了？"陈宏笑了。

刚见面不久？

林源匪夷所思。

"别胡说了，是我告诉他你会来的。"这时陈斌从房间里走了出来，告诉林源真相。

"他是病人，说的话你别当真。"怀婷也小声提醒林源。

陈宏听到了怀婷的话，连连摇头："我可不是病人，这只是你们的一面之词。"

林源也从刚刚的不可思议中反应了过来，心想，精神病患者都不觉得自己是病人，这个陈宏也不例外。

恰巧这时刘佳慧从一楼上来拿东西，听到了陈宏这话，也笑着说："你这话说了这么多，还不嫌腻？"

"我只是陈述事实罢了。"陈宏盯着刘佳慧，很认真地说。

单从表情来分析，还真会觉得他没有撒谎。

刘佳慧拿好东西，又笑着下一楼厨房去了。

林源注意到陈宏的目光在刘佳慧身上停留了不少时间……他猜想，这位保镖年轻时只怕也对陈斌的妻子产生过爱慕。正想间，忽然听到陈宏问他："林源，你觉得，我是个疯子吗？"

这么直接的问题多少让林源有些尴尬。

"你要我说？"林源指着自己。

"当然。"

林源看着对方的眼睛，好一会儿，才慢慢转开头："大概吧。"

"哦？"陈宏不大听懂林源的话，"'大概'的意思是，你也不确定？"

林源看了看陈斌，又看了看怀婷，这两个人似乎都没什么反应。

林源说道："我没有明确的证实，所以不能确信。然而大家都是这样说的，因而我也没理由认为他们在骗我。"他这样说，算如实的回答了。

"很好，我现在要向你证实，我不是什么精神病患者。"陈宏再一次眯起了眼睛。

他想干什么？林源微微皱眉，再一次看向陈斌，后者似乎永远都面无表情，无法揣摩。

起码从现在来看，没发现陈宏有异于常人的地方。

"你要怎么证实？"林源问。

"来我房间吧。"陈宏丢下这句后，径自一人往自个房里走去。

林源看着陈宏的背影，问怀婷："我该去吗？"

"我怎么知道？"怀婷淡淡地说，"你不正是来找他的吗？"

"我一个人去？"

"不会有事的。"

林源耸了耸肩，跟在陈宏后面，走进了这个病人的房间。

陈宏的房间也很干净，除了墙壁。墙壁上贴着许多大小不同的画，而且并非什么名作，倒更像是自己画的贴在上面，从纸张的普通便可窥视一二。

"这些都是你画的？"林源一边问，一边打量着这些画作。

从进门开始看，第一幅画是一条眼镜蛇，没有露出可怕的獠牙，而是吐着舌头，伺机欲动。

第二幅画的是含羞草，叶柄下垂，楚楚可人。

第三幅似乎可以和前两幅结合起来，那是一只大狼犬，依偎着第二幅画里的含羞草，画的左上角依稀看到一个黑色的长物，看起来就是第一幅的那条眼镜蛇，似乎是被大狼犬赶走了。

"自然是。"陈宏承认这些画是他的作品。

"这些画有什么特殊的含义吗？"林源注意到第三幅画和前两幅有关联后，可不会认为这是随手乱画的。

"我的故事而已。"陈宏轻描淡写。

"哪个是你？"林源越发好奇。

这次陈宏却没有回答。

林源又问："什么时候画的？"须知陈宏本是正常人，只是离开魅之鬼城后三个月患上的精神病。这些画是他病前还是病后所作，含义是不一样的。当然光凭两种动物和一种植物，林源无法揣测这其中有什么意义。

"很久了。"陈宏淡然回应。

很久是多久？林源苦笑着摇头。他继续往后看，顺便伸手摸了一下第三幅画上那只大狼犬的爪子……这时他赫然发现，这扇墙后面似乎是空心的。

林源没有问什么，而是保持着淡定。

之前三幅画在一面墙上，是入门的左侧墙。第四幅开始便换了一面，是正对房门的墙壁。

第四幅画，是两个人，一个正面在左，一个背面在右。左边正面那个人画的是半身，正在往前走，而留下背影那个人则是往反向走，色彩比正面那个人淡很多。这两个人笔画勾勒很简洁，林源都不认识。不过两人身形一样，轮廓一样，看起来是一个人。没料错的话，陈宏画的是他们两兄弟，可哪个是陈斌，哪个是陈宏呢？

第五幅画，还是两个人，一男一女。这次干脆五官都没有画出来，只能从轮廓判断，两人牵着手。这幅画的意思是最明显的——两个人在一起了。

林源很快做出判断，如果说这两幅画也有关联，并且第四幅画的确是画的他们两兄弟，那么第五幅画里的男女就是陈斌和刘佳慧夫妇了。而第四幅画中正面那人无疑是陈斌，反向走的是陈宏。再结合起来意思就是，陈斌和陈宏都喜欢过刘佳慧，最后得到刘佳慧芳心的是哥哥陈斌。

林源思维进一步拓展——前三幅画所表达的，是否也存在类似的意思？

眼镜蛇是陈宏，含羞草是刘佳慧，大狼犬是陈斌，后面大狼犬和含羞草依偎在一起，而眼镜蛇默默走了。只是陈宏为什么要把自己表达成眼镜蛇？他可是保镖，大狼犬的意思和保镖更接近才对。难道大狼犬是陈宏，眼镜蛇是陈斌？然后起先是陈宏先得到刘佳慧，接着眼镜蛇，也就是陈斌，使用某些卑劣的手段，将含羞草骗了过来，再在第五幅画中迈入婚宴的殿堂？可是陈宏会把自己亲哥哥描绘成眼镜蛇吗？这样的话，以陈斌的聪慧，决不至于看不懂前三幅中三种生物的所指，他能忍？又或者说，眼镜蛇另有其人？

林源接着往后看。第六幅画和第四、第五幅在一面墙，但画的不是人，而是一艘在水面漂浮的带顶棚小木船。这艘船刻画得比之前任何一个人或者动物都要细腻，船上有一应俱全的食物和用品，船身制作得非常精致。水面看起来很平静，不过从荡漾的水波来看，又感觉随时会掀起大浪。这幅画的意思比之前的动物还难理解，不过既然它和四五两幅画在一起，想必也不会没有用意。

"能帮我倒一杯咖啡吗？"这个时候陈宏忽然说道。

林源也未吭声，一边倒茶几上的咖啡，一边继续看画。

下一扇墙只有两幅画。第七幅林源并不陌生，正是十三年前在子午塔第二层顶上看到的那幅视觉效果图。当时林源看到的是少女，而林晓夕和怀婷看到的都是巫婆。现在的林源当然知道，从不同的视觉来看，这幅图表示出来的东西是不一样的，很简单就可以既看到少女又看到巫婆。有些不同的是，这幅画似乎是陈宏自己画的，线条远没有原作勾勒得那么清晰明朗。

只是陈宏画这样一幅画，并且挂在房间里，是什么意思？

"漏了。"陈宏又一次出声。

林源这才发现，他看得太出神，竟不小心把咖啡给倒漏了。

林源将倒好的一杯咖啡递给陈宏，心中不禁起疑。一般人看来，这就是一幅心理图，不同的人第一眼看到的不一样。但是这幅画曾经两次在魅之鬼城出现，一次是林晓夕手中的图纸，一次是子午塔上。现在它又出现在陈宏的房间，林源怎么会不起疑？

和这幅画连在一起的最后一幅，画的是陈宏本人……当然这也有可能是陈斌，不过既然是陈宏画的，当然画自己的可能性大。这画勾勒得并不太像陈宏本人，却也不难辨识。对此林源有两个疑点：第一，从之前几幅画来看，陈宏画工算不上绝佳，但也相当不错了，他的自画像完全可以画得更好一点，不知为何会把这样一幅贴在墙上；第二，这幅画与第七幅连在一起，应当有其特殊的用意，难道和第七幅一样，也能看出不同的东西？

然而林源观望良久，也看不出这图的第二种形态。

"能不能解释一下？"林源指着这些画，问陈宏。

"你还认为我是个精神病吗？"陈宏没有回答，而是反问。

"这有什么关系？"林源皱眉。

"那么我换一个问题，你觉得这几幅画是随便画的，并且彼此间毫无关联吗？"

"当然不是！"这一点林源可以肯定，这些画显然是存在关联的。

"那试问一个画出这样一些画作的人，又怎么会是病人？"陈宏笑了。

林源不语，心里却在想，这有什么不可能的？精神病就一定要画一些乱七八糟毫无关联的画？这算是哪门子逻辑？

接着倒是陈宏自己说出了林源心里这句话："好吧，疯子的确也可以画出这些东西，指不定我真是呢！"说到此处，话锋忽然一转："但是，你见过可以预测未来的疯子吗？"

"你想说什么？"林源听出他的语调明显变了，开始警惕起来。

"我预测，今晚有人会死！"陈宏龇着牙，这个表情是陈斌没有的。

"每晚都有人会死。"话虽这样说，但林源明显感觉到内心一阵忐忑。

"你知道我不是这个意思……"陈宏继续龇着牙。

"那会是谁？"林源猛然问了一句。

陈宏不慌不乱："不久你就会知道了……顺便告诉你一个秘密，其实我就是你们要找的那个人。"

此言一出，林源再也不能保持冷静。

他已经不能再把面前这个人看成胡言乱语的疯子了。

"如果接下来真的出了什么事，我会记住你说的话。"林源冷冷回应。

"你已经记住了。"陈宏哈哈一笑，全没当一回事。

这时房间门口响起了怀婷的声音："饭好了。"

"不吃！不吃了！"陈宏一反之前语态，忽然变成一个孩子似的，一下子钻进了床上的被窝。

这人到底什么名堂？林源也是无语，他又认为这的确是个精神病患者了。

坐在饭桌前，林源自己也不知道该想些什么。

陈宏早就被所有人定义成精神病患者，林源本以为这是不用多做考虑的事实，今晚来看连这点也成了疑问。

"房间里那些画，是什么意思？"林源还是问了一件他最想知道的事情。他的目光依次扫过怀婷、刘佳慧，最后停留在陈斌身上。

"一个病人画的，何必管它什么意思。"陈斌一边盛饭一边说。

林源自然不会满意这个回答，不过从陈斌这句话倒可以窥视之前一个疑问：这些画是陈宏在病后画的。

"他内心的一些写照吧，我们也看不懂的。"倒是刘佳慧的话更有人情味。

"也不是完全看不懂吧。"林源早就没有了食欲，不停用筷子搅动着碗里的汤汁。

"以前他也喜欢过我的……"刘佳慧低下头，略显羞涩，"不过最后没有和他在一起。他其中几幅画，好像有反映这个意思。其他就不知道了。"

刘佳慧所说的林源早就猜到了，但是这信息量未免太少。如果要细问下去，又多少有些不方便，毕竟这是他们一家以前的私事，而他林源和刘佳慧可不算什么熟人。

但是林源可以判断，刘佳慧所说的应当是实话，她的确不知道其他几幅画有什么含义。女人敏感不假，但这些敏感大多反应在比较直观的事物上，一旦某件事多绕了几个弯，她们就察觉不出什么了。比如眼镜蛇、大狼犬和含羞草，刘佳慧恐怕不会想到这些有什么深意……当然林源自己所猜测的隐喻也完全有可能是错误的。

相比刘佳慧，陈斌所知道的恐怕多得多。只是他不会愿意和林源说的。

林源心下苦笑，他此行的打算是想从陈宏的口中了解到更多关于陈斌的事，以便于他判断陈斌是否是那个"透明人"。现在倒好，相比陈斌，陈宏更像是"透明人"，他的言语比陈斌更为奇怪，并且亲口说出"我就是你们要找的那个人"。但是反过来说，哪有人自己承认自己幕后身份的？所以也可以理解为这是一句疯话。

真正让林源感到不安的，是陈宏的另一句话："今晚有人会死！"

如果这句话演变成事实，那么陈宏的身份就真的非常可疑了，只是此时此刻，林源还不能胡乱猜想。

接下来几分钟的饭局，属于冷场。

林源在想事。

陈斌和怀婷都不是主动说话的人。

刘佳慧也不知道该讲些什么。

"我吃好了，你们慢慢吃吧。"先开口的还是刘佳慧，她站了起来。

"这么快？"林源道。

"我饭量很小的……再说，你们肯定还有事情要讲吧，我就不瞎掺和了。"刘佳慧抿了抿嘴，笑着说。

看着刘佳慧上楼，林源轻轻用筷子敲了敲自己的额头，以驱散整个大脑的混乱。

而接下来，仍旧由怀婷给他讲述魅之鬼城的第四天。

魅之鬼城第四天，永远不变的天气。

怀炎决然想不到，他会这样和陈宏碰面。

两人相遇的时候，陈宏陷进了一个巨大的泥坑之中。

沼泽地充满着腐臭味，这里遍地是尸体，有各种野兽的，也有人的，无怪乎是他们所说极度危险的地方。

陈宏落入泥坑也不知有多长时间，只见他面色非常苍白，皮肤也近于枯萎，还能活着已是不易。

怀炎没有犹豫，找到一根枯藤，缓缓将陈宏拉了出来。

此时陈宏已无丝毫抵抗之力，因而怀炎一点也不需要担心。

"为了能出去，我们就暂且配合一下吧。"怀炎很冷淡地说。

陈宏坐躺在地，已是不能出声。

"我给你找些吃的。"

怀炎找来一些枯草和少量净水，以解陈宏一时之需。像他们这样的人，只要有食物，就能比常人更快地恢复体能和精力。

怀炎和陈宏不一样，他从小与狼相处，各种各样的地方都有去过，在别人眼中危险至极的沼泽地，对他来说也不过尔尔。

陈宏慢慢吃下这些东西，然后躺在一块平地上休息。

怀炎则如履平地一般将沼泽探了个遍，除了各种死尸和湿性植被，别无他物。

沼泽这一个区域的面积比他之前所接触的都要小，只是因为行走艰难，也花费了不少时间，但是也没有找到像出口的地方。

怀炎拿出笔记本，在"沼泽"这一方块也打了个×，这样一来剩下的两个地方就是"麦田"和"城市"了。

怀炎用最简短的语言向陈宏叙述了境遇以及和陈斌的方案，陈宏也很快理解了这个杀手的意思。

原本势不两立的两种职业，在环境的压迫下，开始合作起来。

根据陈宏哥哥陈斌的推论，魅之鬼城的出口是在七个区域中的一个，而这一结论也得到了其他人的认可。那么如今有五个区域都已经被排除，接下来他们要做的就是解决剩下两个地方。

　　麦田位于鬼湖西南，是怀婷的初始点。怀婷第一天一个人并没有在麦田一探究竟，毕竟是个孩子，没有具体方案前怎么会想到要做什么？他们一行人在草原上分开后，由黄远山带着林源、怀婷再去麦田寻找出口。

　　城市，位于鬼湖西北，被陈斌认为是出口最有可能所在的地方，也应当是整个魅之鬼城最神秘的地带。现在陈斌和林晓夕同时去往那里。

　　自从分开后，怀炎从未停止过注意天空，等待信号弹的出现，但是没有。

　　现在怀炎和陈宏应该做的事情，是分别去往麦田和城市，帮助其他人寻找出口，并且进一步保证他们的安全。

　　"你去城市，我去麦田。"陈宏休息的时间果然短。虽然还没有完全恢复，但他也知道时间紧迫。理论上说第四天还剩两个不确定的区域，好像不用着急，但谁能肯定陈斌推导出的这个结论一定正确？假如出口根本不在这七个区域呢？

　　时间紧迫，陈宏和怀炎立刻分为两队，分别去往麦田和城市。这中间，怀炎将笔记本交给了陈宏。

　　第四天的时间已经过去大半。

　　陈宏通过沼泽地里的山洞，来到鬼湖的岛上，此时他早与怀炎分开。

　　他看到了在岛岸边的那艘船，立刻乘上，并往西南方向驶去。

　　就在这个时候，他看到正东方上空忽然冒起一颗信号弹。

　　在寂静的鬼湖上空，这一颗信号弹来得非常诡异。

　　怀炎已经交代过，信号弹一共三枚，分别在他自己身上、黄远山身上，以及陈斌身上，而黄远山去往西南麦田，陈斌则在西北城市，没理由在正东方冒起信号弹。

　　这会是谁？

　　陈宏一时间也顾不了这么多，改变目标方向，开始往正东方向驶去。

　　一路上，整个鬼湖风平浪静，直到又一座岛出现在陈宏面前。

　　陈宏和怀炎一样，有极强的方向感。按照陈斌的说法，鬼湖上一共有七个岛，分别通向七个不同的区域。

眼前这座岛所处的位置在鬼湖东边，因而它所通向的应当是荒野，黄远山的初始地，也是早早被排除的一个区域。

陈宏很快就瞥见了躺在鬼湖岛岸边的一个人。远远从身形来看，该是黄远山不假。

这下陈宏知道，信号弹是黄远山发出来的……但他不是去麦田了吗，怎么会出现在这里？还有，和黄远山一起的林源和怀婷两个孩子呢？

陈宏下了船，走到黄远山旁边。

黄远山处于晕倒状态，浑身湿淋淋的。离黄远山不远处的湖面，一艘和陈宏所乘一模一样的船翻倒在湖中间。

陈宏立刻想到，这艘船在湖中翻了，然后黄远山坠入湖中，再游过了这个岛上。

可是鬼湖湖面相当平静，船没理由无缘无故翻掉。

陈宏用力摇了摇黄远山，后者并无任何反应，看来是没少喝水进肚子里。

此时陈宏也顾不得这么多，嘴对嘴给黄远山做人工呼吸。

再隔了一会儿，黄远山总算幽幽转醒。

"陈斌……"黄远山睁开了眼睛。

"我是陈宏。"陈宏说道，"黄先生，发生什么事了？林源呢？"

"你、你……"黄远山似乎有点激动。

"您别急，慢慢讲。之前的事，我大多知道，所以您只需要告诉我刚才发生了什么。首先，你们不是去了麦田吗，为什么会出现到这里？"

黄远山渐渐恢复冷静，说道："我和林源，还有那个小女孩，先是去了麦田。在那里周游了一整天，没有所谓的出口。于是我们离开麦田，打算去城市和你哥他们会合。结果、结果因为鬼湖上没有参照物，我看错了方向，所以来到了这边……"

陈宏无语，他没想到黄远山出现在这里居然是找错方向的原因。虽然这也情有可原，但绝对是出乎陈宏意料的。

"那船是怎么翻的？你又为何放信号弹？"陈宏问了一个更为关键的问题。

问到这个，黄远山又开始激动起来："水怪……这湖里有水怪！"他的声音在颤抖，仿佛还未平静下来。

"水怪？"陈宏也是一惊。他站起来回头看这片偌大的湖，湖面依旧波澜不惊。无法想象，这样一个湖的底下，会藏着水怪。

"长什么样的？"陈宏继续问。

"长度超过四米，头很大，四爪，有獠牙。从未见过这种生物……"黄远山仍旧心有余悸。

连黄远山都没有见过，那恐怕是只有这鬼湖里才有的物种了。

"接着说。"陈宏又丢下一句。

"我们三个划船来到这里，那东西忽然出现，并攻击了我们的船。慌乱中我立刻放出信号弹，希望有人能过来支援。它的力气非常大，船很快就翻了……怀婷的水性很好，她带着林源强行往这座岛上游，而那只怪物则单独对我展开了攻击。我当时以为必死无疑，不料那怪物长得凶残，却也未伤我，只是将我愚弄，就像猫玩老鼠。我被它折腾得死去活来，逐渐在水中失去知觉。也恰在此时，它放过了我，沉回湖底。我借助剩余的一丝力气和湖面带起的波浪，拼命往岛案游去，再后来，就完全失去了意识……"

陈宏点点头，原来黄远山放出信号弹不是找到了出口，而是请求支援。他看向岛上的那个山洞："也就是说，林源他们又进入了荒野？"

"恐怕是。"黄远山说道。

"那是否应该去找他们？"陈宏询问。

"当然！他们两个孩子，太危险了！"黄远山边说边跌跌撞撞站了起来。

于是陈宏和黄远山穿过山洞，再一次进入荒野。

"这里有狼群啊……"刚踏进荒野地段，陈宏敏锐的感官就察觉出异常。

"是吗？可之前我们并没有碰到……"黄远山听他这样说，越发担心。

"那可真是运气好。"陈宏说道。

两人也没有顾忌太多，尽量往看起来安全的地方走，不过却没有发现林源的踪影。

"这个脚印应该是他的！"

就当黄远山感到绝望的时候，陈宏忽然在荒野靠近鬼湖的泥地上看到了林源留下的脚印。

两人沿着脚印寻找，最终来到鬼湖边。

"他们上船走了！"陈宏在湖边观察了一阵，断定地说。

只是，这两个孩子会往哪里划，却不得而知。

"现在该怎么办？"陈宏思索一阵，没有主意，便问黄远山："我们去城市吧？"

"不……"这次黄远山没有同意，"城市那边，陈斌应该能够弄清楚。我们去另一个地方。"

"您知道林源去了哪儿？"陈宏略感惊讶，这湖面不像陆地，根本无迹可寻，黄远山难道能判断出林源行驶的方向？

"不是，我们去一个理论上不存在的地方。"黄远山此言高深莫测。

"哪里？"

"以鬼湖为中心，魅之鬼城被划分为七个区域——这是草原上那些牧民提供给我们的信息。但是，鬼湖的东南方向，又会是怎么样的存在？为何那里和其他七个方位不一样？"

"您的意思是说……"陈宏有点明白了。黄远山的意思，是想去鬼湖的东南方向探一探，这一点，之前倒是没有人想到。

陈宏心想，也许先前黄远山并非看错了方向，而是他离开麦田后，就打算往鬼湖的东南方向走。

"很有道理！"陈宏认同了黄远山这一方案。

第四天，到这里就结束了……

17 焰火的笑容

听到这里，林源实在不知道该说什么。

原来他和怀婷第五天在荒野，起因竟然是这样的。林源想起来了，他和怀婷当时衣服都有点湿，原来之前是从水里游过来的。

他也可以想到，陈宏之所以在后来才发现他的脚印，是因为他那个时候是背着怀婷跑，两个人的重量致使脚印深，陈宏才能沿着这些脚印找到湖边。另外，林源之前还有一点也未想明白：怀婷虽是女流，但因为身份关系，体能绝不在林源之下的。当时他们遇到狼群逃跑的时候，怀婷的体力早早比他先耗完，原来是带着他在湖里逃避水怪，体能早已大幅度消耗的原因。

"原来她也救了我……"林源悄悄看了饭桌另一边的怀婷一眼。

可是在遇到狼嚎声的时候她又完全可以弃林源不顾，女人心思可真是令人费解。

根据怀婷对第四天的描述，林源主要想到两件事情。

第一，关于魅之鬼城的出口。在怀婷讲这些之前，林源曾认为出口是在荒野和城市二者之一，现在看来这是错误的。首先荒野是被排除的，因为林源和怀婷第五天到那里纯粹是巧合，并不是先前想的那样遗漏了什么；而城市的可能性也随着怀婷的描述逐渐减小。出口真正的所在地，很可能就是鬼湖的东南方位，也就是最后黄远山所说的那个"不存在的地方"。林晓夕当时在洞里指的正好就是那个方向，之前林源认为林晓夕指的是正东或者正南，那是因为他完全没有想到东南也可能是出口这个选项。也就是说，林晓夕的的确确在"城市"找到了答案，这个答案十有八九是那个子午禅师告诉她的，于是林晓夕开始往东南方向走，不幸在洞里摔倒，晕过去后忘记了她之前去过子午塔，所以跟着林源和怀婷又进了一次，所以她才能这样熟悉。可是由此又引申出几个问题。首先，林晓夕是和陈斌一起去的城市，可是他们怎么又分开了，陈斌是否也和林晓夕一样去过子午塔？还有，怀炎离开沼泽后，目标也是去往城市，那接下来在怀炎身上又发生了什么，他是否和陈斌碰到了面？最后，子午禅师究竟是一个怎样的人？从"面具"的描述来看，子午禅师不可能那么容易找到，从当时林源进入子午塔而子午禅师一直未出现，也可以看出这子午禅师恐非善类。那林晓夕之前是怎么找到他的？子午禅师又凭什么告诉林晓夕答案？

第二，关于陈宏。从怀婷的描述来看，当年的陈宏，和今天林源所见到的陈宏，简直是完全不同的两个人。之前林源还认为，陈斌和十三年前不太一样，现在来看，陈宏与当年的差别更是十万八千里。理由就是他现在是精神病患者。

接下来的第五天，林源在之前已经有了叙述。

第六天，林晓夕完全想不起来。

所剩的，就是怀婷记忆中的最后一天了。

这最后的一天，林源脑子里的部分疑问，应该也能够得到解决。

似乎猜到了林源心中的想法，怀婷轻声说："我记得的，都写在了一本日记上，你拿去看吧。这么晚了，你是不是也该回去休息了？"

"嗯！"林源点点头，他的确感觉到一阵很沉的困意。看看表，时间也超过了二十三点。

"你送我怎么样？"林源微笑着看向从楼上拿下日记本的怀婷。他其实很想有个和怀婷独处的时间，因为刚才那个神秘的电话。

"这么晚了，不安全。还是我来吧。"陈斌插了一句。

林源从怀婷手中接过这本没有花边的笔记本，粗略翻了一下，里面只有一篇日记，就是描述在魅之鬼城最后一天的。

"什么时候写的？"林源抬头看着怀婷。

"事发五年后……"怀婷记得也很清楚。

"字很好。"林源没有恭维，怀婷的字并不清秀，也不整齐，还略显潦草。但是每个笔画的笔锋都控制得恰到好处，撇捺有致，浑然天成，非行云流水，亦笔走龙蛇。

"谢谢。"

这时整理碗筷的刘佳慧笑着对林源说："林小公子，要不就在这儿住一晚吧，都这么晚了。"

"不了刘阿姨，还是习惯睡自己的床。"林源笑着回了句。

这时上楼换衣服的陈斌也在怀婷之后下来了。

和怀婷眼神告别后，林源上车离开了陈斌的家。

林源坐在陈斌的车上，两人久久未曾说话。

林源的确是累了，想早点回去睡一觉。怀婷的日记，还是明天有精力的时候再翻吧，也怕错过重要的环节。

迷糊间，林源感觉车窗外有一辆汽车从后方迅速地超越了陈斌的车。

这车……

林源很快想了起来，立刻喊："陈教授，快追上刚刚那辆车！"

"怎么了？"陈斌淡淡问。

"刚才那辆是你以前开过的旧车！"林源也顾不了这么多，大声喊道。同时内心非常震惊，陈斌不可能连他以前开过的车都不认识。

这车是谁开的？要去哪里？

林源内心忽然感觉非常不安，他想到刚才陈宏说的话——今晚有人会死！

车难道是陈宏开的，他去杀人了？

林源大脑非常混乱，明明这种可能性微乎其微，但他又忍不住往这方面想。

"陈教授，你为何还不加快车速？"林源冷冷地问。

这时，主驾驶室的陈斌忽然回过头来，面无表情地看着林源："你确定？"

林源被这一问弄得莫名其妙，陈斌这话是什么意思？

"你明知那是你家的车，为何不追？"尽管听不懂这个问题，林源依然强势。

"我倒想问你……"陈斌冷笑起来。

"问我？"林源再一次目瞪口呆，陈斌到底在表达什么？

只是陈斌说完这话后，不再有后文，二话不说加大了码速。

为了保证驾驶的安全，林源也没有再和陈斌说话。

可是一路上，林源没有再看到那辆车的影子。

它走的不是去 H 大的方向？还是刚才林源自己眼花了？

汽车来到 H 大，四面仍旧漆黑。

林源跳下车，扔给陈斌一句："陈教授，回去看好你弟弟，我感觉他不是一个精神病患者这么简单。"

"我记住了。"陈斌难得说了一句中听的话。

和陈斌分别后，林源迫不及待拨通了夏薇的电话。

说到有人将遇到危险，林源最担心的还是他女友。

从他和怀婷离开医院后，中途有过几次和夏薇的通话。但是林源并没有泄露自己的行程，而是谎称自己一直在医院养病，这样一来不会让夏薇担心，二来他压根不想让夏薇搅进这件事。

电话很快接通了。

"薇薇，你在哪儿？"

"还在家……你哩？"

听到这句，林源算是松了口气。

想想自己的举动，林源也觉得多少有些虚伪。他为什么只关心夏薇，难道其他人就算有生命危险也不要紧吗？

林源苦笑一声，说道："我回学校了。"

"哈？病就好了？"

"是啊，医生挺厉害的。"

…………

…………

寒暄完后，林源已经走进了自己的寝室。

王昆依旧在打游戏，只是因为要到凌晨才会来电，他只能打单机。

乐小豪仍然在背书，蜡烛下拼满了英语单词。

惊魂的两天过去了，一切都没有变。

林源已经觉得筋疲力尽，轻轻对电话另一头的女孩说："累了，先这样吧，安哦！"

室友乐小豪见到林源回来，站了起来，向林源道歉："不好意思林源，今天我……"

"没事……"林源摆摆手。

要说乐小豪没陪他去医院林源一点不在乎，这是假的。但林源绝不想因为这样一件事干扰到他们之间的友情，这是真的。所以林源不会计较，而是尽快选择忘去。

"哦哦……你现在，感觉怎么样了？"话语中，乐小豪多少还是对林源有关心的，虽然只有天晓得这是随便问的还是真正关心。

"我没事了，吃错点东西而已，我先睡了，你好好看书吧……"

说完这句，林源直接趴在床上，很快就入梦了。

一个漫长而无尽的梦后，林源被喧嚷的杂音吵醒。

他仍旧睡在自己床上，寝室外却吵闹异常。

"怎么了？"林源马上爬了起来。

王昆仍在打游戏，现在来网了。

乐小豪则依旧在背书，也有灯了。

他们就这样熬了一夜？

"好像是着火了……"乐小豪一边打哈欠一边说。

"着火？"林源愣住了。

"就是那片大树林！"王昆也说了一句。

"大树林"指的是 H 大校内一大著名景点，叫青韵，里面种植着各种各样的花草树木，还有岩石、亭子、秋千等。

"青韵着火了？"林源赶忙从床上跳下来，话语中还不敢置信。

他随便整理了一下着装："你们为什么还在这里？"

"为什么不在这里？"乐小豪放下书，淡淡看着林源。

林源不再顾他们，从厕所里拿出自己的桶，径自冲了出去。

他惊讶地发现，寝室的门，竟然是没有锁的。昨晚他两个室友就这样让门开着？

不过他现在也管不了这个了。

此时东方的天空已经露出鱼肚白。在宿舍楼上，远远就可以望见青韵上空冒起的大片白烟，还可以闻到阵阵浓烈的焦味。

林源加快速度，飞窜下楼，疾步前冲。

心跳不断加快，呼吸变得急促，但林源不能让自己慢下来。

隐约间，他已经预感到，有什么不好的事情发生了。

青韵是一个整体呈圆形的景点，此时它的周遭，早已围满了大批学生，比平常时候还要多得多。

火比林源想象的还要大，大到他认为不打 119 已经解决不了问题的程度。

这火是怎么烧起来的？

细听学生的碎语，似乎是有情侣在里面放孔明灯，导致火起。

林源马上去打好一桶水。

与此同时，他感觉自己的心在作痛……他发现一件比火灾更可怕的事情。

绝大多数学生，纯粹只是来看的。他们的手中没有桶，没有救火道具，只有手机抑或相机，在这团巨大的火焰外咔咔作响，闪光灯像星星一样，时亮时暗，并此起彼伏。拍完之后，他们不忘把照片发表在空间、微博，以博得好友们的惊叹与振奋。

多数人脸上都挂着笑容，或明显、或隐约，仿佛眼前不是一场灾难，而是一次壮美的、难遇的景观。在整天无聊的学业与假期中，这一场火无疑点燃了许多莘莘学子内心的亢奋。虽然没有表露出来，但可以感觉到，恨透了这所万恶学校的他们，非但认为自己没有拯救的义务，甚至还在心中呼喊："烧吧！烧吧！"

林源步伐变得缓慢起来。

他发现每往前一步都变得十分沉重。

漫无边际的火苗，似乎正朝他大笑，嘲讽他的愚昧与无知。

记得刚上大学的时候，林源在班里做自我介绍。那时几乎所有新生都信心满满地表达了自己对大学的憧憬，并立下无数热血沸腾的奋斗目标。但林源没有，他在那么多人面前讲话总会感觉害怕，他清楚地记得自己说过这样一些话："和大家不同，我对自己并没有太多自信……我没有能力成为大人物、栋梁材，我没有这样优秀，也无法为这个社会做多少贡献。然而我相信我们的民族，相信我们的国家……我相信有很多杰出的人站出来，引领我们走向强大。我也坚信在所有人的努力下，我们的生活会越来越好……"当时这段话引来不少学生的嘲笑和老师的不满，怎么会有人一开始就发表消极言论，说自己不行的？

林源并没有觉得自己不行。他的确没有多少自信，但他一直相信整体的力量，相信社会的美好。

今天这一幕，给他带来了很大的打击。

他甚至看到拍摄者中，赫然有汪正辉学长的身影——他最喜欢、最欣赏的校园歌手，可以把《五星红旗》唱得响彻心扉的男孩。

林源呆沉地走了过去，拍了拍汪正辉的肩膀："汪学长，你在干什么？"

"拍照呢……"汪正辉回头朝他一笑。

"为什么，不去救火呢？"林源犹豫再三，还是问了。

"救火？现在不挺好的吗？"汪正辉又笑了。

如果他回答太危险或者消防队马上到，林源都会觉得情有可原的。可是这句回答，彻底粉碎了林源对他的尊重与崇敬。

简直不敢想象，一个歌声中充满对生活的热爱、对民族未来无限展望的人，竟然会说出这样一句话！

林源发疯似的提着桶往着火的树林里冲，他脑海中响起了陈斌那句话："我们都是——透明人！"

　　"不可能！不可能！"林源罕见地丢失了理智，一桶水奋力浇在火焰中。

　　没有任何反应。

　　林源把桶丢掉，拾起地上一根长铜棍，用力敲打着一棵大树上的火苗。

　　然而他再怎么用力，火也没有减小的势头。

　　林源已经忘记自己身处危险的环境下，仍然疯狂的企图将火焰熄灭。

　　等他意识到靠他的力量根本不能对这场大火构成任何影响的时候，身体已经筋疲力尽了。

　　林源逐渐感觉到自己的身躯极为难受，灼热感充斥着每一层皮肤，吸进的空气也让他感觉内脏很痛苦。

　　"我这是怎么了？"林源丢下手中的棍子，呆立在火焰中。

　　这时他听到有人喊他的名字："林源！林源！"

　　是一个女声。

　　林源大脑清醒了不少，判断出，这是怀婷的声音。

　　怀婷先发现了他所在的位置。

　　看到林源这副狼狈不堪的模样后，怀婷非常惊讶："你……你怎么了？"

　　林源只是摇头，一时喉咙发音也艰难。他脚下一个趔趄，站立都有些困难。

　　怀婷知道他恐怕在里面待了不少时间，连忙把他扶稳，说："我带你出去吧。"

　　林源看着这熊熊烈火，沉默着点头。

　　怀婷搀扶着他，躲开火苗，一步步朝青韵外走。

　　"等一下……"林源忽然说道。他的声音有些嘶哑，让怀婷小吃了一惊。

　　"你闻到什么了吗？"林源不顾喉咙的疼痛干哑，扭头问怀婷。

　　"焦味。"这种坏境下，怀婷当然不会仔细去闻。大火之中，除了烧焦的味道，还能有什么？

　　"不是焦味那么简单……"林源表情竟有些呆滞了。

　　"你想说什么？"看到林源这副表情，怀婷意识到，只怕发生了什么严重的事情。

　　"树！那棵树！"林源颤颤巍巍用手指指着六米开外的一棵大树，早已烧得面目全非。

　　"我们过去！"林源的声音依然嘶哑。

由于此时林源体内已经吸入大量有害气体，再在里面逗留着实不是件好事。但看他如此坚定，怀婷也只得依他了。

　　接下来，触目惊心的一幕果然发生了。

　　即便年幼时经历过大风大浪的怀婷，也觉得胃里一阵翻滚。

　　林源指的那棵烧得不像样的树一旁，俨然躺着一个人。

　　这个人已经被烧得体无完肤，面目全非……他的手和树连在一起，被火烧焦。

　　"这……谁啊？"怀婷扭头不愿再看，拉着林源的手往外走。

　　不料林源却岿然不动，嘴里硬生生地吐出三个字："我外公……"

18 无解的数串

H大，黄远山院长的校内住所。

黄远山的孙子、林源的表哥、N市著名探员黄俊正在秘密调查此案。

此时黄俊同林源一起，在黄远山的校内住所进行探查。

关于人文学院院长黄远山在校景点青韵被火烧死一事，保密工作做得十分周到，暂时没有外人知道原来这场火还烧死了一个人，并且是院最大领导。

黄俊坐在沙发上，以手支额，陷入了困境。

作为一名警察，他已经能自如地控制自己的情绪。尽管这次死的人是他最尊重的祖父，黄俊也不会把内心的痛楚写在脸上。他也清楚，表弟林源此时的感受肯定不会比他好。

这个案子黄俊刚刚开始调查，暂无头绪。黄俊唯一可以确定的一点是——这是一起他杀案。

案发现场，黄远山的手被镣铐套在一棵树干极其坚硬的无名小树上，导致整个人不能移动，最终被大火活活烧死。

这种镣铐非常特别，是一种新型的"反折镣铐"。反折镣铐设计采用早期的链铐，两个铐环之间用铁圈连接。比较特别的是，反折镣铐其中一个铐环上有一个智能按钮，按下这个按钮后，铐环会被解开，并迅速铐在按下这个按钮的事物上。比如说，A被铐住，B按下镣铐上的智能按钮，则铐环会立刻反铐在B手上，将其圈住。这种镣铐的设计并不存在什么实际意义，大多只是用来恶搞。镣铐上的智能按钮在开锁前只能按下一次，也就是说B被铐住后就没有办法再挣脱到其他人那里了。

在案发现场发现的这个反折镣铐，其设计更为特别。它的两个铐环规格差异非常大，其中一个铐环比另一个大了太多。拥有智能按钮的那个套环，是用来铐住人的手，而另一个大得多的铐环，是用来铐在其他事物上，也就是景点青韵中的那棵树，而那棵树虽然不大，干枝却坚固无比，如果被铐上真是没有办法脱离。另外，这个镣铐上面的智能按钮也与众不同，它必须要人的指纹按在上面才会产生智能反应，这样的话，借助其他物品去按这个按钮就行不通了。

也就是说，当时有一个人被反折镣铐拴在树上不能动弹，恰巧青韵火起，黄远山来到现场，救下这个人，自己却被反铐在树上，结果才被烧死的。

可以推断，这是一次有针对性的蓄意谋杀，搞不好凶手专门设计出这样一款镣铐，就是用来针对黄远山的。

要找出凶手，有三条线索可寻。

第一，这场火灾是谁造成的？

第二，火灾发生的时间是凌晨四点多，而这个点，黄远山为什么会出现在青韵？

第三，黄远山当时救下了谁？是凶手，还是其他人？

第一点，根据普遍的一种说法，是有情侣放孔明灯；不慎将整片树林烧着。调查表明这个说法是正确的，并且黄俊已经找出了肇事者。然而，这对年轻的学生情侣肯定不会是蓄意谋害黄远山的真凶。根据描述，他们点燃孔明灯放飞不久，孔明灯就从空中坠落，当时这对情侣不以为然，就这样走了。岂料这几天气候干燥，一点星星之火，便形成了后来的火灾。这样说的话，青韵这场火灾似乎只能理解为巧合。

可火灾并不是巧合，这必须结合第二点。黄远山不可能无缘无故去那情侣约会的地方，所以这场火灾不会是巧合，而是有人要杀害黄远山，然后又以火灾之名转移警方注意。黄远山之所以去那里，十有八九是有人约他在那里见面。那么，找出这个人就成了重中之重。可惜黄远山的各种通信设备中都没有查找出一些特殊的信息，因而这条看起来比较好找的线索实际上也不明朗。

唯一比较有希望的是第三条线索。黄远山是为了救一个人导致自己被铐住然后殒命，如果这个人不是凶手的话，应该会尽早来和警方汇报，那时候说不定能有新的发现。

与黄俊相比，林源没有更多地去想这些问题。

理由是他已经有一定把握把行凶者锁定在一个人身上，剩下的就需要去确认了。

这个人毫无疑问就是昨晚见到的精神病患者，陈斌教授的弟弟陈宏。

陈宏昨晚告诉林源，会死人，结果真的发生了，而且死的还是黄远山，魅之鬼城七个人中的一个。

这只是林源怀疑陈宏的一个原因。另一个原因是，林源昨晚回学校的时候在陈斌车上看到，有一辆车超过他们往 H 大的方向来了。这样一来，整个事情的脉络就出来了——陈宏从家里来到 H 大，并打着火灾的幌子杀害了黄远山。那对情侣放飞的孔明灯，只怕也是陈宏用什么办法给弄下来的。至于动机，林源也无法揣测，只能暂时理解为陈宏是个精神病人，所作所为不在常人理解的范畴内。

然而林源还不能完全确定，理由也有两个。第一，陈宏怎么能把黄远山给请到青韵那种地方去？他又不是陈斌。第二，如果凶手是陈宏，他昨晚等于明目张胆告诉林源自己要杀人，这又是否矛盾？当然这又可以理解为陈宏是个疯子，疯子杀个人也不是没可能提前告诉人。问题是，一个疯子是怎么把他外公给请出去的？

所以接下来林源要做的，就是再去陈斌家里走一趟。如果再见陈宏一面，林源起码可以确定此案的凶手是不是他，说不定还能进一步揭穿"透明人"的身份。

"林源。"黄俊说道，"我怀疑爷爷是食用了某种药物，否则也不至于被锁在一棵树上毫无办法。但是现在他老人家的尸体变成这样，要检测出体内是否有药物只怕也不容易。你看从这方面着手，行不行得通？"

林源摇摇头："被这样一个镣铐锁上，在那样一个时间点上，本来就没有什么办法可言。虽然你说的并不是没道理，但是这样太慢了。等医疗报告出来，只怕都要好几天。"

"太慢了？"

"对。必须尽快找出真凶！"林源强烈地感觉到，如果不尽快找到这个人，那黄远山的死只是个开始而已。接下来，他、林晓夕、怀婷等人，都可能遭遇不测。

"你想怎么做？"黄俊想破脑袋也不知道有什么办法可以尽快找出凶手。当然，这是因为他不知内情。

"交给我来做吧……"林源叹口气。

"交给你？"黄俊非常惊讶。

"我知道该怎么做。"林源说。

"你有事瞒我？"黄俊皱了皱眉，他敏锐察觉到林源肯定有什么话没告诉他。

"是的。"林源也不避讳，"而且暂时不能告诉你。"魅之鬼城的事，目前不能轻易泄露出去，即便是表哥黄俊。

"你小子在说什么？"黄俊发火了。黄远山的死，放谁心里都不好受，何况黄俊是黄远山的亲孙子？身为警察的他，专门负责调查此案，为祖父查出真凶。可现在，林源居然还有事瞒着他！

"有必要的时候我会告诉你，但不是现在。相信我，就算你知道这些，也没什么好处。给我时间，我会摆平的……表哥，外公的离开，我们都不好受，我和你一样，希望尽快缉拿凶手归案。相信我这一次，好吗？"林源的语气非常诚恳。

"你要多久？"黄俊沉下气来。他相信林源的智慧，也相信林源确有难言之隐。

"就今天……我不能绝对保证，但今天我可以得到重要线索。"林源看着黄俊的眼睛。

"我就信你这次。"黄俊也叹了口气。

两人都沉默一阵，黄俊又开口说："另外，还有一件东西，也可能很重要……"说着，黄俊拿出一本旧版的《新华字典》。

"这是……"林源接过这本纸页已经泛黄的小书，依稀记得这是小时候外公教他认识汉字的时候用的。

"你知道，在 H 大，爷爷和院长助理李文李博士共事。"黄俊见林源翻开这本理应是小学生看的《新华字典》，慢慢说道。

"是的，就在这个房间里，同吃同居。但是我们刚才询问过李博士，并没有得到线索。"林源回忆刚才和李文的对话，说道："李博士说外公昨天一下午都没有出去，就在这里研究档案，并且早早就休息了。他也没感觉外公晚上出去过，还确信这之间没有人和外公有联系……"

"这些都不重要！"黄俊打断林源的话，"凶手无疑是聪明绝顶之人，他能把爷爷叫出去，就必定能躲开其他人的注意。重要的在你手里拿着的这本书，或许这是非常重要的一条线索！"

林源翻着这本儿时看的书，也很快发现了非同寻常之处。

从一定的页数开始，这本《新华字典》的右上角会标记一个数字，是用铅笔写的，字迹很淡，不仔细看还不容易察觉。这些数字或者相邻出现，或者隔一页出现。第一个数字是"1"，出现在"jian"这一页。

林源粗略估计了一下，数字总个数不少于50，其中有 9 次出现了跳页的情况。

"给我纸笔……"林源说完，发现黄俊已经写好一系列数字，并交给了他。

黄俊的想法和林源一样，认为黄远山说的是 10 个数字串。字典中相邻出现的是同一个数串里的数字，跳页则表示下一个数串。照此推理，10 个数串依次是：13112、1719、1812、1933815、2216、252517、26371114、3211、33110、

36341316。

"这什么意思？"林源琢磨了一会儿，完全不明白这要表达什么。

数学角度来看，这些数字完全没有规律可言。用转码的话，林源也做了一下尝试，根本没有任何意义。

"我要是知道就好了。"黄俊摊手，"我问过李博士，爷爷最近吃过什么食物，看过什么书。从他的描述中我发现，这本《新华字典》绝对是出乎意料的。以爷爷学识的渊博，没有必要再研究这本书。我拿来翻了一下，果然发现里面有蹊跷……这些数字串，恐怕是在传递什么信息，而且，是给你传递的。"

黄俊这样说，是因为这本字典和林源有不解之缘，所以黄远山也一直没舍得丢弃。此时这些数字出现在这本字典中，理所当然是在向林源传达某种含义。

"可我完全看不懂……"林源老老实实承认。

"会不会是这些数串的组合方式不对？"黄俊推测。

"应该不会。"林源知道，黄远山生平不喜欢故弄玄虚。现在这些数串的意思已经无法揣摩了，如果还有某些奇怪的组合方式，那谁也不知道这是啥意思了。

林源合上字典，微微闭了下眼睛，说："先不管这是什么意思。想一下，外公如果要向我传达一个讯息，为什么要用这么隐晦的方式？"

"是啊……他老人家不喜欢这套的。"黄俊摸着鼻子，"不过我确定，这是他的字迹不假。"

"非但是他的字迹，而且就是在这几天内写下的。"

"你是说，他就在这几天，发现了某些特别的事情。"

"不知道。但他之所以选择用这样隐晦的方式，有可能是怕被其他人看见后，销毁这一信号。"

"其他人，会是谁？"

"能进这里，能看到这里所有书的人。"林源已经完全闭上了眼睛。

"可这样的人，并不少。"

"但也不会多……起码这个圈子缩小了。"

"这个人可以来爷爷这里，并且能看到他的书。"

"这个人也必然极为聪明，否则外公没必要在这么不显眼的一本书上，还用这样隐晦的方式来传递信号。"

"你能确定，这是在传递某种信号吗？"

"不确定……但是，这个数串，绝对是关键的解码。"

"可是我们都没有办法解开。"

"让我再好好想想吧……"

林源回到宿舍，看着这 10 个毫无章法的数串，半天不得其解。

他叹口气，把数串和字典扔回抽屉，拿出一本日记本。

这是怀婷的日记本，记录着在魅之鬼城最后一天，也是最关键一天所发生的事情。

日记本很旧了。

但那种感觉，依然清晰。

林源暂时放下外公这件事的思绪，认真阅读起这本日记。

19 怀婷的日记

　　这是我在离开魅之鬼城五年后写下的日记，用来记录魅之鬼城最后的一天。

　　我想我对五年前那段记忆依然是清晰无比的，尽管这几年我的性情发生了一些变化。

　　魅之鬼城第七天，对这最关键的一天，我会尽我所能将一切说得清楚。我想黄院长和陈教授都认为这是没有必要的，因为我们已经选择忘记这段事，也不打算和林源提起。但我想，现在不写下，再过些岁月，这段本就不完整的记忆，又可能被再次冲淡。

　　深思熟虑，还是写下这零乱的一天。

　　这一天的开始是在船上。

　　有两艘船，除了林晓夕外，所有人都在这两艘船上。

　　黄远山院长——当年他还不是院长，静默地坐在船头，划着船桨，一言不发。

　　陈斌教授——当年他也不是教授，受了很重的伤，正卧躺在船上。

　　陈宏——当年他是个保镖，也没有患病，手握船桨，划着另一艘船。

　　林源——这个本该被我们杀死的男孩，一手拿着船桨，静静地看着我。

　　怀炎——我的哥哥，已经是一具尸体。

　　我——在哥哥旁边守护他。

　　是的，哥哥死了。林源回忆中，魅之鬼城第五天的最后，子午塔内那具掉下来的尸体，就是哥哥的。

　　唯一的亲人，生命的所有依靠，就这样离开了。

　　时隔五年，这份伤痛仍不能褪去。

　　这篇日记是叙述旧事的，情感也就一带而过吧。

　　第七天的开始，除了林晓夕，其他人都在一起了，并且已经得出了离开魅之鬼城的方案。

　　至于是怎么聚到一起的，出口究竟在哪里，我们又是怎么知道的……这些都会一一说明。

由于在魅之鬼城中我们都是有记忆的，直到出来后才被抹去了六天的记忆，所以，当时我们都能知道自己身上发生的事情。

在船上，大家都讲述了自己的经历，交给了最后一天有意识的我。

首先，从陈教授开始讲起吧……

这要从魅之鬼城第三天开始说。

在草原区域分开后，陈教授和林晓夕一起，去了鬼湖西北的城市区域。

关于这一区域，陈教授的描述和林源不大一样。不，应该说，陈教授看到的更详细，因为林源只去过子午塔一个地方。

和林源一样，陈教授首先看到的是大大小小的路，通向未知的远方……感觉上，这里似乎比其他区域都要大。远处，遥遥可见稀疏的建筑。

这时，林晓夕哭了起来："妈妈，我要妈妈！"

她太累了。

"我想我们要找到出口了。"陈教授安慰她，同时心里也有足够自信，因为这个地方的确和之前见到的任一区域迥然不同。

"我好困，我想睡觉……"林晓夕仍旧哭着。

这样说，陈教授也感觉到了困意。打从来到魅之鬼城开始，他就没好好休息过。

"那……我们睡一会儿吧。"陈教授说。他找了块岩石，岩石后面看起来比较安全。

陈教授对自己的感官相当自信，即便在睡着的情况下，他也相信自己听到动静就能马上醒过来。

结果是一直没有动静，他们一大一小就这样睡了大半天。

醒来的时候，已经是魅之鬼城第四天黎明。

这个时候，哥哥大概已经在沼泽遇到了陈宏，而黄院长、林源还有我，基本上完成对麦田的搜查。

"醒醒！"陈教授拍醒了还在熟睡的林晓夕。

两人往城市的深处进发。

又走了半天，之前遥遥看到的那些建筑才逐渐出现在他们眼前。

这似乎是一座很古老的，已经废弃的城市。建筑物坐落非常零散，且异常稀疏。建筑的风格也是各异，有亭、台、楼、阁、杆、栏、槛、坛，当然还有很多普通的木屋。大多偏于古风，没有看到现代化的建筑。说是现代化城市显然不可能，说是古城又显得阴森可怖。

城市中有街道无数，均是泥沙地，偶尔有些零星的碎石，破败不堪。

视野范围内，并无人烟。

林晓夕又哭了，蹲在地上："妈妈，我要妈妈！"

很快，随着林晓夕的哭声打破这座所谓"城市"的沉寂，陈教授就听到了一阵轻微的脚步声。

陈教授蒙住林晓夕的嘴，将她扯到一边的木屋檐下。

果然，接下来就有一个人出现在他们的视线中。

陈教授见那人是背对着他，猛然扑了过去，一记重肘将对方打倒，并迅速扑在他身上将其制服。

这个人身材算是魁梧，但给陈教授的感觉却是弱不禁风，很容易就被放倒了。

"别嚷嚷，否则杀了你！"陈教授小声，并带着威胁的口气说。

那个人和草原区域见到的牧民，还有开鬼城公交的那个一样，脸上戴着一副面具。他丝毫没有要抵抗的意思，老老实实趴在地上。

"说，魅之鬼城的出口在哪儿？"陈教授气势汹汹地问。

戴面具的人摇头。

"这里有多少人？"

仍然摇头。

"你是哑巴？"

这次他点头了。

陈教授也不愿多问，直接说重点："这里谁知道能怎么出去？"

哑巴没有摇头也没有点头，只是干巴巴看着陈教授。

"你知道？"陈教授看到了希望。他迅速从兜里掏出从黄院长笔记本上撕下的几张纸，并拿出一支笔："写！"

哑巴也干脆，接过纸笔，在上面写下三个字——子午塔。

"子午塔？那里有人知道答案？"陈教授问。

哑巴点头。

陈教授四面环顾，又问："这里塔有不少，而且都很像，哪座才是子午塔？"

哑巴再次要回纸笔，在上面画了一幅画，赫然便是一张巫婆少女图。

"子午塔上有这个？"陈教授揣摩。

哑巴点头。

问完这些，陈教授又是一肘，直接把哑巴打晕。

"走！"对于这个未知的地段，陈教授也不想多逗留。

他牵着林晓夕的手，挨个找子午塔，并注意周围的动静。

接下来一段时间内，陈教授和林晓夕都没有再遇上第二个人，而之前被陈教授打晕的那个哑巴，亦不在原处，也不知道是什么时候醒来走了。

陈教授越发不安。仅凭自己的感觉来说，那哑巴好像没有骗他。当然，所谓的子午塔也有可能只是一个陷阱，这个就要搏一搏了，为今也无好计。

也不知走了多少路，连陈教授都感觉累了，他蹲了下来，非常郑重地对林晓夕说："记住，我们要找到这个地方！只有这样，大家才有可能离开，你才能见到妈妈，知道吗？"一边说一边把那张纸交给了林晓夕，上面有"子午塔"三个字，还有那张图。

林晓夕也很郑重地点头回应。

"叔叔，我累了，想睡……"这是林晓夕第一次这样称呼陈教授。

陈教授见天色已晚，便找到一隐蔽处，带着林晓夕又睡了一晚上。

魅之鬼城第五天。

陈教授无意中看到了一座特殊的塔。说特殊，单纯从外观看也只是它比这里见过的塔都要高而已。

"进去看看。"陈教授带着林晓夕走进了这座塔。

在塔的第二层，陈教授看到了在天花板上的那幅画像，也就是哑巴给他的那幅，也就是后来我和林源所见到的那幅。

于是陈教授确定，这里便是子午塔。

所以说，陈教授和林晓夕走进子午塔的时间也是第五天，只不过是白天，而和林源再次进去是在晚上。因而林晓夕之前去过子午塔这一结论，是正确的。

和我们一样，陈教授也被困在了子午塔的无尽楼梯中。

不一样的是，他被困住的时候，楼梯上出现了一个人。

这个人站在楼梯的阴暗角落，无法看清面容，甚至不知道他有没有戴面具。他这样无声地忽然出现，即便胆大如陈教授，也是猛然一惊。

"你是谁？"隔着超过十米的距离，陈教授询问。他已经进入戒备状态，随时可以和对方展开搏斗。

"子午禅师。"阴暗处那人回答，声音仿佛可以从四面八方传递到陈教授耳内。

子午禅师？听起来倒和这座塔的名字匹配。

听语气，这个子午禅师似乎没有恶意。

陈教授没有走前去的打算，这样隔着一定的距离更能让他觉得安全。

"那么，知道魅之鬼城出口的，就是你了？"陈教授试探性地问。

"我是其中一个。"子午禅师承认。

其中一个？

"在鬼湖哪个方位？"陈教授语速快了很多，他迫切地想知道答案。

"东南。"子午禅师竟然非常直截了当就说出了答案。

"东南？"

"是的，东南。"

"可是东南没有……"陈教授说到这里，忽然止住了。鬼湖东南方位不存在区域，那是草原的牧民说的。事实上是不是如此，他也没有去验证过。

阴暗处，子午禅师似乎在笑。

"东南没有区域，就好像这座塔没有出路一样。"子午禅师这句话似乎是在提醒陈教授，现在他们连离开子午塔的本事都没有，更别说魅之鬼城了。

"为什么要告诉我们这个？"陈教授问。

"因为，你们没有留在这里的必要了。"

"什么意思？"陈教授双眉紧锁。

"动点脑子……没有区域，不代表没有出路。就好像这个一样……"子午禅师在他身边的墙壁上有规律地击打了几下，墙壁大开，赫然便是一道暗门。

原来这里隐藏着另外的楼梯！

恰在此时，子午塔内惊现第四者。

陈教授只感觉身边"嗖"的一声，一道人影猛朝子午禅师窜了过去。他看得非常清楚，这个人就是我哥哥——怀炎。

哥哥第四天在沼泽和陈宏分别，朝城市这边过来，现在正好找到子午塔里面。他这样突然地出现在子午塔内，仿佛从天而降。也不知是什么原因，他飞速朝子午禅师冲了过去，看样子很像是要杀了对方！

我是不能明白的……哥哥是杀手不假，可他不会无缘无故杀人。实在不知出于什么原因，他要杀一个素不相干的人。

子午禅师退入暗门内，哥哥也跟着冲了进去。就这样，两个人都消失在陈教授的视野中。

"我们走！"陈教授迅速拉上林晓夕的手。

"走哪里？"林晓夕发现陈教授走的方向不是那道暗门。

"里面很危险！"直觉告诉陈教授，那扇门不能进去！

"那……怎么离开？"林晓夕弱声问。

"跳！"陈教授说。他刚才已经注意到，哥哥真是从天而降的。陈教授迅速推断出，哥哥早料到子午塔内布有陷阱，所以干脆先从外围爬到子午塔顶上，然后静观塔内动静。子午塔有十三层，而陈教授和林晓夕被困在有彭罗斯楼梯的第七层。哥哥能飞进这里，一定是借用了绳索之类的道具。

果然，陈教授在窗处看到悬锁在外面的一根粗麻绳。

陈教授二话不说，抱起林晓夕，另一只手抓住绳索就往下跳。

两人身体迅速下沉，到了第三层左右的时候，陈教授的手没有拿捏稳，直接坠了下去。

所幸摔落的地方是草堆，不至于摔死。

陈教授腿摔成重伤，但保护好了林晓夕。

"叔叔，我扶你！"林晓夕拉着倒地不起的陈教授。

"不用了！"陈教授忍住痛说，"快！快离开这里！找到其他人，带他们一起走出魅之鬼城！记住，魅之鬼城正确的出口在鬼湖的东南方向，之前我们的猜测都是错的！"

"东南？"林晓夕不懂。

"就是那个方向！一定要死记！"陈教授伸出手指指给林晓夕看，"一定要死记这个方向！不然我们都出不去，你也见不到你妈妈了，明白吗？"陈教授已然发现，必须提到林晓夕的母亲，她才会非常在意。

"那边……"林晓夕看着陈教授所指的东南方向出神。

"你现在快走！从我们来的地方走！"陈教授用力推了林晓夕一把，差点把她推倒。

"可是叔叔你？"

"这里随时会有危险，你快走就是，不要管我！"陈教授见林晓夕迟疑不动，直接把枪拿了出来，对准林晓夕，"再不走我就杀了你！"

林晓夕被陈教授的语气吓怕了："我走！我这就走！"边说边往远处跑去，逐渐消失在陈教授视线中。

后来，林晓夕往通向鬼湖的山洞跑，途中不慎摔倒，再加上疲惫异常，就这样躺在了洞里。

再后来，林源和我从荒野逃出，在鬼湖遇到蜘蛛雨，逃进了通往城市区域岛上的山洞，并遇到了林晓夕。

由于陈教授让林晓夕死记方位，所以当她醒来时，我问她出口，她指向了东南。可是，当时的我是不可能知道发生的这一系列事情，所以理解为她指的是鬼湖，而把她当成疯子。

后面一次醒来，林晓夕好像忘记自己来过"城市"，也忘记进过子午塔。陈教授之前还郑重交代过她，要她找子午塔，并把那张写好的、画有图的纸条交给了她。再次来到城市区域的时间是晚上。林源、林晓夕还有我，见到了鬼城公交，以及开公交的，林源形容的"面具"。林晓夕把那张纸条给"面具"看，让她带我们去纸条上写的地方。

于是林晓夕又一次来到子午塔。

这时陈教授就躺在子午塔下的草坪上。我们没看到他，一来是因为当时是晚上，二来陈教授处于昏厥状态，三来他是躺在子午塔的另外一侧，因而我们竟都没有看到他，林晓夕也忘记了那里还躺着一个人。

我们进入子午塔，被困在无尽的楼梯中。

林源找出办法，打开了那扇暗门。

他看到一个人……应该说是一具尸体，从子午塔第八层上方掉下。

林源第五天的记忆，到这里就停止了。

接下来一段时间发生的，当时我们应当是记得的，可离开魅之鬼城后，却怎么也想不起来了。

后来陈教授告诉我们，当时他在子午塔下苏醒过来后，看到我和林源抱着哥哥的尸体，走出了子午塔。

陈教授把我们喊了过来，并告诉我们鬼湖东南才是出口。

这是第六天我们这边的开始。哥哥的尸首在这里，陈教授不能动弹，无论如何我们都不可能全部离开。我们先是找了个看起来安全的地方休整了一晚，到第六天天亮的时候，林源想到一个办法，用信号弹通知剩下的两个人——黄院长和陈宏。让他们过来帮忙。

接下来的时间里，就是等待和祈祷了。

那个时候我一定非常伤心，而林源则不知道在想什么。我们都忽略了一个非常重要的事情——林晓夕为什么不见了？

进子午塔的时候，是林源、林晓夕还有我，三个人。

离开子午塔的时候，却不见了林晓夕。

而陈教授并不知道林晓夕和我们在一起，因而见到了我和林源从子午塔出来也没有询问。

离开魅之鬼城后，林晓夕又没有了第六天的记忆，导致这个问题直到现在都还是个谜。

这边的情况大致就是这个样子了。

船上，陈教授告诉我，我哥朝子午禅师冲进去，两人一起消失在暗门中。之后发生的事，只能猜测。子午禅师，或者说里面还有其他什么人，用手段重伤了哥哥，并将他杀害，还在他身上放置了大堆活蟑螂，用来腐蚀哥哥的尸体。

我和林源将哥哥尸体上的蟑螂驱逐开来，但他早已血肉模糊了……

没想到哥哥成了七个人中，唯一一个葬身在魅之鬼城的人，也没想到他会以这样一种方式离开我。

讲完这一边，下面就说黄院长和陈宏那头吧。

这头的情况相对而言简单不少。

在魅之鬼城第四天的最后，黄院长提议去鬼湖的东南方向一探究竟，陈宏非常认可。

第五天清晨，他们划船离开荒野，一直往鬼湖东南方行驶。

的确，东南方向没有区域，直接就是封锁的悬壁，像其他几个区域的边境一样，人力根本无法离开。

高崖像一只巨大的野兽，横卧在黄院长他们面前，挡住他们前行的方向。这样一块大石壁矗立在鬼湖东南边境，壮观的同时，也让人感到绝望。

"我们错了。"陈宏说。

"不！"黄院长没有这么快否定，"你看，那里有一艘船，和我们划的一样！"

陈宏也注意到，悬壁下方，鬼湖之上，也有一艘船。

"这是第十五艘船！"黄院长喃喃道，"鬼湖七个区域，荒野、废墟、深林、沼泽、草原、城市、麦田，均与鬼湖相连。这七块陆地与鬼湖相连的边界，都有一艘船，也就是七艘。另外，鬼湖上还有七个岛，分别通往七个不同的区域。这七个岛上，也各自有一艘船。如此一来，便是十四艘。而这个，是第十五艘船！"

"有何意义？"陈宏听不明白。

黄院长看着陈宏："你可曾想过，七块区域，和鬼湖都是直接相连的。既然如此，那为什么还要有鬼湖上的七个岛？这不是冗余吗？"

"可它就是这样构建的。"陈宏并不否认七个岛的多余，但也不觉得这有何不妥。

黄院长整理了一下思路，缓缓说："我是这样想的。我认为，这鬼湖上，应当有第八个岛。"

"第八个岛？在哪儿？"

"便在此处！"黄院长郑重地说，"理由就是这第十五艘船！"

"此处？"陈宏仰头看着直指天际的高崖，只觉得黄院长此话不可理喻。

"不要往上面看。听我说，七个区域，都与鬼湖相连。所以七个岛，并没有存在的必要。但我相信这不是偶然的……因为有一个区域，并不与鬼湖直接相连，所以它需要一座岛通往那里。或者说，那并不是什么区域，而就是我们要找的出口！"黄院长再次语出惊人。

"那这座岛，究竟在什么地方？"

"我说了，就在这里！"

"这里没有岛。"

"我们看不到，是因为，它在水下！"黄院长终于下了结论。

"水下？"陈宏惊呆了，"你，你敢肯定，这水下有座岛？"

这次黄院长摇头了："不能……自从进入魅之鬼城，我们所做的一切，都是凭感觉和猜测，没有任何一件事是可以确定的。事到如今，我们已经先后排除了废墟、荒野、深林、草原、沼泽、麦田六个区域。城市那边，到现在仍没有动静。虽然我推测的这个结论也大有错误的可能，但总要比坐以待毙来得好些！"

"你说得对！"陈宏赞同。此时此刻，无论是对是错，总比什么都没有想到好。

现在已经是第五天，包括这一天在内，也只剩三天了。

"我这就潜下去一探究竟！"陈宏说罢，潜入水中。

他这一潜就超过了一天的时间。

陈宏在魅之鬼城第五天潜入水中，直到第六天天亮，他才浮出水面，并大声告诉黄院长："真的！下面真有一个岛！"

也就是在这个时候，他们两个都看到西北方向升空的信号弹。

两人面面相觑，难道这个推论是错误的？出口真的是在西北的城市区域？他们当然不会想到，这是我们在"城市"区域请求支援所发出的。

"怎么办？"陈宏问。

"走吧……即便这里是出口，就我们两个，也不能离开。"黄院长说。

于是他们两个往城市的方向赶去，并成功与我们会合。

这样一来，除了失踪的林晓夕，其他人都聚在一起了。当然，这中间还包括一个死人。

两边简单地沟通和交流后，都弄清楚了是怎么回事。

子午禅师说的是正确的，出口的的确确就在鬼湖的东南方，那个不存在的区域。湖下有一个岛，也就是鬼湖的第八个岛，通向魅之鬼城之外。

我们离开了"城市"，划着两艘船，进入鬼湖的中央地段。

在船上，我们养精蓄锐，度过了魅之鬼城的第六天，而迎来最后一天，也就是我记忆中的这天。

哥哥的尸体，是我要求带走的……尽管他已经死去，但我不想让他留在这个地方。

好了，上面所述就是第七天以前所知道的一切，这些都是船上黄院长、陈教授、陈宏结合起来说的。

现在正式开始写最后一天的事情吧。

我们六个人划着两艘船，往鬼湖的东南方向驶去。

据陈宏说，湖下的构造有点复杂。虽然他已经找到了那个岛的方位，但是要保证我们几个人都能潜下去，仍旧非常困难。

另外，陈教授在城市那里找到了几个破旧的潜水呼吸装置，试了一下勉强能够正常使用，正好给我们提供了便利。

然而，陈宏第一点就直接说明，我哥哥的尸体，是没有办法带出去的。

对此，我只能选择沉默——我知道他说的可能是事实。

陈教授从子午塔上摔下已是重伤，在水中亦是诸多不便。黄院长水性只是一般，而林源更是不会游泳，所以尽管有呼吸装置，麻烦还是很多。

接着他们都在讨论办法，说可以用大重量的石头之类的东西，来帮助下沉。

他们说了好多好多，我都是听不进去的。

因为，我也不想出去了……

我想永远和哥哥在一起。

林源很快察觉到我的不对劲，询问我怎么了。

我告诉他，如果哥哥的尸体没有办法带出去，那我也不想离开了。

林源说，要不试着用一块重石，带着他沉下去？

陈宏却摇头，表示这种方法用在一个死人身上，是根本行不通的。但黄院长和陈教授都表示可以尝试一下。

正当我们讨论的时候，林源忽然大喊："你们看那边！"

大家朝他所指的方向望过去，只见白烟四起，冲天的大火，仿佛要毁灭这个世界。

"着火了！是草原方向！"陈教授低声说。

"那边也有！"黄院长指向另一个方位，那里是麦田。

大家面面相觑，难道说整个魅之鬼城，马上就要被烧毁了？

"快点划吧！" 陈宏说道。

尽管我们现在都处在水面上，但一眼眺望过去，只感觉远处火势真是大得离谱，以至于我们都感觉这火完全有可能烧到这湖上来，并把我们化为灰烬。

在陈宏的提醒下，划船的几个人都加大了力度。

一会儿我们就来到黄院长他们之前来到的地方。

写到这里，我可以负责地说，我们这次选择是对的，这里就是通向外围的出口。

我们带着准备好的石头，还有绳子，一起往湖底下沉。

陈宏拉着受伤的陈教授，游在最前面，他是要带路的。

哥哥被绑在一块大的石头上，而林源则用力抱着这块巨石。陈宏在前面用绳索牵着石头，而我负责在后面推。

由于这是在水底下，我们前行的步伐非常艰难。本以为水陆对我来说没有多少区别，但真正带上枷锁的时候，才发现有多困难。

林源抱着石头，什么事都不用做。但可以看出，他比我们更加难受，刚下水就觉得不行了。

陈宏指着前面，示意水下的岛离我们已经不远了。

其实这个岛离水面并不远，只是中途有大量礁石、水藻等障碍，导致要找到它十分困难。在先前陈宏已经探明路线的情况下，我们行进时间已经大幅度缩短了。

这时候，我看到一直闭眼的林源，此时竟睁开了眼睛。

他以一副非常惊恐的表情看着我……不，是我的身后。

我扭过头，第一时间就看到那一排露出的獠牙！

没错，之前袭击过我们的那只水怪，现在竟然又出现了！

水怪的长相分外狰狞恐怖，我承认从来没有见过这种畸形的怪物。它的头部非常硕大，几乎就和那年的我一样大，腮边有一对巨大的门齿，呈卷曲状，和绝迹的长毛象一样。牙齿像鳄鱼，多且利……体型硕大，四肢矫健。

"终究还是走不了吗……"这是我那时唯一的念头。

这怪物离我只剩几米的距离，而先前我们都没有察觉到。

先反应过来的还是陈宏。

他快速游到我身边，解下了绑在哥哥身上、和大石头连接在一起的绳索。

"不！"我顾不得自己处在水里，大声喊了出来。

陈宏用力把哥哥的尸体推向那个怪物，并拉着我快速逃走。

接下来，伴随着一阵撕心裂肺的叫声，水底变得猩红。我不敢往后看，也没有人敢回头看。

陈宏拉着我们没命地逃，终于见到了那个位于水下的岛。

此岛外观上和湖面七个岛并无太大差别，唯一不同的是它在水下。

我们迅速游了过去。

人在没有工具的情况下通常只能潜到水下20米，而我们现在所处的水位已经超过10米深，感觉真的非常难受。

所幸的是，岛上的那个洞，内部没有全部被水灌满，顶上留有一丝与空气连接的缝隙。

现在状态最差的是林源，感觉真的他快要不行了。

然而没有休息的时间，我们必须尽快离开！

五个人，三大两小，携手一起往洞的另一端游去。

我真的不记得当时心里在想什么，是为哥哥的死感到难过，还是想快点离开这个谜一样的地方？

无论是怎样想的，最终我们还是逃脱了那里。

不知道游了多久，也完全看不清方向……直到一丝久违的光亮出现在我们的视野中，直到金灿灿的阳光照亮我们的脸庞，我们才知道，这次真的出去了……

走出洞口的一刻，我终究因为体能不支，晕倒了过去。

在魅之鬼城的七天，没日没夜，从不知什么时候要休息，什么时候该向前走。每个人都昏倒过不止一次，也被噩梦惊醒过不止一次。然而不管怎么说，终究是挺过来了。

我必须承认，当时我真的有轻生的念头。因为那个时候，哥哥不只是我生活的中心，更是我活着的全部。

当我醒来的时候，已经在陈教授家里了。他收养了我。

从此之后，我过上了在世人眼里所认为的正常生活，不再有打打杀杀，不再有腥风血雨。五年中，我成长了很多，也收获了很多。我依然没有几个朋友，但这些对我来说并不重要。

需要补充一下，七天的故事并没有结束，因为还必须要提到林晓夕。

当我们五个人通过鬼湖湖底那座岛，离开魅之鬼城后，来到的是一个水库。当时我和林源都已经晕倒，黄院长和陈宏分别背着我们俩走。

后来不知走了多久，看到了蹲在水边哭的林晓夕。

黄院长他们都非常惊讶，她是怎样离开的？

他们问了她好多问题，她都说不知道。

她似乎只能记得，父亲背着她，失足从山上摔了下去。

她现在只有一个愿望，回家，和妈妈在一起。

最后黄院长决定不再为难这个孩子，让陈宏把她送回家里，就当什么都没有发生过。

所以，时至今日，林晓夕是怎样离开魅之鬼城的，仍是一个谜。

但我想这也是不重要的，因为我们都平安离开了，也都不愿意再去深究这一段往事。

至此，魅之鬼城七天的故事，才算真正到一段落。

然而这是不是真的到了结局，起码在我心里，是要打一个疑问号的……

20 晓夕的苏醒

林源读这篇不到一万字的日记花了有一个多钟头。

和他之前预料的一样，这篇日记的确解决了很多疑惑，比如魅之鬼城出口的真正位置，比如最后他们几个人是怎样聚在一起的，比如林晓夕在第五天之前是否真的到过子午塔……

可事实上还有很多问题并没有得到解决。首先最明显的一个，也是怀婷日记最后所提到的一点——晓夕是怎么离开魅之鬼城的？凭她自己吗？这未免太不可思议，一个孩子，游到湖底，并找到出去的路……

通过这篇日记，再联系之前所知的一切，林源感觉，其他人，包括陈斌两兄弟在内，都是正常的……反而是她妹妹林晓夕身上的疑问号最多。

仅从一个细节就足以说明林晓夕的非同寻常。晓夕第一次进子午塔，其实也是在第五天，只不过那是在白天。她是和陈斌一起进去的，并在塔内的彭罗斯楼梯见到了子午禅师。子午禅师敲开了彭罗斯楼梯里的那扇暗门，并遭遇怀炎袭击。接下来陈斌抱着晓夕从子午塔第7层坠下，并命令晓夕迅速离开，这就有了之后晓夕和林源怀婷的偶遇。

第五天晚上，他们三个又一次来到子午塔。此时陈斌就在子午塔下的草坪上，而晓夕竟然忘记了。如果说这一点可以说得通，那另外可别忘了，后来在子午塔内发现暗门的是林源，但真正打开这扇暗门的，可是林晓夕啊！

那扇暗门，是用摩尔斯电码敲下"open"开的。无疑之前子午禅师也是用这一方法使门打开……可是，那时的晓夕怎么可能把这种暗码记下来？别说是小孩，就是普通的大人也不会懂摩尔斯电码，那她是凭什么把这串码记下来的？

林源用力拍了拍脑袋。

除了林晓夕外，怀炎见到子午禅师的反应也非常可疑。虽是作为一个杀手，但杀人也必须要有理由……怀炎为什么会想杀死子午禅师？难道他们之前认识？这也说不通，怀炎也是第一次进魅之鬼城才对。

那就有另外一种可能，他们在魅之鬼城之外的世界见过。

这么说……

林源联想到一种可能性——子午禅师，会不会就是"透明人"？

然而这一假设和之前一个存在冲突，也就是"透明人"在他们七个之中。子午禅师就是"透明人"的话，那当时在场的怀炎、陈斌、林晓夕三个人首先被排除，而林源和怀婷那时刚刚逃离荒野、黄远山和陈宏都在鬼湖东南，因而七个人全数被排除。

那么子午禅师是"透明人"，以及"透明人"就在我们中间，这两个假设必有一个不成立，甚至两个都不成立。

林源不停摇头，"透明人"的"游戏"，时隔十三年又"continue"了。外公已经成了第一个牺牲者，再不加快脚步，接下来还有更多人遭遇不幸。

林源觉得现在不是想这么多的时候，当下第一件要做的事情，就是去找陈宏问清楚。

正想间，林源电话忽然响了起来，是一个陌生的号码。

接通后，原来是 N 市第二医院的医生。

医生告诉林源，林晓夕已经从昏迷中醒过来了。

林源心中百感交集。林晓夕是他堂妹，又是魅之鬼城事件的关键人物之一。然而对于那里发生的一切，她一点也不记得了。

"怎么办？该不该让她搅进来？"林源十分纠结，该不该把十三年前的来龙去脉告诉林晓夕？这或许能让她想起一些事，进一步帮助他们解决眼下的问题。另一方面，林源又实在不愿意让妹妹知晓这一切。

忘记魅之鬼城的一切是件再好不过的事，何苦又让她知道？

不管怎么样，林源决定，去陈斌家之前，先去第二医院一趟。

林源冲了个澡，洗去了清晨在青韵的火焰中遗留下的焦味。

其实他多少还是感觉身体有些不适，毕竟吸入了那么多毒烟，只是现在也管不了这么多了。

洗完澡，林源驾上自己的车，来到市二医院。

从那天林源把林晓夕送到医院，她已经足足在急诊室住了三天。据医生的报告，她的状态不是非常严重，但却一直昏迷不醒，直到今天才悠悠醒来。

林源见到她的时候，晓夕的面色已经非常苍白了。

"你醒了？"林源笑着，很温柔地问。他随便在林晓夕病床前搬了张凳子，小心翼翼坐了下来。

护士告诉林晓夕："你昏迷的时候，就是这个男孩把你送过来的。你们好好聊吧，我先出去了。"年轻漂亮的护士用暧昧的目光看着这对男女，缓缓走出病房，并顺手把门带上。

"你好，我是Ｈ大人文学院大三学生林源，说起来算是你学长。"林源友好地向林晓夕伸出了手。

坐在病床上的林晓夕犹豫了一下，伸手和面前这个陌生的男孩相握。

她当然不会知道，面前这个人是她堂兄。

两手相触，林源感觉晓夕的手很冷，说："你的手好冷，一直没吃东西吧？多喝点开水……"

林晓夕默默把手抽了回来。她有些奇怪，自己在这个素未谋面的男生面前，竟没有感觉到太多的羞涩。

"嗯……"她只是轻轻点头。

"那天晚上发生了什么，还记得吗？"林源算是明知故问了。

"记得……我坐夜间公交从市区回到学校。在静庐，我走到9楼的时候，发现……发现这层楼是不断重复的！还有，我走了进去，看到，看到……"林晓夕语气急促起来，上气不接下气。

"行行行。"林源朝她笑了笑，"你现在还没有康复，不要激动，慢慢说。先喝杯水好不好？"说着朝她递过一杯热开水。

林晓夕喝了口水，缓了口气，接着说："我看到一具尸体，上面……上面爬满了蟑螂！学长，你能信吗？"

"兴许是你太累了，出现了幻觉呢！"林源安慰着说，尽管他知道林晓夕说的是真的。说起来外公、怀婷他们也真够狠，用这种办法去吓唬一个文文弱弱的女孩子。

"不，不是幻觉，是真的！"林晓夕虽然料到林源不会相信她，但仍不能避免激动，"而且，而且这场面……我感觉，感觉自己曾经见过！"

林源心里一紧，忙问："什么时候？"

"应该是很小的时候。"晓夕不是很肯定地说。

"那你还记得当时发生过什么吗？"林源紧接着问。

晓夕痛苦地抱着头："我不知道，不知道啊……"

林源见晓夕这般模样，不得不放下这忽然出现的线索："好吧，我相信你……可现在不是没事了吗？别去想了，好好在这里休养，争取早点出去，医院可不是个好地方呢！"他越发觉得不能把魅之鬼城的事告诉晓夕，这个女孩子的心灵承受不住这样的压力。

　　"可是，可是……"

　　"别可是了。有句话：记住该记住的，忘记该忘记的。这件事你应该忘记，所以不要去想了，也不要再和别人提。你一说，就会引起全校的恐慌。你的事情，我已经向警察局汇报了，警方正在秘密调查中，他们会把这件事搞清楚的，所以你就不要多想了，知道吗？"

　　林晓夕违心地点点头。这样一件事，怎能叫她不多想？

　　"你，是你把我送过医院来的？"这次是林晓夕先问了。

　　"是。怎么样，都没说声谢呢。"林源笑着说。

　　"谢……谢谢你……不是，你是怎么，怎么？"林晓夕一时不知该怎么问了。

　　"事情是这样的。那天晚上我正好在我女朋友寝室住。我们听到门外有动静，就打开门来看，发现你躺在寝室门口。我感觉不对劲，便连就把你送到了这里。"

　　"那你难道没有看到……没有看到那具尸体？"

　　"没有啦！"林源说。当时他的确没有看到，因为那具假尸体很快被怀婷藏起来了。

　　"怎么会？"林晓夕喃喃自语。

　　"可能是当时太着急了没注意看。更有可能，真是你的幻觉哎。"

　　"不是的吧……"听林源这样说，林晓夕也有点怀疑了。难道真的是她看错了？可那不断重复的楼层，总是不会错的。

　　"你小时候有一段经历。"林源悄悄岔开了这个话题，"你父亲背着你，在经过一段山崖的时候，失足掉了下去。这段记忆，给你的人生造成了很大影响，是不是？"

　　"你怎么知道？"林晓夕非常惊讶。她之前并不认识林源，没理由林源会知道这样的事情啊。

　　"我们学院的院长黄远山，他是我外公。"林源笑着说。

　　"哦……"

　　"不久前，你曾经和他说起过这段经历。恰巧我和你一样，也有常常记不住事的毛病，和外公聊的时候，他就说起过你的事情。"

"这样啊。"林晓夕领悟过来。这对她来说并不是什么隐私，相反她倒希望有人能帮助她回想起这段记忆的裂痕。前几天她向黄院长倾诉，而黄院长告诉了林源，这样一来林源知道也不是怪事了。

"你，不要和别人说哈……"林晓夕有些别扭地说。虽然不是隐私，但还是不想让太多人知道的。

"放心，我肯定不会告诉其他人。"林源保证。

"黄院长，他近来还好吧？"黄远山对林晓夕很好，有点视同己出的感觉，所以林晓夕也愿意把她的全部和这位和蔼的院领导分享。

"他……"林源语塞。怎么办？告诉她？

"嗯？"

"他，说不上好……晓夕，对于你小时候那次发生的事，你真的一点都想不起来了吗？"

林晓夕没有因林源亲昵的称呼感到别扭。她摇摇头："不记得。我只记得自己被一个人带走，然后再有记忆的时候就已经在家里了……你，为什么要关心这个啊？"

"没事，只是……想了解一下罢了。"林源苦笑。此刻他大脑的头绪非常复杂。一方面他有一定把握认为陈宏是直接或间接谋害黄远山的凶手，因为陈宏昨晚预言有人会身亡。但另一方面他又隐隐觉得事情没有这么简单，理由除了先前想到的两点，还源自于昨晚怀婷在车上接到的那个电话。那个神秘的电话始终给他一种不安的感觉。

而关于林晓夕，如果她不能及时提供一些有用的线索，很有可能不能尽早把"透明人"的事解决。可是，林源又不想让他这位妹妹知道这一切。

"对了。我住在医院，已经三天了吗？"

"是的。"

"这……"

"别担心，医疗费用我替你出吧。"林源笑着说。他知道林晓夕家境贫寒，在学校生活费都不是很够用，住院自然要担心钱的问题。

"这怎么行？"林晓夕连忙摇头。开什么玩笑？她要一个刚认识的人为她承担医疗费用？

"不要紧，我可是土豪，钱用在酒吧游戏厅这些场所，还不如用在更有意义的地方。"林源找了个看起来比较像样的借口。

"不成的！"林晓夕不答应。

"为什么？如果是你家人，或者是你男朋友，你不会不答应的吧？"

"那不一样……"

"我觉得一样。他们愿意为你付出，而我也愿意，就是这么简单喽。放心，我有熟人在这家医院当领导，消费高不到哪里去。"林源仍然安慰着她。

"你……为什么要这样对我？我们，并没有什么关系的吧？"

"我觉得我们很有缘啊。"

"哪里有缘了？"

"同姓。"

"……"

林源故意摘下他脖子上的挂饰，拿在手上把玩："还有啊，你刚好晕倒在我女朋友寝室门外，我唯一一次住在她寝室就遇到这样的事，还不算有缘？"

林晓夕盯着林源手上的挂饰："咦？这个东西，我以前好像也有一个。"

"是吗？"林源达到目的，心里得意地笑了。

"真的。可是后来不知怎么丢了……不过我那块似乎只有一半，你这块是全的。"

"这是不是更能说明我们有缘？"林源嘻嘻哈哈起来。

林晓夕苍白的脸颊现出一丝红晕。她微微低下了头。

"别误会啊，我对我女朋友可是很忠诚的。"

"我……我什么都没说啊。你女朋友是谁啊？"

"夏薇。你可能认识。"

"啊！那是我们学院的院花。她好漂亮，人也很好的。你真有福气……说起来我也算她的粉丝呢！"

"那我们就更有缘了。"

"小心我把这话告诉夏学姐！"晓夕总算说了一句玩笑话。

"哈哈！"林源爽朗地笑了。

看到林源笑得这么 high，林晓夕也终于忍不住抿嘴笑了出来。

"晓夕……"笑过之后，林源表情严肃了一些。

"嗯？"

"我有个不情之请。"

"你说呗，除了要我做你女朋友，其他的都可以考虑呢。"

"我想认你做妹妹……行吗？"

"啊？"

"我是独生子，很小就渴望能有个妹妹。你和我的家庭情况有点像，我的母亲在我很小的时候离开了人世，我想我们有不少相似的经历，也有很多共同的话题。我们能同在一个学校，已经很有缘了，加上前面说的那么多，更是缘上缘。我看到你的时候，会有一种很亲切的感觉，这种感觉无关爱情，只是希望能对你多一份关怀。所以，你看能不能……"

"哥……"林晓夕轻轻叫了出来，眼角已经微微有些湿润。林源说的话算不上感人，但说到了晓夕的心里。她真的渴望多一些关怀，眼前这位男孩，愿意为她付出这么多，怎能让她不感动？

而晓夕这一声轻唤，也让这几天内心一直处于冰冷状态的林源感觉一阵温润。

沉默中，林源的手机铃声打破了这份温馨。

瞄了一眼，正是陈斌。

"我还有点事要办……好好养病。"林源轻轻摸了一下晓夕的额头，顺带把她的刘海抚平。

"知道了，哥……"

21 不变的初衷

经过一天的忙碌奔波，很快又来到了晚上。

从那一夜林晓夕乘公交开始，这已经是第四个晚上。

很难想象，短短几天之内，就发生了这么多事情。

再次坐在陈斌车上，林源表情又变得非常冷淡。

之前在医院，在林晓夕面前，林源一直保持着笑容，一直保持着调侃嬉戏的语气，那完全是装出来的。身为兄长，他不能把自己的情绪渲染给已经陷进低谷的林晓夕，所以伪装成一副阳光模样给予晓夕心灵的慰藉。可事实上呢？连续几天听到匪夷所思的故事，今天一大早失去了一位亲人，接下来又充满了各种未知……表面上阳光的林源，内心真能笑得出来吗？那是不可能的！

陈斌的神态似乎永远都不会改变，一如既往的沉稳、冷淡。

"你都知道了吧？"先开口的是林源。黄远山在青韵中被火烧死一事，虽然保密得很好，但陈斌没有理由不知道的。

"嗯。"陈斌自是明白林源所指。

"昨晚你弟弟陈宏告诉我会死人，结果变成真的了。"林源直接说关键点。

陈斌听到这句话后顿了顿，说："那表明他说得没有错。"

"陈教授，你这话是什么意思？他说会出事，结果就真的发生了，你觉得这样还不够直接吗？"陈斌说的话已经不止一次激怒林源，只是现在他得沉住气。如果说对黄远山的死陈斌还能觉得无所谓，那这事和陈宏扯得上关联，陈斌一定会高度重视了。

当然，林源估计陈斌现在也是五味杂陈，只是装出一副冷淡的样子，就像他装成一副阳光的模样是一样的。陈斌之前说得不错，他们都会伪装。

"够直接，然后呢？你是不是怀疑他？"

"难道这还不值得怀疑吗？"林源反问。

陈斌露出一丝淡笑，微微摇头。

林源无法看懂这个表情。

"陈教授，你是不是有什么事要告诉我？"

"我不打算现在说，等一下你自己能知道。"

"很好，那我来说吧！陈宏昨晚告诉我有人要死去，后来一辆轿车——是你以前用过的，开往我们学校方向去。接着今天凌晨青韵着火，我外公被铁铐拴在一棵树上，被烧得体无完肤，他是因为救人被害的。我想告诉你，我至少有八成的把握认为此事与陈宏有关！外公把陈宏误认为是你，所以才去救！"

"那还有两成呢？"

"毕竟里面还有一些不确定因素。"林源说道。不确定因素，包括陈宏没有把黄远山邀请到青韵的能耐，包括陈宏贼喊捉贼的可疑，也包括昨晚怀婷接到的那个神秘电话。

陈斌不语。

"你不想知道？"林源其实愿意和陈斌讨论一下这里面的部分问题，除了那个电话。那个电话怀婷既然刻意在陈斌面前隐瞒，就表明不能让陈斌知道。其实今天一大早林源和怀婷有过一次单独碰面，只是当时是在火灾现场，并且看到了黄远山的尸首，林源夹杂着各种情绪，所以一时也疏忽了应该问一下怀婷关于那个电话的事情。

"没有必要。"陈斌说道。

"为何？"

"你的怀疑是不成立的，一会儿你到我家就明白了。"

"但愿吧……另外陈教授，昨晚你说的一些话让我很费解，能不能好好解释一下？"林源非常清晰地记得，昨晚他让陈斌追那辆车的时候，后者说了一些奇怪的话，什么"你确定？"、"我倒想问你……"，这些话是什么意思，林源现在也还不能理解。

"我想这个也没有解释的必要。"

"为何？"林源皱起了眉。

"因为你也即将要知道。马上就能知道的问题，我都不想多做解释。"陈斌第三次重复类似的话，这实在不太符合他平常一句话不说第二遍的风格。

"陈教授，有时候我真的怀疑，你是不是一个人？"

"我说过，每个人都披有外壳。"

"你知道我并非此意。"

"那我们再好好讨论一下吧。"陈斌有意无意减缓了车速。

"我不认为这有太多讨论的必要。"林源轻轻摇了下头。他的确不愿和陈斌聊在大学生活动中心那里说过的话题。

"但你也不拒绝。你和我一样，感兴趣于人性，所以存在讨论的价值。"

"或许有，只是不应该在现在。"

"不，现在是最好的时机，甚至是唯一的时机。"

面对陈斌这样一句奇怪的话，再联系之前所说，林源不禁起疑："陈教授，你家是不是发生了什么事情？"

"你一点都不知道？"

"没有人和我说过。"

"到了就知道。"陈斌还是这句话。林源越发疑惑，陈斌这样说无疑是从侧面肯定了林源的疑问。也就是说，他家的确发生了什么事，并且以陈斌的性格说出"你一点都不知道？"就足以证明不是小事。非但不是小事，甚至和黄远山的死有直接关联，刚才陈斌说"你的怀疑根本不成立"，换个意思就是"陈宏不可能是谋害黄远山的凶手"。陈斌家发生了一件事，足以说明黄远山的死和陈宏没有关系，并且林源没有听到一点口风，那会是什么？

难道说？林源瞳孔骤然变大。他有了一个非常不祥的推测……

"我们还是谈一谈那个话题吧……今早那场大火，我也在现场。"

"哦？"林源成功被陈斌暂时引开对那个问题的思考。

"我没有像你一样冲进去，毕竟不像当年那样年轻了。"

"你看到了我？"林源对自己的观察力还是相当清楚的。除非视线方面的障碍，否则既然陈斌看到了他，那他也应当看见陈斌才是。

"我没看到，是听怀婷说的。"

"那你对这场火怎么看？"这才是林源真正要问的。他本想直接问"你对我外公的死有什么看法？"想想还是换了个稍微委婉的说法。

但是陈斌却有意地避开了林源这一问的关键，说道："我只看到，这场大火中，和我一样看戏的人居多，像你这样不要命救火的人却几乎没有。"

"我不是说这个！"林源恼怒。

"我只是陈述事实。"

"没有任何意义的事实！"

"是吗？"陈斌再一次笑了。

这一次林源不能理直气壮地回应了。他冷静了一下，说："你说的，我也知道。"

"那你有什么感觉？你先前所看好，所尊敬的人，真实的一面，的确和你眼睛所看到的不一样，是吗？说起来，还是我对他了解得更多一点，不是吗？"

林源默然不语。

"人们用至诚的外表和虔诚的行为，来掩藏一颗魔鬼般的内心。《V》里面这句话，还是很有道理的。"陈斌见林源没有说话，自顾自地说下去。

"陈教授，你是想说服我接受你的理论？"林源并没有像之前一样冷淡，他这句话问得非常认真。

"我在陈述是事实，不带个人色彩。"陈斌纠正。

"是，我承认，承认你说的是真的。我所了解的人，和他们真实的本性，或多或少都不一样。"

"就这样？"

"我承认，人都披着一件看不见的衣服，我们都是透明人，我们都掩埋着自己的内心世界。即便是身边最亲近的人，也不一定明白你想的是什么。"

"对。"

"我承认，我和你一样，感兴趣于人性。"

"所以我们才会认真去探讨。"

"但是陈教授，如果你以为这样就可以让我妥协，让我屈服，那你就错了。"

"哦？"陈斌竟没有第一时间否认他有让林源屈服的意思。

"这几天，我经历了很多。我看到了以前很多没有看到的问题，譬如我最好的室友对我的健康不是那么在乎，譬如我敬仰的学长不是我想象中的那类人，譬如灾难来临的时候，笑的人真的可以比哭的人多……诸如此类，让我心寒。但是，我没有因此而绝望。陈教授，有一句话一直是我的信仰，你想知道吗？"

"自然。"

"那是电视节目里的一句话——绝不绝不绝不失望于人性！"

"略有耳闻哪……"陈斌只是淡笑。

"陈教授，我必须承认，我过去的观念存在幼稚、片面，而你的部分话语，的确说得有道理。我相信人性黑暗，也相信这个世界的荒谬远非我所能想象，但我依然要说，我绝不会失望于人性。这是我的初衷，学习、成长，甚至做人的初衷，永远不会改变的初衷！凭这一点，我不可能屈服于黑暗！"

良久，陈斌未说一句话。

就这样一直到家门口，才对林源说："然而，你这次要接受的打击，会高于之前任何一次。我有理由相信，今晚过后，你没有勇气再重复这些话了。"

"我有倒下的时候，但还没有站不起来的时候。"林源少有的透露出傲气。

"那就拭目以待吧。"陈斌在冷笑，不易察觉的冷笑。

22 意外的结果

仅仅时隔一天，林源就再一次踏入陈斌的家门。

一切的一切，仿佛和昨天并没有区别。

然而这一天发生的事情，林源是怎么也不可能释怀的。

林源和陈斌一起走进别墅，第一个看到的人还是刘佳慧。

林源心下暗惊，刘佳慧的面色很苍白，与昨夜所见判若两人。

"刘阿姨，你生病了？"林源小心翼翼地问。

"没有……"刘佳慧冲着林源笑了笑，但笑得非常勉强，不是昨天那样正常的笑容。

果然发生了大事……林源确定刚刚的判断是正确的。

他不好直接向刘佳慧询问，只好轻声说："天气转凉，阿姨你要多注意身体。"

"谢谢你……"

此时此刻，林源心下已然雪亮。几个点联系起来，他已有八九不离十的把握。第一，陈斌家发生了事，大事；第二，这件事陈斌没有告诉他，怀婷没有告诉他，外界也没有口风，说明性质隐蔽；第三，这件事可以证明，今天凌晨在树林里发现黄远山的尸体，与昨晚预言会死人的陈宏无关；第四，陈斌的妻子刘佳慧对此并不好受，甚至是很难过；第五，陈宏曾经爱慕过刘佳慧。

这几个要点的最终指向已经非常明确，然而林源还是感觉大脑一片混乱——怎么会这样？

这个问题长长的停顿在他脑海里，直到他亲眼看见陈宏的尸体也未能散去。

陈宏死了！

他昨晚预言会死人，死的却是自己！

他故意用自杀的方式来证实自己的预言？

不，不可能这么简单的！

林源心念电转。十三年前在魅之鬼城的七个人，怀婷的哥哥怀炎第一个死在里面；接下来，在今天一早，他看到了外公不成尸首的尸首；现在，他认为嫌疑最大的陈宏也离开了人世。现在只剩四个人——他，怀婷，陈斌，还有躺在病床上的林晓夕。

如果说"透明人"是在他们中间，那结果已经出来了。

除了陈斌，还能是谁？

但林源不能就此下结论，因为没有确凿的证据表明这个指向的准确性。

陈宏躺在自己的床上，而怀婷就站在他身边。

昨晚看到的那八幅画历历在目，但是有撕毁的痕迹，原本整齐的房间也凌乱不堪，显然是被人大面积弄乱过，不出意料的话，就是陈宏自己了。

陈宏死前垂死挣扎过？

"你来得正好……他死了。"怀婷面无表情，声音没有一点温度。

"站在一个死人旁边，你不害怕？"说实话，对于陈宏的死，林源没有难过，只有震惊、混乱，以及疑惑……

"第一，我见过的死人不比活人少多少；第二，我没有闲情听你讲笑话。"怀婷的态度非常不友好。

"他是怎么死的？"林源叹了口气。

"中毒。"

"中毒？"

"中毒，高浓度氟乙酰胺。"

林源对化学物品并不了解，他只知道怀婷说的这东西可以用来做老鼠药，还是最近知道的。

"你们这有老鼠？"

"没发现过……你为什么会知道？"

"知道什么？这种化学物质的用途？我一个室友正在考这方面的研究生，他有和我说起过……对了，这里既然没有老鼠，为什么会用氟乙酰胺？"林源觉得怀婷所问并非关键。

"是啊……你不是很聪明吗？你推理一下啊！"不知为何，怀婷的语气似乎越来越不友好。

林源皱了皱眉，怀婷在想什么？

"氟乙酰胺除了做老鼠药，我还真不知道有其他什么用途，因而也不太明白为什么陈教授家会有。比较大的可能有两种：一是陈教授用来做研究的，二是死者陈宏因患精神病通过特殊途径买来的，当然第一种可能性大很多……"

"够了！"怀婷打断了林源，原本小巧的眼睛此刻瞪得老大，"我明白告诉你！我们这里根本没有过这种东西！"

"没有？那他是怎么中毒的？或许他什么时候买过，而你们不知道？"林源感觉思绪越来越混乱，刚说完这句话就觉得极为不合理，陈斌他们会让陈宏自己去买东西？

仿佛为了验证林源所想，怀婷冷笑："你可真聪明，我们会让一个精神病人单独买东西？"

那毒药是怎么来到陈斌家的？

林源想不通，只好暂时搁下这个问题，又问："他是什么时候死的？"

"死亡时间就在今天凌晨，大概一点。在零点的时候，他因为中毒后痛苦而垂死挣扎过，这些画就是被他自己破坏的。当时只有陈宏一个人在家里，所以没人发现。"

"对了，昨晚我看到……"林源想起昨天晚上陈斌那辆旧车。

"那辆车是我开的！"没等林源说完，怀婷便打断了他。

林源做梦也不会想到，昨晚驾驶那辆车的人，居然是怀婷。

对了，她今天一大早就出现在学校，也就是说昨晚不是在陈斌家过夜的，而是在学校里。可这是为什么？她知道要出事吗？是了，那个电话……

林源立刻想到了关键，一定是那个神秘电话的问题。

此时此刻，在陈宏房间里，只有他和怀婷两个活人，还有一具死人的尸体。

现在，林源一定要问清楚，昨晚那个电话，究竟是谁打给她的，通话内容又是什么？

"昨天那个电话，是谁打给你的？"问到这个问题，林源自己也感觉到，他的心脏，在隐隐跳动。

这个问题实在太关键了。

长达四分钟的电话，怀婷连一句话都没有说，其间还露出惊恐的表情，并且很快自我掩饰。林源当时已经推测出最有可能的情况——刚接通电话的时候，电话那一头的人就告知怀婷，只要听，不要说。为什么要这么做？很可能是要防备陈斌……也就是说，这个电话的内容，和陈斌有关联，也可能会和陈宏、抑或黄远山之死有联系。

然而怀婷的回答远远是林源想不到的："你真不知道，昨晚那电话是谁打给我的？"

怀婷的这记晴天霹雳的反问直接让林源当场愣了十几秒钟，好不容易他才回过神来，非常不可思议地问："你为什么会认为我知道？"

陈斌是个没表情的人，从来不能琢磨出他在想什么。

怀婷不是没表情的人，但此刻她表情之复杂，也远非林源可以窥测——惊讶、疑惑、愤怒……难以言表。

"你……怎么了？"林源真的完全不明白了。

从踏进陈宏房间开始，怀婷就没有给过他好脸色。如果说这是因为陈宏忽然中毒而死还在情理之中，那她现在露出的表情就是匪夷所思了。

更让林源不能理解的是，怀婷为什么会认为他知道那个电话拨打者的身份？这到底是怎么回事？

林源感觉头越来越痛。

他又想到了陈斌……

此时怀婷的一些反应，竟和陈斌很像。

昨晚陈斌也说了一些莫名其妙的话。当时林源在陈斌车上看到从后面超过的那辆车，让陈斌去追的时候，后者却抛了句"你确定？"，而林源再次质问原因时，陈斌说了句更奇怪的"我倒想问你。"

就在刚才，陈斌也问过他："你一点也不知道？"说得好像林源理应知道陈斌家出了什么事。

此时怀婷的反应与陈斌如出一辙。

林源本人完全没有一点头绪和线索的事情，怀婷居然认为他会知道，并且听口气好像还是必然的。

林源清理了一下思绪。抛开这疑惑点不谈，陈斌昨晚那些话林源已经有些头绪了。陈斌的意思是，林源知道开那辆车的人是怀婷，并且知道她要去做什么，所以对林源为什么要去追那辆车的指令感到疑惑，才有了"我倒想问你。"

可陈斌凭什么又会认为林源知道那辆车是怀婷所开的？

陈斌和怀婷都是聪明人，对情报的真伪有足够的分辨能力。可现在他俩的表现分明就是被一些假情报所迷惑，林源根本不知道的事，他们都认为林源知道。如果说陈斌身份可疑故意伪装，那怀婷又作何解释？

怀婷绝不是装出来的——但同时她又不是一个轻易能被欺骗的人。

就在短短几秒钟里林源大脑闪过这样许多念头，而在他面前站的怀婷已经再次开口了："你走吧……"

　　林源再看怀婷的时候，她之前那些复杂的表情都已经消失，只剩下失望。

　　走？

　　怀婷居然让他走？

　　还有这么多事情没弄清楚，怎么能走？

　　林源有一万个反驳怀婷的理由，但此时此刻却都没能开口。

　　怀婷失望了，对他失望。

　　为什么？

　　不解之余，林源更多感觉到的是累……

　　他感觉自己陷进了一个不可能爬出的沼泽之中，无论怎样挣扎着往外，无论得到再多的线索，等待他的，都只是更多的谜，更多无法解释的现实。

　　那么，只能这样了吗？

　　林源内心有个声音一直在告诉他："不行，你必须把这一切弄明白，否则，将有更多的人陷入危难之中……"

　　这个声音一直在响。但结果，林源还是轻声对怀婷说："那我走了……"

23 可怕的现实

林源都不记得自己是怎么回到寝室的，只知道回到寝室后，什么都不管地躺在床上，就这样度过这艰难的一天。

睁开眼睛，室友乐小豪早早去了图书馆。

有点出乎林源意料的是，王昆此时还没起床——这家伙通常一早来网就要打游戏的。

洗刷完毕，林源静坐在座位上。

他极力使自己安静下来，不去想发生的一切，但他发现根本做不到……

"多希望这一切是一个梦啊。"林源想。

他拿出手机，通讯录翻了个遍，但一个都没有拨出去。他想向怀婷问清楚，但是没有按下去；他想和夏薇说说话，借女友甜蜜的声音驱散心中的阴影，也没有按下去；他也想问问晓夕现在的情况，仍旧没能按下去……

一时间，林源竟不知道自己该做什么。

"每天睁开眼，都是美好的一天。用饱满的热情与旺盛的精力去迎接新的挑战，新的乐趣。"

以前林源每天醒来都是这样想的。

但是现在，每一天对他来说都是噩梦，每天都会发生不可思议的事，听到玄乎其玄的话。

黄远山、陈宏，和魅之鬼城相关的两个人先后死去，接下来，会不会连他也要……

这时，林源手机响起。

——《那个夏天》。

这是夏薇的手机铃声，林源用来做自己的闹钟。

林源苦笑，心想真是比平常任何一天都起得早。正伸手要关掉闹钟，忽听得床上王昆喃喃说："乐小豪，你手机响了，快接，别影响老子睡觉……"

林源的手忽然顿住了。

于是闹钟一直在响。

"乐小豪！"王昆一下子坐了起来，枕头重重往床上一拍。

可他看到的不是乐小豪，而是林源。

王昆很快收敛了一下脸部愤怒的表情。他和林源关系算不上好，但知道对方是富家子弟，财大势广，也不敢多去招惹。

"怎么是你……"王昆打了个哈欠。

林源没有理他，反问："小豪的铃声是这首曲子？"

乐小豪几乎一天到晚都在图书馆，而林源本人也少在学校，所以他并不知道乐小豪的铃声是哪首乐曲。

"是……"王昆擦了擦蒙眬的眼睛。

林源愣了愣。

乐小豪怎么也用这个做铃声？

"什么时候开始的？"林源知道，乐小豪以前并不是以这首曲子作为铃声的。

"就是最近吧。哦不，好像他不止这一个铃声哎……"王昆也听出林源话语中的焦急，一时清醒了不少："怎么了？这铃声不是挺不错吗？"

"这不重要……你的意思是，他设的是专有铃声？"

"好像是为某个特定的人设的，可能是他女朋友吧。"王昆也不是很肯定。

"小豪有女朋友了？"林源很惊讶。

"对啊，就是最近交的，所以这铃声也是最近才听到。"

怀婷和夏薇的铃声一样是巧合，现在又出一个乐小豪。

乐小豪最近新交了女友，恰巧怀婷的男朋友也是不久前交的，两人铃声又一样，莫非……

可就算真是这么一回事，乐小豪就是怀婷现在的男友，又有什么意义吗？

好像没有，最多只能说怀婷的男友竟是乐小豪超乎林源的意料而已，这和别的事似乎扯不上关联。

林源看了王昆一眼，忽然又想到另一件事："对了王昆，你好像有去听过科学技术学院陈斌陈教授讲的课，感觉怎么样？"

王昆的兴趣除了游戏外，主要在电脑、IT方面，和林源有几分相似，而且钻研得还比林源深很多。

"他——课又不讲，水平又那么差……"王昆很不屑。

前半句林源也知道，陈斌挂着一个教授的名号，实际上则很少给学生授课。

但后半句？

"怎么讲？"林源问。

"一次问他量子光学的问题，理都不理，我也是醉了……"王昆吐槽，"天知道他是怎么当上教授的。"

"他学问有的是，可能只是不想理你罢了。"林源说道。他是不喜欢陈斌，不过也不能否认这名教授的学术水平，毕竟实打实拿了这么多国家奖项，还有隐身斗篷这样匪夷所思的发明。

"我看不像……"王昆嘟囔着说。

此时林源手机再一次响起。

这回是有人打他的电话，一看，是张猛。

张猛的酒店是前天开张的，这个时候打他电话，应该不是庆祝酒店开张的事情。

"喂，张猛……"

"喂，哥们！快来我这儿，给你一个惊喜！"张猛粗犷的声音中透露出些许神秘。

"惊喜？"林源咋舌。张猛这么直爽的性格，什么时候也玩起这套来了？

"什么惊喜？"林源下意识地问。

"来了你就知道，哈哈……"张猛爽朗地笑着。

听他的声音感觉有些暧昧，搞不好是那方面的事情。

要是过去林源必然会委婉地拒绝，但现在很不一样。一来林源目前心理状态极差，如果能放松一下也不是坏事；二来张猛前两天帮助过他，把他送到医院，并多次邀请他去酒吧，盛情难却，也不好拒绝。

"我马上来……"

张猛的酒吧的确有点特色，起码从外观上来看给人一种很不一般的感觉。不过这种小清新的设计多少与张猛的形象格格不入。

"我猜这酒吧的设计图是女人画的。"林源半开玩笑地对身边的张猛说。

他刚开车来到酒吧门口，正和张猛往里面走。

"被你说中了，这是我老婆想的。"张猛笑哈哈地说。

"看来嫂子是才女呢。"林源也笑了，虽然有点勉强——毕竟要他摆脱内心的阴影，还是太难太难。

"是啊！"张猛倒真是高兴，只为林源这句"嫂子"。

张猛又说道："才女不假，可惜样貌差了几分。比之弟妹，实在是相形见绌啊！"

此时林源大脑比平时缓了半拍，一时竟没有想到张猛口中的"弟妹"指的是谁，直到他看到那个熟悉的倩影。

"薇……薇薇……"林源竟然在张猛的酒吧里看到了夏薇。

此时夏薇正坐在一张升降椅上，背对着林源，手里捏着一个高脚杯，里面似乎是鸡尾酒。

"这就是惊喜！"张猛笑着对林源说。

夏薇回头看到林源，高兴地朝他迎了过来："林！"

林源有点不知所措，但还是本能地张开了双臂，将夏薇拥入怀中。

夏薇也主动献上了香吻，轻轻抵依着林源的嘴唇。这可羡煞了酒吧里的许多男同胞。

两人分隔三天不见，但这次接吻却很短——是夏薇先轻轻推开林源。

夏薇看着他的眼睛："又有心事？"

"你怎么知道？"林源苦笑。

"那么不主动……"夏薇嘟囔着说。

"我不太喜欢鸡尾酒的味道。"这次林源反应倒是快，没经过大脑就找了个相当不错的借口。再说林源本来就不喜欢喝酒，这点夏薇是知道的。

"是吗？"夏薇将信将疑，"我觉得还不错哩。"

两人一起坐在升降椅上，张猛知趣地对林源说："兄弟，我去帮你调杯酒——这里的酒口味很独特哦。"

"我来杯橙汁就好了。"林源说。

"那怎么够意思？"张猛摇头。

"不行！"夏薇也不肯。

林源无奈，只得道："那好吧……不要太多啊。"

见张猛走开，夏薇两手搭在林源肩上："我回家好几天了，想我不？"

"当然想。"林源违心地说。倒不是他对夏薇的爱有问题，而是这几天，真的没有心思去想……

"我也好想你呢。怎么样，病好了吗？"

"早没事了。薇薇，你怎么会到这里来的？"林源很好奇，夏薇咋跑到张猛酒吧里来了？两人根本不认识啊。

"前天你不是生病了吗？那个时候你告诉了我啊。"夏薇说道。

林源想了起来，前天他的确有发信息告诉夏薇，说他初中的一个同学把他送到了第二医院。后来还随意聊了几句关于张猛的话题，告诉过夏薇他在什么地方开了个酒吧……

没错，信息林源的确有告诉过夏薇，可她怎么就跑这儿来了？

"当然是来感谢一下人家，顺便……打探一下你的情报喽。"夏薇笑得很开心的样子。

"情报？"林源茫然。

"哎呀！你怎么变笨了！"夏薇轻拍了男友一下。她觉得这么笨的话题，以林源的聪明应该一下就听出来了才对。

这时张猛端着两杯酒走了过来，恰好听到了夏薇这话，笑着拍林源的肩膀："老弟，你女朋友来这儿，可问了我不少问题……"

林源这才反应过来，夏薇一直想更深地了解自己，所以不断在了解自己以前经历的事情。尤其对自己感情方面的过去，夏薇是很想知道得更多的。

"你该不会想知道我初中的女朋友是谁吧？"林源眨着眼睛对夏薇说。

"当然。"夏薇得意地笑了，随即发现林源这话不对，一改笑脸，怒气冲冲地说："什么？你真的从初中开始就骗人家小女孩了？"

"逗你的。初中那会儿学校女生都很聪明，哪有这么容易被我骗？"

夏薇眉头渐舒："这还差不多……"然后她又看到林源似笑非笑的表情，仔细一想，不禁再次愤然："死林源你又在笑话我！"

张猛在一旁看这小两口逗乐，也是忍俊不禁。

林源感觉心情舒缓了一点儿，和张猛碰了一杯，轻松一干而尽。

"酒量不错嘛，还装！"张猛大笑。

林源一口气喝下大半杯鸡尾酒，也有些醺醺然的感觉，丝毫不谦虚地说："再来！要烈一点的！"

"痛快！"张猛一拍桌子，第二次去取酒。

"林，你这样喝不要紧吧？"倒是夏薇有点担心，她知道林源酒量不算好，跟张猛这样的壮汉喝不用三两下就会倒。

"不是有你在吗？"林源轻轻捋了一下女友的秀发。

"我可不会管你！"夏薇嘴里这样说，整个人却已经依靠在林源的肩上。

林源一手搂着她的肩膀，一手轻抚着她的发丝。

夏薇正感受着这种舒服的感觉，忽然，林源把嘴贴到她耳旁："你知道有谁的铃声和你一样吗？"

夏薇的脑袋离开了林源的肩膀，一脸茫然："不知道，怎么了？"

林源点点头，笑着说："没什么，随便问的。"

"什么嘛……"

夏薇嘟囔着嘴。

张猛又端着两大杯酒来了。

恍惚间，林源也忘记自己喝了多少杯，也终于有了晕乎乎的感觉，这就是传说中的"醉"吗？

"我张猛……"张猛一边敲着桌，一边说，"书读得少不假，不过我自以为不比你们这些读书人差。要钱，我这些年摸爬滚打，赚得不算多，也够养活一家人；要地位，我认识各种各样的人，其中不少是我的好哥们，他们会在我最需要的时候给我帮助，而我自己，也是一店之主，江湖上也算有我老张一席之地……而你们哪，还在学校老老实实做好学生，哈哈……"他和林源干了一杯，大笑着说。

一旁夏薇就有些不高兴了，林源是什么身份？国内知名公司总裁的贵公子，还比不上他一个小小酒吧的老板了？

林源本人却毫不在意，说道："钱和地位，对我来说，都他妈不重要！"他一边说一边摇着杯子。

"林……"夏薇皱了皱眉，她印象中，林源是从来不说脏话的，看来真是喝醉了。

"那兄弟你觉得什么重要？"张猛大喝了一口酒。

"人心。"林源淡然说。

"那是什么？"张猛大笑。

"我希望通过自己的努力，给周围的人、给这个社会带来改变。哪怕只有一点、一点点，哪怕这条路有很远、很远……"

张猛深吸口气："兄弟你能这样想俺老张还是挺佩服的。然而唯刀百辟，唯心不易啊。”

"你也看网文？"林源知道这句话的出处，再说凭张猛这样的半文盲怎么能自己说出这种话来。

"也就没事的时候瞅几眼。"

"直到这几天，我才发现有多不易。"林源放下酒杯，"我感觉自己走到无尽的黑暗里面，往哪一个方向挣扎，都没有结果。有时候，真的想下沉，想堕落，想什么都不管……"

张猛叹口气，也放下了酒杯："我就有过这样的时候。堕落的感觉，就像飞。"

"真是形象的描述！"林源大声笑了出来，笑声渐淡，"然而，我却不能。因为我选择了相信，选择了光明。"

"你相信什么？"夏薇眨着眼睛插了一句。

"人心。"林源又说回了这个词。

"还是不懂，哈哈！"张猛笑着问夏薇，"大妹子，你懂吗？"

夏薇亦是苦笑："也不太懂。不过我知道，有些人拼命追求的东西，在他眼里一文不值。有些人眼里不值一提的，在他心中却是那么重要……"

回到宿舍，时间已经超过夜间十点，林源看到了背对着他的乐小豪。

林源默默拿出自己的手机，播放手机上的曲目——《那个夏天》。

不出意外，乐小豪回过头看了他一眼。

"你的手机来电铃声，换成了这个？"林源单刀直入。

乐小豪放下手里正在看的书，并不避讳，点点头："有一个是。"

"为什么选这个呢？"林源笑着问。

"喜欢呗。"乐小豪眯了下眼睛。

"我女朋友用的也是这个铃声，感觉很好奇，所以问你了。"林源在自己座位上坐了下来，看着乐小豪的眼睛。

"哦……"乐小豪和他对视了几秒钟，将目光移开，"其实我最近也交了一个女朋友，她喜欢这个铃声，所以我也用了。"

"那可真是巧了。"林源也眯起了眼。他注意到，乐小豪的桌子上似乎有些特别的东西。

"你在研究化学物质？"林源一边说，一边站了起来，朝乐小豪那边走了过去。

"是啊……"乐小豪疑惑地看着林源，"你不是早就知道吗？"

"早知道？"林源停下了脚步，"知道什么？"

"我考的研究生是化学类型的。最近我在研究一种含有剧毒的化学物质，叫作氟乙酰胺……"

说到这里，林源已经感觉到大脑一阵眩晕。

乐小豪似乎没有察觉到他的反应，继续说："氟乙酰胺，呈白色针状结晶，易溶于丙酮，无味。常用来制作鼠药……前天你就问过了，还拿走了一些。"

"什……什么？"林源有些语无伦次了。

寝室之内竟然发现了毒死陈宏的氟乙酰胺，并且乐小豪又说前天林源拿走了一些。

而前天晚上，林源去了陈斌家里，陈宏恰巧就死于第二天凌晨。

可问题是，林源先前根本不知道乐小豪有这种化学物质，当然也不存在是他把氟乙酰胺带到陈斌家的说法。乐小豪为什么要诬陷他？

不对！

林源忽然联想到怀婷的异常反应以及陈斌那些听起来莫名其妙的话。难道说……

"他们都认为是我……"林源喃喃道。

"什么是你？"乐小豪问。

"你确定前天我从你这儿带走了这东西？"林源死死盯着乐小豪。现在，铃声的问题对他来说已经不重要了。

"确定。"乐小豪很肯定地点了点头。

乐小豪应该不会知道这其中的细节，所以他并没有欺骗自己的必要。

可是……这怎么可能？

林源忽然又想起了一件事，昨天凌晨那场大火发生的时候，他离开寝室，发现寝室门并没有关，当时乐小豪和王昆都已经起床了。

"那天早上，门为什么是开的？"林源颤声问。

"什么意思？"乐小豪没有马上反应过来。不过他想了一下就明白了林源的意思，并且说出了林源极其不想听到的话："前天晚上你回来后，又在深夜出去过一次，顺带把我们俩都吵醒了。你出去了，我们当然不能锁门……你怎么一点都不记得了？我还很好奇，前天晚上你到底去干吗了？"

“前天晚上，我还出去过？”林源彻底蒙了。

“是啊，之后又若无其事地回来，并且没有锁上门，问你也一句话都不说，躺在床上继续睡了。”

林源再也听不下去了。

他明白了怀婷的异常反应。

林源冲出了宿舍，拿出手机，拨通了怀婷的电话……

24 双 重 的 人 格

风很大。

林源一连拨了三次，电话的另一头才有人接听。

另一头的风更大。

整整半分钟，先开口的还是林源："前天晚上，给你打电话的那个人……或者更准确地说，给你留言的那个人，是我，对不对？"

沉寂了几秒，林源听到怀婷的回答："你现在说这个，有什么用吗？"

"我不记得有给你留过言。"林源不知道该说什么。

"是啊，你记不得的，太多了……然而这已经无所谓了。"

"为什么无所谓？"

"你又为什么给我打这个电话？"

"我只是想证实。"

"不用了……"

"要的，我一个一个说吧。首先是一件你不知道的事情。大前天，我在公园里睡了一觉，醒来看到一个小孩，他笑着对我说，'大哥哥，你又回来了？'然而，我一直在那张石板凳上睡觉，中间并没有离开过。"林源缓缓说道。

"你一定要我讲吗？"电话另一头，怀婷叹了口气。

"你不用在意我的感受，我只想知道真相。"林源很诚恳地回答。

"你不是已经想清楚了吗？"

"我没有……"

"那好吧。"

与昨天晚上两人谈话的冷淡完全不同，今夜，怀婷的语气比以往任何一次都要柔。

"你之前所说的是第一件，那我就说第二件吧。前天你身体不适被送到二医院，进医院的时候，陈教授给你打了一个电话，你向他反馈了你身体不适的情况，他回复说马上让我来看你。我接到他的通知后，来到医院，在你身边一直等到你醒来……可你醒来后,我告诉你是陈教授让我来找你的,你却好像不明白是怎么一回事。我问你是不是不记得陈教授给你打的那个电话,你竟真的一点印象都没有。"怀婷徐徐道来。

"我真的没有一点印象。"林源承认。

"可你应该看到有那个通话记录吧?"

"有!"这点林源确定,那天他手机上的确显示了一条十几秒钟的,和陈斌的通话记录。不过他认为是当时送他去医院的张猛,抑或是后来出现在病床边的怀婷帮他接的,所以也没有仔细去研究。可照怀婷现在的说法,这电话竟是林源本人接的。很可惜的是,和上面说的第一件事情一样,林源根本没有一点记忆。

"当时我觉得你可能是肚子痛得太厉害,忘记了也正常,所以当时没有再追究。"

"第三件事。"林源马不停蹄,"前天夜里,你在汽车上接到的那个电话,真的是我给你的留言?"

又是这个至关重要的问题。

为什么林源会想到那个电话是自己打给怀婷的?

首先,从怀婷昨晚的反应来看,她认为林源必然知道打电话的人是谁。

其次,还是从怀婷的反应观察,她认为林源不但知道打电话的人,还知道电话的具体内容。

第三,也就是今晚从室友乐小豪这里,林源发现,有些明明在他身上发生过的事情,却一点也记不德。这和之前两点联系在一起,林源不得不考虑到,电话,抑或者是留言,是他给怀婷的。

最后,也就是在那个电话之后,不仅是怀婷,陈斌也出现了几句听起来莫名其妙的话,怀婷和陈斌一致认为林源理所当然知道一些事。

"没有错,那是你给我的留言。"

"我想知道具体内容。" 林源给怀婷的留言,自己竟全然不知道。那么他究竟说了些什么呢?

"我现在无法给你播放那段留言,不过你说的什么,我全部记得,可以给你重复。留言的第一句,你告诉我千万不要说话,只要听就好。另外,不要因为我就在你旁边而露出奇怪的表情。然后,你告诉我,说我们正处在一个极度危险的环境下,因为车上除了你、我,以及陈教授外,还存在第四个人。这个人穿着隐身斗篷藏在车内某个角落,像一只躲在暗中捕猎的野兽,密切注视着我们。这个人不是别人，正是陈教授的弟弟陈宏。"

林源说道："所以你听到这里的时候，还是露出了一瞬间惊讶、恐惧的表情。"林源清楚地记得当时怀婷有一瞬间露出惊恐之色，也正是因为这个表情让林源对通话内容产生了怀疑。而林源通过留言的方式告诉怀婷车上存在第四者，并且还是陈宏的时候，也难怪怀婷会这样了。当时林源推论出一个假设，认为怀婷在防备车上的某个人，之前他认为是陈斌，现在看来是所谓躲在车内某个角落的陈宏了。

"你看到了我的表情？"

"是……"

"没错，我无法理解你为什么会忽然跟我说这个，而且这个消息对任何人来说冲击力都太大了。"

"你能从头到尾表现得若无其事，并且你当时的举动不会让任何人怀疑到留言是我给你的，已经足够出色了。记得最后我问你是谁的时候，你也很自若地说我不认识……真是厉害啊。"林源隐隐感觉心里的苦涩。

"陈教授研制成功的隐身斗篷有三套，其中有一套恰好在最近几天不见了。所以你的留言引起了我的重视，因为的确有隐身斗篷失踪，并且陈宏的确非常可疑。"

"关于你这段话，我有三个问题。"

"你说。"

"第一，其实你也一直对陈宏有怀疑，对不对？"

"是的，不仅是我，陈教授也一样对他弟弟持怀疑态度。虽说陈宏是精神病患者，但是他的一些行为、语言太过反常，就像你前晚接触到的那样。这不得不让人怀疑。"

"第二个问题，之前你们没有将上面这个问题的答案和我交流，是为什么？"

"我有和你提到过的。"

"不，你那只是三言两语概括。如此不一般的情况，你应该会详细说明才对。"

"既然你都想到了，应该也能猜到这个问题的答案吧……这个等下我再解释。"

"好，第三个问题。我根本不知道你们有几套隐身斗篷，也不知道有一套失踪了，因为你们没有和我提过。除此之外，我和陈宏上一次见面还是在十多年前，我不可能对他目前的状况有一丁点儿的了解，也就更不可能有依据判断出他当时在我们车上。那么，当你接到这段留言的时候，不会有怀疑？"

"呼，既然你直接问到了，那么我就直说了吧。陈教授对我们每一个人都持怀疑态度，其中就以你最甚。他老早就觉得你有问题，并且告诉了我。所以你问我当时会不会怀疑，我要说当然有，这也是我们为何没有告诉你关于隐身斗篷失踪事件的缘由，包括你的第二个问题，我们没有给你提供太多信息，都是因为陈教授对你一直持有怀疑态度。隐身斗篷失踪这件事，只有黄院长、陈教授和我知道，所以可以认为你是在黄院长那儿得到一些消息，至于你为什么会说当时陈宏在车上，这点就没有人知道了……"

"原来陈教授一直在怀疑我，可笑我竟然一点也没感觉到。"

"现在来看，他的怀疑是对的……"

两边都沉默一阵，林源接着说："我记得在陈教授家，陈宏的确是忽然出现的。这是不是表明，他之前的确有可能在车上？"

"几乎没有可能。从已有的情报来看，一切问题的矛头都指向了你。"

又是一阵沉默。

林源轻声说："既然我有勇气给你打这个电话，就表明我已经做好了接受一切的准备……那段留言长达四分钟，应该不止你上面说的内容。"

"你还要听下去吗？"

"当然。"

"你告诉我陈宏正躲在车的暗处后，提醒我不要害怕。你说陈宏的动机、目的你并没有掌握，不过他如果只是简单想对我们不利的话，不应该会这么做，所以他可能是想获得某些信息。只要我们不胡乱说话，应该不会有大碍。接下来你告诉我，今晚陈宏会有所行动，目标就在我们学校，并预言今晚有人要出事，叫我务必去学校一趟。所以后来你看到的驾车去往学校方向的，其实就是我。你留言内容的大致意思就是这些。后来发生的你都知道了，事情和你预料的一样，学校的确发生了大事。"

"也就是说，是我让你去学校的？"

"没错。"

"这些你和陈教授有交互过？"

"嗯……"

"这就对了。"林源终于明白，陈斌那晚说的"你确定？""我倒想问你为什么……"这些话是什么意思。原来陈斌认为林源明明知道开车的是怀婷，还吵嚷着要去追，感到十分诧异。而陈斌没有当即追上去，也没有和林源说那辆车上是怀婷，也就是因为他对林源的怀疑了，他想看看林源葫芦里到底卖的什么药。之后林源还对陈斌说："陈教授，回去看好你弟弟，我感觉他不是一个精神病患者那么简单。"陈斌则回答："我记住了。"现在看来，这句"我记住了"，是表现对林源的质疑。

现在，林源总算了解到那个神秘电话的发起人以及相关内容，包括前后一系列和这个留言有所相关的事件，也明白了之前怀婷对他反常的原因，陈斌那些莫名其妙话语的含义。

"如果你没有什么疑问，我就接着说第四件事了。"

"何必这么急呢？"尽管早早做好了心理准备，但听到这些叙述的时候，林源内心的确开始在麻木了，他也不知道自己还能坚持听多久。

"我急着去做一件事……"

"那你说吧。"林源轻叹口气，也没心思问怀婷这么晚了还要去干什么。

"第四件事情，是关于陈宏的死。陈教授带着你离开他家后，我和刘佳慧阿姨就发现陈宏不见了。想到你留言里告诉过我，说陈宏今晚会有所行动，我很不安，立刻开车往学校赶。可事实是，陈宏没有离开，并且在自己的房间里身亡了。死亡时间为凌晨一点左右，死于高浓度氟乙酰胺，中毒时间大概是前一晚九到十一点之间，恰巧，你那个时候就在陈教授家。"怀婷缓缓说道。

"你男朋友是不是叫乐小豪？"林源问。

"嗯……"怀婷没有否认。

"他是我室友。"

"我知道。"

"我想他告诉过你，他最近在研究氟乙酰胺。并且前天晚上，我从他那里拿走了一些。而前天晚上我去了陈教授家，陈宏恰巧死于氟乙酰胺，中毒的时间正好与我在那里的时间一致。"

这下怀婷没有说话，只是轻叹了一声。

"那结果显而易见了，是我下毒害死了陈宏。"林源说，"而我之前给你的那个留言，只是想让你们把注意力转移到陈宏身上，让你们都怀疑他是那个'透明人'。问题是，你觉得我是通过什么给他下毒的？"

"咖啡，陈宏是喝下咖啡后氟乙酰胺中毒。而那杯咖啡，没有弄错的话……"

"没错，咖啡是我倒给他喝的。"林源本来想补充，他根本没有在那杯咖啡里面投什么异样物，但是此时多余的解释都没有任何意义了。

林源说道："陈宏房间第三幅壁画后面，有一个隐藏的，可能是类似于小阁子一样的空间。你们当时没有找到他，可能是因为他躲进那里面去了。"

"我都不知道他房间有一个这样的地方，看来你好像比我们都清楚啊……"怀婷这句话没有嘲讽的口气，但在林源听来怎么都是挖苦了。

所以，怀婷昨晚才会那样对他的吧。

"第五件事情。"林源觉得这些基本都搞清楚了，他也早早知道怀婷究竟要给她表达一种怎样的观点，只是两人都没有说出来而已，"还是前天晚上，我回到宿舍后，立刻倒在床上睡着了。可就在刚才，我的室友，也是你的男朋友乐小豪，告诉我，说我前天夜里回来后还出去过一次，并且没有把门带上。也就是在那天晚上，我外公黄远山被一场大火烧死在青韵。"

"就由我来帮你这个聪明绝顶的人来推理一次吧。"怀婷声音依然是那么轻，"你那段留言的最后内容是，要我当晚到学校，你会联系我，找到我，然后和我解释一切。然而我开车来到学校后，你没有联系我。我打电话给你，关机……然后我打给小豪，他说你出去了，那时候是深夜一点。我不知所措，因为你明明说了深夜要见面的，然后你又没有了踪影。后来我止不住困意，就在车上睡了，醒来就看到了那场大火，本来也想救火的，可冲进去就看到了你。黄院长的死，是因为他要救一个人，然后被反折镣铐拴在树上。黄院长一定是认识这种镣铐的，否则他也不会知道那上面有一个智能按钮。黄院长明知有生命危险，仍是要救这个人，会是谁呢？谁又能在那么晚的时间把黄院长请到青韵那种地方去？是你啊林源……你设计了这样一个阴谋，以亲情为由，把黄院长叫出来，又以亲情为念，把他拴在树上，被大火活活烧死。一切的一切，都是你一手造成的。陈宏是你杀的，黄院长也是死在你手上，你明白了吗？"

林源很想说，不是这样的。但却一个字也说不上来。

"林源，你已经很清楚我要说什么了——你有双重人格！"怀婷终究还是把这句两个人都心知肚明的话说了出来。

而尽管林源早就有了心理准备，但真正听到"双重人格"这四个字的时候，内心之震惊仍是难以言表。

"公园里，你明明离开过却不记得，因为是你的第二人格在行动；医院里，你不记得和陈教授打过电话，也是你的第二人格和他通话的；汽车上，那段留言，你一点都不明白是怎么回事，是你的另外一个人格留给我的；陈教授家里，倒那杯咖啡的时候，你的第二人格又在短时间内占有了你的身体，把带在你身上的氟乙酰胺悄悄倒进了咖啡，陈宏说他预测当晚有人要死，说的就是他自己，因为他喝下咖啡的时候，就知道自己中毒了；在学校，又是你的第二个人格，在深夜离开了寝室，借助当晚燥热的天气以及有情侣放孔明灯的条件，制造出了这场火灾，又利用亲情这一张牌，害死了黄院长。"

林源感觉喉咙越来越嘶哑："也就是说，你认为'透明人'就是我喽？"

"不，是你体外的另一个人。"

"可是在魅之鬼城那七天里，有种种疑点，应该怎样去解释？没有理由认为我，抑或说另一个我，就是那个'透明人'？"

"为什么不能？因为你体内存在另外一个人格，他完全可以告诉我虚假的信息，我也无法分辨什么时候是你，什么时候是他。就是你的另一个人格，在子午塔，害死……害死了我哥哥。子午禅师，就是'透明人'，也就是你。"怀婷幽幽说道。

"你怀疑我在骗你？"

"不，应该说我不知道哪个是你。"

"你认为，我的第二个人格从那个时候就存在了？"

"呼，你都这样问了，我就告诉你第六件事吧。你第五天记忆的开始，你手里拿着一把刀对着我，那时你不知所措。你为什么会拿刀对着我呢？很明显啊……你的第二个人格占据了你的身体，想杀了我！除此之外，还能有别的解释吗？"怀婷似乎笑了，轻笑。

"不，不不……"林源感觉大脑阵阵眩晕。怀婷说的每一句话，每一个推论，他都无法反驳。这种无力感，此生也未经历过。

连自己的身体，自己的大脑都不能相信，他还能做什么？

"林源，你是一个好人，你救过我，也曾经给我阴暗的过去带来过温暖，我很感激。但是，在你的身体里，掩藏着另外一个人，没有人知道他是一个怎样的存在，也没有人知道他到底掌握着多少信息。阴暗、狡诈、恶毒——我想是这样的。有这样一个人格在你体内，伤害就会一直持续。我相信不久后，你就会做出和我一样的选择……"

林源听出，怀婷一时用"他"，一时用"你"，表明着她对怎样认识自己体内的双重人格也感到非常之迷惘。

一个人体内有两个人，哪个才是真正的自己？

他想起十三年前年幼的怀婷说过的一些话。

"你知不知道，一个人说话的时候，他自己听到的声音，和别人听到的声音，是不一样的。"

"那么，哪一种声音，才是真的？"

等等……

林源感觉大脑瞬间清醒了一下，他发现怀婷最后几句话很不对劲。什么叫"一样的选择"？选择什么？

他立刻又想到，怀婷刚才说她急着去做一件事情，那是什么？

"你在哪儿？为什么风声这么大？"林源不再讨论双重人格，谁是"透明人"的话题，他察觉出此时此刻这些都不是最重要的。

"你那么聪明，应该知道，越高的地方，风越大吧？"怀婷幽幽说道。

"不！不要这么做！告诉我你在哪儿？"林源颤声问，手机竟有些拿捏不稳了。

"乐小豪抛弃我了……"

"就为这个？"

"我梦到了哥哥，他跟我说，他在等我呢。"怀婷在笑。

林源愣住了。

"我想我已经没有继续留在这个世界的必要了。对于你，你所做的一切，无论是好是坏，我不想再去计较，这对我来说也不重要了。接下来该怎么做，你好自为之吧……"

林源有点明白怀婷内心的感受。相恋的乐小豪把她抛弃了，给怀婷的心里造成了第一重伤害；而怀婷一直默认为兼正义与品德于一身的林源，竟然才是一切灾难的元凶，这是第二重伤害。在两重伤害下，她梦到了一生中最重要的人——已经死去的哥哥怀炎。怀炎告诉她，他在另一个世界等她。于是，怀婷对这个世界没有了任何的留恋。

林源发现他不知道该怎么劝了。

他也非常清楚，无论他说什么，也无法阻止怀婷的下一步。

此时林源在 H 大后门附近，风无情的吹拂着他的面颊。他放下手机，敏锐的双眼环顾着校内每一处高楼的顶端……

现在的时间是夜间十一点半，她会在哪儿？

很快，林源就看到了目标——在校图书馆，那个十六层建筑物的最高处，有一个黯淡的人影正站在最顶端，与轻微的月色相互交融。

体型来看，的确是女孩……

林源在第一时间确定，这就是怀婷！

他以最快的速度朝图书馆跑了过去。

然而还是迟了，举目望去，那个娇弱的身影，已经离开了她脚下高大的建筑，在无情的引力下坠落……

"不！"林源心里吼了一声。

当他冲到图书馆楼下那个美丽的花坛时，看到怀婷娇弱的躯体静静躺在那里。

他走了前去，发现怀婷还睁着眼睛，可能是在留恋她在尘世的最后几分或者几秒。

她的身体、嘴角不断溢出血液。

她的嘴角却挂着一丝浅笑。

显然，她看到了林源，但她不想说话，也不能说话了。

林源在怀婷短暂的生命中有着极其特殊的意义。他们不是情侣，也不是亲人，甚至算不上朋友。他们相识的时间只有四天，就算加上十三年前，在一块的时间也没有十天。

但是，林源对她的影响，是非常之巨大的，不仅因为他救了自己，更因为他的博爱，以及悲天悯人的心肠。

轻轻地，在林源的注视下，怀婷闭上了眼睛，混沌的大脑里迷糊地听到林源带着哭腔的声音："为什么，为什么要这么傻？"

林源清晰地感觉一阵酸楚浮上他的眼睛，泪水在他眼眶不停地打滚。多少年了，林源都没有哭过，并不是因为他没有眼泪，而是要尽力表现出一个男子汉的坚强。即便是黄远山的死，也没有对他的内心造成这么大的冲击。

这个连朋友都算不上的女孩，一样给林源的世界带来了非凡。依然记得，在那座木桥上，她用枪遥遥指着自己的脑袋，冷酷中透露着些许犹豫，些许温情……那是一种极其复杂的表情。在魅之鬼城，那个黑白世界中，她的眼睛，是整个世界唯一的色彩。从不认识到对方猎杀的对象，到同舟共济的队友，再到十三年后彼此默默支持，然后到猜疑、失望，最后到现在，抛弃从前所有的好与不好，悄悄离开人世。

总之，怀婷在林源的生命中画下了极其短暂，却又浓墨重彩的一笔，同时在他内心深处烙下一块深深的印记。

在生命中，我们都有可能会遇到这样一个人：他既不是你的亲人恋人，也不是你的好友死党，甚至你连他的名字都不一定知道，但是就在这短短的、蜻蜓点水的接触间，他用文字和话语，用与众不同的思想与品格，潜移默化地改变了你的一生。

两个人，在黑暗的大楼下，淡茫的月色中，陷入了死一般的安静。他们一个在生命的边缘，一个在绝望的边缘。

有人说，人在临死前的刹那，会回忆起自己的一生。

那再短不过的瞬间，在濒死者脑海中却长如永恒。

就在林源准备抱着怀婷的尸体离开之际，后者猛然睁开了原本闭合的眼睛。

她的眼睛，好像又有了一点色彩。

怀婷死死盯着林源，身体痛苦地抽搐着，似乎有什么很重要的话要和林源说。

林源当然也注意到这一幕，心里非常惊疑。怀婷之前是带着安详的面容闭上眼睛的，此刻却挣扎着再次睁开。她想到了什么？一定要在一只脚已经踏进鬼门关的刹那还要和自己诉说？

"婷，你要说什么？"林源很快趴下去，把耳朵贴在怀婷嘴边。

然而怀婷的嘴不停抽搐，却只是血液不停溢出，根本吐不出一个字来。

林源爬起，看到怀婷手上有动作。

怀婷拼尽了身体最后一丝力量，把自己的衣领往下拉了一点点。

接着，她又闭上了眼睛，也没有了任何动作。

这一次，是真的再也不睁开了。

"她身上有东西？"

这是林源的第一反应。

环顾四周，因为没有电，整个学校在夜晚静悄悄的，看不到一个人影。

"对不起婷，得罪了。"

林源打开手机，将怀婷的身体从上到下搜了一遍，没有找到什么异样的事物。

难道是这部摔得面目全非的手机？林源想，会不会是怀婷这部被摔坏的手机里面有什么重要的讯息？

不过他仔细思考了一下，隐隐又否定了这种猜想。

手机在怀婷的身边而不在她身上，说明怀婷跳楼的时候一只手是抓着这部手机的。如果是手机上有什么重要内容，怀婷应该指向她身旁，而不是拉衣领。

另外，怀婷是在濒死之际忽然再次睁眼，十有八九是她想到了以前某件很关键的事情，而不是说明她身上有什么重要信息。

可是，这是一件什么事情，让她在最后时刻做了一个往下拉自己衣领的动作？

难道这动作和她要表达的事情并无关联？她只是在垂死挣扎之际无意这样做的？

不对……凭直觉，林源能肯定怀婷在这个世界留下的最后一个动作，必然是有意义的。

她到底想到了什么，又要告诉自己什么？

林源跪在怀婷尸首旁，久久不能平静……

25 迷 茫 的 探 寻

八点，警察局内。

关于黄远山一案，案情有了新的进展。

一名叫吕馨雨的人文学院女生哭嚷着告诉黄俊，黄远山是为了救她才被拴在那棵树上的。当然，这位女生并不知道黄远山已经遇害，只是自青韵那次火灾后就没有见过院长人，隐隐感觉不对劲，就来报案了。这女生也算机灵，知道此事不能闹大，没有向校方反馈情况，而是先找到了警察局，她也知道黄院长的孙子就在警察局办事。

黄俊立刻要吕馨雨尽可能仔细地叙述事情的整个经过。

然而经过比黄俊想象中的简单。

吕馨雨当晚，也就是大前天晚上和远在他校的男友告别后，搭上了一辆出租车。之后莫名其妙她就在这辆出租车上晕了过去，醒来后发现自己被镣铐拴在一棵树上，嘴巴还被封住，既不能走动，也不能呼喊救援。她知道自己身处一片深林之中，但由于太暗不知具体身处何地。起初吕馨雨更多是震惊而非惶恐，直到她嗅到林中越来越浓的焦味，才意识到有生命危险。

随着时间的推移，火势越来越大。

生死之际，人文学院院长黄远山出现。他拿着手机出现在吕馨雨面前，满脸惊讶。

黄远山撕下吕馨雨嘴上的封条，后者已经泣不成声："救我，院长，救救我……"

"怎么回事？"黄远山问。

"不知道，我什么都不知道，呜呜，救我，院长。"吕馨雨承认，当时被吓得的确有些神志不清了。

此时火势已经非常大了，吕馨雨感觉到皮肤的灼痛，意识也有点模糊。

黄远山看了几眼那个镣铐，从地上拾起一根树枝，在镣铐上碰了几下。

没有任何反应。

黄远山想了想，低头跟吕馨雨说了几句话，大概是离开之后记得叫救援之类的。吕馨雨根本没办法听进去，只是唯唯诺诺点头。

黄远山犹豫了好一会儿，伸手在那个镣铐上轻轻碰了一下，镣铐立刻松开了吕馨雨的手。

吕馨雨这一脱身，就没命地往青韵外跑，逃出了这场大火。她回到宿舍，一直趴在床上哭，室友们问她发生了什么她也不肯讲。

这事似乎就这样过去了。

吕馨雨并没有和任何人透露那一晚上的经历，直到她想找黄远山院长道谢，却发现无法联系到对方的，才产生了恐慌，立刻来到警察局向黄俊汇报 。

"黄院长他没什么事，只是那天吸下太多毒烟，正在医院接受治疗。"黄俊安慰着向他哭诉的吕馨雨。

黄俊心下雪亮，黄远山一定也知道反折镣铐这种东西，否则不会那么快知道解开它的方法。并且黄远山在按下智能按钮前，也犹豫了一下，说明他知道这样做的危险。但是，他还是了选择解救这名女生，不惜以自己的生命作为代价……

黄远山当时一定有嘱咐让吕馨雨出去后找人来救他，可脆弱的吕馨雨早已被吓傻，别说逃离危险后什么都不记得，在当时也没细听黄远山对她说的话。这也不能怪她，本身就处在那种环境下，加上她直到现在也不知道拴住她的是极其特殊的反折镣铐，当时她肯定还以为黄远山帮她解开束缚后，自己也很快逃了出来。

黄远山已经离世，现在来怪这个女孩子，也没什么用了。

如今最需要做的，是把凶手找出来。

黄俊问："你记不记得，那个出租车司机，长什么样子？"他问这个问题的时候，心情有点激动，并看了坐在一旁的林源一眼。出乎意料的，林源双眼一直很空洞。

他怎么了？黄俊不解，从一早上叫过来，林源的精神状态就非常差。

"我不记得了……我干吗要记得他长什么样？"吕馨雨擦了擦眼泪。

黄俊也是无语，姐你是在他车上晕过去的啊，还干吗要记得？

"即使你没有注意他的正面，出租车上也会有个执照，上面有司机的相片。你不能……仔细想想？又或者，你记得他的车牌号吗？"黄俊紧跟着问。

吕馨雨一直摇着头。

"我可以给你调出全市所有出租车司机的资料，你能不能认出来？"黄俊怎么能这样死心？

吕馨雨仍旧只是摇头。

黄俊再次无语……

这时一直没有开口的林源插了一句："你上他的车是几点？"

这个问题吕馨雨还是可以回答的："我和男朋友十一点半分开，上那辆的士，也是晚上十一点半的样子。"

林源点点头，从座位上站了起来，对黄俊说："你再问问看能不能有线索，我先走了……"

"什么？"黄俊异常惊讶。他特意把林源叫过来一起分析情况，现在问了个这样的问题就要走了？

"表哥，我还有很多问题要去弄明白……下午等我电话。"

十点，公园。

这里是那天林源睡了一下午的地方。当时他接到张猛的电话前遇到一个小孩，小孩说林源睡觉中途离开过……

林源坐在石凳上，回想着那一天的每一个细节。

同时他也在想刚刚在警察局的那个吕馨雨。以他和黄俊的敏锐，都听出这个笨笨的女生所言并无虚假内容。亦即，昨晚怀婷和他说的话里，起码有一点是错的——黄远山不是为了救林源而死。但是得到这一点并不能说明什么，无法证实黄远山是否是被体内的另外一个人格所害。不过可以肯定两点：第一，那辆出租车的司机绝对有问题，是这起事的关键；第二，出租车司机不会是林源，十一点半他坐着陈斌的车，在回学校的路上。

难道第二人格还有着许多未知的联络人？

"双重人格……"林源喃喃自语。

十一点，市二医院。

"哥……"看到林源，林晓夕非常高兴。

"看你的样子好像好了很多。"林源难得露出了些许笑容。

"是啊，医生说我明天就可以出院了。唉，真不想在这里待了！"林晓夕抱怨着。

林源不知道该说什么。

"晓夕，你……还是想不起来吗？"

"想什么？"

"没什么。"林源叹了口气。

"哦，我知道了，你是谁说我父亲掉落山崖后的事吧。想不起来，一直想不起来呢。"

"嗯……你会不会觉得，你有失忆症呢？"林源半开玩笑的口气说。

"我觉得是有，经常忘事的说。"林晓夕却没笑。

林源点点头，其实他早就料到了。

林源和林晓夕的祖父林永观，患有一种疾病，一种比短期失忆症更严重的疾病，时常会忘掉发生过的事情，这件事情短则数十秒，长则好几个小时。此病隔代遗传，从林永观开始，遗传到林源、林晓夕身上，导致他们兄妹俩有的时候会给人一种记性非常差的感觉。

然而像林晓夕这样整整忘记一天发生的事，林源倒从没听过。

魅之鬼城第六天，林晓夕本应多少记得一点东西才对。

难道连她也在装？

一点不像啊……林源甩了甩头。

"哥，明天接我出去，好不好？"林晓夕带着半撒娇的口吻。

"我早就想说了。"林源这样说，心里却很迷茫。

他感觉，明天的事情是不能预料的……今天剩下的时间里，会发生什么？明天，又会发生什么？

十二点半，陈斌家。

"刘阿姨不在？"林源坐在茶几前，滑动着面前泡好的一杯咖啡。陈宏死于一杯咖啡，一杯被他投掷了剧毒的咖啡。

"她有事不在。"陈斌坐在他的对面，永远都是这样面无表情。

"怀婷……不在了。"

这句话终于让陈斌黑白相间的眉毛抖了抖。

林源吹了一下冒烟的热咖啡："不是我做的。不过，多少都有一点我的因素吧。"

"你说不是你，就真的不是了？"陈斌似乎在嘲讽。

"我知道你为什么这样说，她死前，都告诉我了。"林源轻啜了一口咖啡。

"那你准备怎么做？"陈斌盯着他。

林源放下咖啡，目光与陈斌相迎："那么，你又想怎么做？"

两人对视了几秒，陈斌先把目光移开，摊了摊手。

"你不管？"林源问。

"没有必要。"

"可是只要有我在，你就存在危险，之前的几个人都是例子。"

"你承认了？"

"你觉得我不敢承认？"林源以极快的语速反问。

"有点意思……"陈斌轻笑一声，摇了摇自己面前的另一杯咖啡，"但是你应当明白，该解决这件事的，还得是你自己。剩下的人里，有危险的不止我一个。你可能不在乎我，但你会不在乎她吗？"

林源当然知道，陈斌指的是医院的林晓夕。魅之鬼城七个人中，剩下的就只有他们三个了。

"我想我不会伤害她。"

"哦？"这一次陈斌是真笑了，"事到如今，你还能说出这话来？你真的能保证，你不会伤害谁吗？"

"你觉得我的动机在哪儿？"

"那得问你身体里另外的那个人了……哦不，我觉得没有这样特别说明的必要。得这样说才是——这个问题，要问你自己了。"

"我没有任何理由伤害他们中的任意一个。"

"哦……听到你这样的言论，看来还是应该把问题复杂化来讲啊。你没有理由，能代表另外一个你没有吗？"

"不能！"林源回答得也很干脆。

"那不就对了。"

"不。"林源也露出了一丝笑容，"我说的'不能'，不是你所理解的'不能'。"

"那我该怎么理解？"

"很快你就会知道了。"林源一口将咖啡喝完，站了起来，"陈教授，你应该知道我来这里是想干什么的？"

"你说的你，又是哪个你？"陈斌眯起了眼睛。

"我来这里，是还想再看一下那几幅画。"

林源和陈斌一起，走进已故的陈宏的房间。

几幅画因为陈宏死前的破坏，并非完好无损的在原处。

林源一一看过去，幸而他最想再看一次的那幅是完整的。

第一幅的眼镜蛇，到第二幅的含羞草，到第三幅的眼镜蛇、大狼犬、含羞草，到第四幅的两男，到第五幅的一男一女，到第六幅的水和船，到第七幅少女和巫婆的结合，到最后一幅的陈宏自画像。

每一幅画，林源都花了很长时间去看，其中最后一幅所停留的时间最久。

"你看懂了什么？"陪林源沉默了很久的陈斌出声询问。

"没有……"林源摇着头，"我希望你能给我一些解释。你懂的必然比我多。"

"你太抬举我了。"陈斌淡淡地说，接着就没有了后文。

林源敲了敲第三幅画所在的墙，立刻发出一阵空响："这后面另有洞天，你是知道的。"

"我知道。"陈斌没有否认，并把这扇墙打开。里面就是一个可以容纳人的小阁子，没有任何特别的东西，"难得你能看到这里，但你觉得这个地方有什么特别吗？"

"不特别。"林源只是扫了一眼就没有再看："不过我想刘阿姨和怀婷，都不知道这个地方。"

"我不知她们是否知道。"陈斌耸着肩。

"这里足以容纳下一个人。你弟弟一定是躲进了这里，所以当晚阿姨和怀婷都找不到他。"

"你现在说这个，有什么用吗？"

"有！他们不知道这个地方，可是你知道。"林源盯着他，一字一句问，"你为什么不救他？"

陈斌毫不回避："首先，当时我不在这里，而在送你回学校的路上；其次，似乎是你给怀婷留言，告诉她陈宏晚上会出去，并且有事情要发生。"

"所以你毫不怀疑他当时躲进了这个阁子里？"

"我怀疑的理由是什么？"

林源没有再问下去。

"陈教授，关于我身上的问题，我会给你一个满意的答复。"

说完这句话，林源离开了陈斌家。

十四点，寝室。

此时寝室里只有林源一个人，他已经第三次翻阅怀婷的日记本，仔细阅读着每一行内容。

接着，他收起这本本子，又拿出外公死前留下的那十个数串，绞尽脑汁也想不明白是什么意思。

甩了甩头，林源把数串也收了起来。

他想了想，拿出手机，将通讯录的光标移到乐小豪那一行，犹豫再三，终究没有按下去。

放下手机，用力摸了摸头发，林源继续沉思着。

接着，他又忽然想到什么重要的事情似的，把他所有的鞋子都找了出来。奇怪的是他并没有将这些鞋子洗一次，而是一双又一双仔细看了个遍。

看完他自己的鞋后，林源又把其他三个室友的鞋都翻了出来，仍然是一双双翻遍……

这时，室友王昆回来了，看见林源满寝室翻鞋，吃惊地问："林……林源，你在干什么呀？你翻我们的鞋子做什么？"

林源仍旧蹲在地上，回头看着王昆："王昆，小豪说，青韵失火那天，我离开过寝室，是不是真的？"

"是……是啊……那个，我打球去了咯。"王昆支支吾吾，刚回寝室就抱着篮球出去了。

再之后，林源也离开了寝室。

十五点，宁庐楼下。

"找我干吗？"夏薇带着些许嗲声问。

"没什么，聊几句。"林源勉强挤出一丝笑容。

"聊啥？还要选在你们寝室楼下，真是一点都不浪漫。"

"你认识乐小豪吗？"

"他不是你室友吗？我怎么会不认识？"

"他最近换了手机铃声呢。"林源淡淡地说。

"你跟我说这个做什么？"夏薇一脸茫然。

"他现在的铃声，和你的一样，不知道是不是喜欢上你了……"

夏薇嘻嘻一笑，也不脸红："怪我喽？"

"其实他也可能不是喜欢你。他之所以用和你一样的铃声，里面包含着很多玄机，还有一大串故事，我慢慢和你说哈……"

"我干吗要听？你找我就是想说这些啊？"夏薇有点失望。

她刚一说完这句话，林源就一把将她搂进怀里。

"干吗？这里有人哎……"夏薇下意识挣扎了一下，却发现林源抱得很紧，只好放松下来。

"薇薇……"林源轻声在她耳边说，"对不起。我想，有些事情误会你了。"

"误会？误会什么？"夏薇越听越糊涂。

"不要管。"林源亲了一下她漂亮的左耳垂。

"讨厌！"夏薇脸红了，这里是男生宿舍楼下，林源这是干什么呀？

林源亲完后，又伸手在她左耳上轻轻抚摸了一下。

这一下，夏薇明显感觉林源把什么东西戴在了她耳朵上，然后又顺手用发丝把这样东西遮住。

夏薇还没反应过来，林源又把嘴贴在她右耳："这是一个微型耳机。先不要管它有什么用，在接下来的时间里，你要装作耳朵上什么都没有，并且不要让它露出来，无论何时何地，明白吗？"

林源的声音很轻，显然是悄悄话。但同时又说得非常郑重,让夏薇不得不点头。

"今天一切，都听我的，好不好？"林源离开了她的耳旁，柔声说。

"好……"夏薇看着他的眼睛，轻轻颔首。

"三个小时后，来图书馆楼下，我会等你。"

"好……"

两人正脉脉含情地对视着，林源忽然喊了声："小心！"一把将怀里的夏薇推开，同时自己也快速后退了一步。

下零点几秒，一物从天而降，正好砸在刚才林源和夏薇站的地方。

一看，却是一个键盘。

这键盘如果砸中他们两个，后果不堪设想。

一阵惊慌失措后，愤怒很快占据了夏薇的内心。

她也不顾林源在面前，抬起头就大骂：“哪个不长眼睛的？没看到这里有人吗？这破键盘砸死人怎么办？”

只见四楼的窗户伸出一个脑袋，连连抱歉地说“对不起对不起，我室友太激动了，玩游戏一直被坑直接把键盘从窗户上给扔出去了。抱歉，实在是抱歉啊……”

“是你们怂恿的吧？好好的打个破游戏也值得丢键盘？”夏薇余怒未消。

“唉，美女，对不住，真对不住……”那名男生显然一下就被夏薇说穿了心思，“我给你跪下赔罪了行不？你看……我这就跪下了。”

夏薇又好气又好笑：“谁要你跪了？再说你在那楼上跪不跪我怎么知道？”

她转头看向林源，发现男友并没有丝毫不悦之色。

相反，林源一直盯着那从四楼摔下来的烂键盘，双眼似乎还在发光……

“我明白了……”林源嘴角露出笑容。

26 绝妙的演戏

十八点，H大图书馆。

夏薇来到这里的时候，图书馆楼下已经聚集了一大批人。

随着众人的目光看去，夏薇赫然发现了站在图书馆楼顶的林源。

"他在干吗？"夏薇惊呆了，问身边的人。

"看样子是要跳楼啊……"那学生双手插着口袋，用半推测半肯定的口气说。

"跳……跳楼？你在说什么，他为什么会跳楼？"夏薇真是蒙了。三个小时前，林源还在好好地跟她说话，他约夏薇在图书馆见面。仅仅隔了三个小时，他就站在十六层图书馆的最顶端，旁人说他要跳楼，这让夏薇如何接受？

"不信，你看他现在这样子呗……"

夏薇再次举目望去，只见在午后的阳光下，那个一次次拥抱她的男孩，高高站在十六层的高楼上，站在天台最边缘、最危险的地方。他的双脚已经有一半悬在空中，光看着就令人觉得胆战心惊。谁都明白，从那样的高度摔落下来，活的概率几乎为零。

夏薇清楚地记得，林源说过他有一点恐高症，他怎么敢这样？

这时聚过来的学生越来越多，大家都议论纷纷。

"那人在干吗呢？"

"这都看不出来？明显是跳楼的节奏哇！"

"跳楼？为什么？"

"这年头，学生跳楼不是感情就是生活压力。"

"只有少数女生才这样吧？"

"谁知道？有些男生就他妈跟娘们一样脆，你有什么办法？"

"我认识他，他是林源啊！好像是大老板的儿子呢！"

"哦！我也知道他！我听说他阳光得很哪，怎么就想不开了呢？"

…………

…………

众人的议论已经难以传进夏薇的耳朵，此时此刻，她的眼里只有那个将生命悬在半空的男孩。

他到底要干什么？打从那天晚上那个叫林晓夕的女孩神奇地出现在她寝室门外，林源的状态就明显产生了变化。夏薇没有多说，也没有多问，她相信只需要时间，不管遇到什么样的事，男友都能好起来。现在看来，她想的还是天真了……这几天，林源身上到底发生了什么，以至于让他想不开？

夏薇无论如何也想不到男友要自杀的理由，因为她觉得世界上根本不存在什么迫使林源放弃生命，他是一个那样阳光、那样对生活充满热爱的人。

冷静……我需要冷静。夏薇摇晃着脑袋，林源约她来这里，没理由是要她看自己跳楼的。

可他到底想干什么？

夏薇越想越疯，根本冷静不下来。

她擦了擦鼻子，发现自己不知什么时候已经掉下了眼泪。

夏薇一直看着林源，但林源好像一直没看到她。

她拿出手机，打开联系人。林源在她的手机里，只备注了一个"他"字。她轻轻摁下了那个"他"。

随后，所有人都看到，图书馆顶上的林源，默默掏出了手机，看着手机上显示的号码。

这时已经有老师和校领导赶到现场，很多人大声呼叫："楼上的同学注意！莫要轻举妄动，你要想清楚，没有什么是你值得放弃生命的！"

诸如此类的劝慰，数不胜数。

图书馆楼下开始搭建营救措施，但谁都知道，楼顶那男生真要跳下来，这些营救措施只怕都派不上用场。

也有人悄悄坐电梯到楼上，却发现从十六楼通往天台的移动楼梯被撤了。他们只得在上面大喊："梯子没了！快去找梯子！"众人手忙脚乱，一时也不知道这样的梯子要去哪里找。

天台上，林源看着手机，缓缓把目光移到夏薇脸上。

终于看到我了……夏薇捂着嘴，不让自己哭出来。

"接，快接啊！"夏薇心里在大声喊，但嘴上却哽咽着喊不出声来。

她看到，林源把电话贴在了耳朵上。

"薇薇……"

这……这是怎么回事？

林源并没有接通电话，听到的声音是从刚刚林源给她的微型耳机里传来的。

"薇薇，看着我，不要害怕。告诉过你了，今天一切都听我的。接下来你只要按照我给你的这段留言做就好，听明白了就摇头。好吗？"仍然是耳机的声音，电话只有嘟嘟的拨打声。

这是……留言？夏薇有些错愕。

为什么是摇头？

夏薇不懂，然而还是看着林源，缓缓摇了摇头。

"很好，接下来你不要说话，按我说的去做就好。我要你做的事情很简单，待会儿我会给你两种指令，分别是'左'和'右'。听到'左'的时候，你只要轻轻跺一下左脚；一样，'右'的时候，跺一下右脚。不要有错误，不要有遗漏。保证你能做到就摇头。"

夏薇当然又摇了摇头。

"下面，放下你的手机，眼睛不要离开我，我们开始吧。"

接着，夏薇看到，天台上的林源丢下手机，双臂缓缓张开。

林源的手机从十六层高楼坠下，在阳光下成为了碎片。

"跳了！他要跳了！"

"同学，别想不开！赶紧下来！"

"各部门注意，各部门注意，随时准备营救！"

而随着林源这个张臂的动作，很多围观的女生都已经尖叫了出来。

夏薇顶着巨大的压力，缓缓将手机放下，听从林源的命令，双眼一直没有离开他。

随后，她听到耳机里传来的指令。

"左左右左。"

夏薇立刻跟着林源的指令跺脚。

"左。"

"左右左。"

"右右。"

"左。"

"左右右左。"

"左左左。"

"左。"

"右左。"

"右右右"

"右。"

"右。"

"右右右。"

"右左左。"

"左左。"

"左。"

"好了！"

林源指令报得比较快，十多个左右左右下来也只用了一分钟，不过已经足够夏薇反应了。

等夏薇完成所有指令后，只见林源张开的双臂慢慢放了下来，人逐渐后退，消失在楼下所有人的视野中。

"咦？他怎么不跳了？"

"搞什么呀……"

夏薇当然也觉得非常不对劲。林源到底在干什么？他叫自己做这些有什么目的？

没有多久，林源再一次出现在大家的视野中，这一次是出现在楼下，让很多人松了口气。

夏薇立刻冲了过去，狠狠抱住了林源，并用力敲打林源的胸，口中呜呜地叫着，却说不出一句话来。

"谢谢你薇薇。"林源抱着她，拍着她的肩膀，"我还有事要做……记住，今天要听我的哦。"言罢松开夏薇，转身就走了。

"你要去哪儿？"夏薇问出这句的时候，林源却已经走远了。

围观的众人，包括老师学生在内，也都没有跟过去，大家都是面面相觑，不明所以。

夏薇呆呆看着林源的背影，许久后才听到耳机里传来一句话："跟上来！"

那是林源的声音！

"臭小子，你到底要怎么样啊？"夏薇心里大骂，立刻朝林源离开的方向追了过去。

夏薇一路小跑到学校后面的密林，心里不断咒骂着。这个地方几乎没有人来过，原因是传闻以前闹过鬼。

不过她很快就看到了林源。

林源没有遇到鬼，遇到的是张猛。

张猛怎么会忽然在这里出现？

夏薇越来越糊涂。

"林源！"张猛似乎很火大，"终于让老子在没人的地方逮着你了！"

逮着？

他们俩不是好朋友吗？

夏薇感觉腿都动不起来了。今天发生的一切，未免太过诡异。林源的一切举动，也是反常至极。

"你找我做什么？"林源抬起头，没好气地瞪了比他高一大截的张猛一眼。

"昨天下午，你偷了我酒店最贵的酒，你以为我不知道？"张猛气冲冲地对林源说，"咱们以前是同学，你有什么喜好直说便是！他娘的还用偷的把式，亏你他妈还是狗屁大学生！"

偷酒？

夏薇想起来了，昨天下午林源醉醺醺地离开张猛酒店时，怀里的确揣着一瓶酒。她当时还以为是张猛送给他的，没想到……

"我没偷你什么酒，滚开！"林源毫不示弱。

"你让谁滚开？今儿个不把这事弄清楚，老子还凭什么在这个城市混？"

"你！"林源好像想到什么，叹了口气："或许真的是我……但是，不是我……"

"什么是你又不是你？你他妈到底要说什么？"张猛不依不饶。

刚刚沉下气的林源又怒了起来："是我又怎样？你就这么小气，拿你一瓶酒也要计较？"

"老子就是要你这兔崽子给个交代！"

"fuck！"林源居然说脏话了。

他骂完这一句，立刻捡起地上一块石头就往张猛身上扔。

"林源不要！"夏薇大喊了一声，但已经迟了。她也知道，林源平时脾气好，但脾气好的人一旦发起怒来，往往比脾气差的还要可怕。

这一下林源几乎是用了全力，当然砸疼了张猛。

"妈的！你个兔崽子活腻了是吧？"张猛也从地上捡起一块大石头。

"来啊！反正我也不想活了，活着只会祸害更多人！你来啊！"林源指着自己的脑门，恶狠狠地说。

"张猛！"夏薇冲了前去。

这时张猛的暴脾气已然遏制不住，一石头重重砸在林源脑门上。后者闷哼一声，当即倒在了地上。

林源倒地后，张猛看了看自己的手，又看了看躺在地上的林源，目光变得呆滞，显然也有点不敢相信自己刚才做的事情。

"林！林！"夏薇哭嚷着过去抱住了林源。

张猛则摸着脑袋，不知所措。

"快带他去医院吧……"也不知夏薇哭了多久，张猛才闷声说了一句。

"滚！你给我滚！"夏薇带着哭腔说。

"妹子，你刚刚也该看到了，是他气势汹汹，都没法说理啊……"

"那你就把他往死里打吗？"

"我……唉你也知道俺这脾气，一下控制不住就……唉，现在说这也没用，他现在重伤，还是赶紧把他送医院吧，耽搁了可就，就真得出大事了。"

在张猛的劝慰下，两人一起把林源送到市二医院紧急治疗。

二十一点，市二医院。

一辆银白的奥迪停在医院的停车场，从上面走下一名身材略显消瘦的男子。

他行于月色，又消失于月色。

他走到医院咨询台："我找林源，能帮我查一下他在哪号房吗？"

"病人家属？为什么不自己问？"护士一边拿出登记本，一边打着哈欠。

"他手机摔碎了。"男子面无表情。

"1625号房，自己找！"

"哦？真巧……"男子笑了。

"巧什么巧？"

"隔壁住的，恰巧就是他妹妹呢……"

男子乘电梯来到 16 楼。

1625 号房门口，灯光相当昏暗。

男子站在门口足有一分多钟，最终还是没有敲下去，而是走到了隔壁的 1627 号房门口。

正当他要动手敲门时，听到背后传来一个熟悉的声音。

"你到底要找我，还是找她……"

男子回过头，看到的正是林源。

而后者一扫先前的颓态，胸有成竹地说出后半句话：

"小陈叔叔。"

27 真相的还原

"林源，你在说什么？"男子回头看着林源，一如既往的冷漠。

"陈宏，不用再装了。被毒死的人，是你哥哥陈斌，并且是你逼他服毒，导致他自尽的。"林源淡淡说道："看来我今天演的两出戏，真是把你引过来了……"

"演戏？"男子看着林源头上缠的绷带和那个猩红的点。

"不演真一点，岂能让你相信……"林源抚平了一下头上的绷带。

这时，林源背后又转出三个人，分别是张猛、夏薇，以及黄俊。

夏薇看着林源对面那男子，小声问林源："林……这，这是怎么回事啊？他不是我们学校的陈教授吗？"

"不！他是陈教授的孪生弟弟，叫作陈宏。"林源闭上了眼睛，想起了怀婷坠楼的那幕，心里默念，"婷，你死得好可惜……如果你能再坚持一下，等到今天，该有多好？"

夏薇则完全不懂，只是轻轻地"哦"了一声。

与夏薇一样，张猛以及被林源打电话叫来的黄俊也都不知道是怎么回事。

张猛问林源："兄弟，今天咱俩到底唱了出什么戏啊？俺可是真往你脑袋上砸了一下，这可不是闹着玩的！"

"这个明天告诉你们。张猛，你先送薇薇回学校。"林源冷静地说。

"哈？"夏薇可就不肯了，"死林源你让我糊涂了一天，也不要和我解释一下吗？"

听着张猛和夏薇的一人一句话，男子微微低了下头，轻笑道："看来这回真被你摆了一道。你真有胆量，让两个不知道剧本的人和你演戏。"

"正因为不知道剧本，戏才接近真实。"林源回答。然后他回头看着夏薇，声音变得柔和起来："薇薇，明天，我会告诉你一切。今天，听我的，好不好？已经很晚了，早点回去休息。"

带着一股脑的疑惑，夏薇和张猛离开了二医院。

"林源，你叫我来干什么啊？还要带警卫！"剩下一股脑疑惑的是警察局的黄俊，他知道的可能比离开的那两个人还少。

"表哥。面前的这个人，就是杀害外公的元凶。我是让你来逮捕他的。"林源看着面前的男子，一字一句地说。

"哈？"黄俊怎么也没想到林源会来这样一句。不过出于警员的敏锐，他还是反应式地拿出了手铐。

"陈宏，我知道以你的身手，完全有反抗的能力。但是你也应该知道，既然我能把你引到这里来，当然也有把握逮捕你。"林源说的话显然是在警告。他说话的同时，黄俊已经把男子铐住，中间男子并没有反抗的举动。

"林源，这到底是怎么回事？"黄俊看了看林源，又看了看他完全不认识的，林源口称"陈宏"的人。

"表哥，我先单独和他谈谈。"

1625 病房，坐着两个人，灯光并不亮。

"作为一名绝对意义上的天才，我认为你没有到现在还不承认的必要。"林源给对面的人递过一支烟。

"我承认，我是陈宏。"他戴着镣铐的手接过烟，终于承认了。

打火机点燃了这根烟："没想到我摆布了你这么多次，最终还是被你摆布了一回。"

"然而这一次，足以挽回之前的每场败局……除了，死者不能复生。"林源叹着气说。

"这可未必，要看你究竟看穿了多少。"陈宏深吸了口烟："今天你要说的话很多吧……打算从哪里开始讲呢？"

"最近我们见面的那次。"林源也点燃了一支烟，这是他第一次抽烟，"也就是今天。今天中午在你家，我告诉过你，我说的不能，不是你所理解的不能。我说的不能，只是想告诉你，根本就没有另外一个我。所谓的双重人格，只是别人扣在我头上的幌子。那个人，自然就是你了。"

"哦？"陈宏笑了，"我不相信你一早就看出来了。"

"当然没有。昨晚，我和怀婷通电话，我们一共说了六件事情，每一件事情的最终矛头都指在了我身上。当时我也无法解释这一切，并且也开始认为我身上存在另外一个人格，但是……"林源话锋一转，身体微微前倾，"怀婷死前忽然睁眼，做了一个很奇怪的动作——往下拉自己的衣领。她当时不能说话，只能用眼睛向我传递信息。"

"你看出什么来了吗？"

"我看出，她想到了之前和我通话中忽略的事情。这件事情，足以对她先前的推断产生怀疑，所以她才会在死前睁开双眼。"

"那么，她到底想到了什么呢？"陈宏显然也不知道怀婷死前还有这样一个细微的动作，饶有兴致地问。

"当时我也不知道。不过，她这个举动，让我意识到——事情并没有她，也没有我想的那么简单。也正是因为她的举动，我开始质疑，开始探寻。"

"继续说。"

"我们所说的六件事情里面，有一件的过程，我感觉自己是完整经历过的。大前天晚上，我在你房间里看画，过程中的确有倒过一杯咖啡，但是我印象中根本没有下过什么毒。怀婷的理解是，我的第二人格在短时间内占据了我的身体，在咖啡里投放了氟乙酰胺。而就我当时倒咖啡的感觉，自己的思绪是在短时间内处于游离状态，因为我在想画作的问题，所以当怀婷说起的时候我也找不到理由辩解。再加上其他几件事的穿插，影响到我单独将这件事提炼出来思考。"

"而后怀婷死前的动作让你对自己是否有双重人格产生了怀疑，所以你又冷静下来分析当时的状况。"

"对了一半。我的确是冷静下来思考，不过想的场景不是在你的房间，而是我的室友——乐小豪。"

"你想的还真是多。"陈宏不知是在赞叹还是嘲讽。

"因为带到你们家的氟乙酰胺，据怀婷的分析是我从乐小豪那里拿的，这是线索的开始。乐小豪很久以前就和我是同学，他最喜欢化学，但迫于家庭原因，选择了文科。现在，他又重新冲击化学方向的研究生……"

"你确定你说的这些是重点？"

"自然是……"林源放下烟，"如果乐小豪在骗我，如果我根本没有从他那里拿走氟乙酰胺，那么我下毒害死你的结论就不能成立了。那么，我室友难道和这件事情有联系吗？我一开始也完全不知道，直到得知他的铃声和怀婷一样，并进一步得知怀婷最近交的男友，也就是送她包的那个男生，竟然就是乐小豪。"

"然而这也没有什么奇怪之处，无非就是他们俩都不想让你知道罢了。"陈宏说。

"不，奇怪的地方并不在这里。乐小豪这段时间都在潜心学习，我也能清晰地感觉到考研对他来说非常重要，而他因为多年学文，要考上这个研究生也是相当困难。既然如此，他为何会在这么关键的时刻寻找恋爱对象？"

见陈宏不语，林源自己回答："因为有人给他承诺，如果听从命令，就可以将他保送为研究生。在H大有这样大能耐的人不多，恰巧声名远播的陈斌教授就是其中一位。于是，等于是你以利益为诱饵，在暗中控制乐小豪。"

"为什么是我？"

"陈斌只不过是你摆在明面上的一个傀儡，幕后的一切都是由你操控的。关于这一点，我等下会说到。而我为什么会这样去想，你又为什么会选择乐小豪，有三个原因。第一，乐小豪是我的室友，可以经常观察到我在宿舍的举动，并向你反馈；第二，根据怀婷对她哥哥怀炎的描述，乐小豪的外在形象与怀炎有几分神似，他有可能和怀婷成为恋人；第三，也是最关键的一点，乐小豪有个特长，他可以模仿别人的声音，并且非常难辨别出来。你让他接近怀婷，也正是用他可以模仿别人声音的特点来对我们产生误导，并且——你成功了。"

"接着说。"

"那段留言，根本不是我给怀婷的。留言的那些话，也根本不是我要说的。这一切都是你安排乐小豪去做的。什么隐身斗篷不见，什么车上有第四个人，不过都是你的幌子，目的就是让怀婷对我产生怀疑，也让我自己对自己怀疑。怀婷明明接到我的留言，而我却一无所知，其实仅凭这一点，她就可以直接下定义——我身上具备双重人格。然而你又知道，不管是怀婷还是我，都不会仅仅因为一件事情就妄下论断。因而，你人为地制造出了一系列让她以为我身上有双重人格的假象。"

陈宏没有否认，而是淡笑着说："连你室友都信不过，看来你也对这个世界充满怀疑啊。"

"是环境和遭遇，逼迫我往必要的地方去思考。老实说不止是乐小豪，连夏薇我都怀疑过，因为她的手机铃声也和乐小豪、怀婷一样。我有两次突如其来试问她，她表现得茫然而一无所知，我才知道错怪她了。"

"你也很多疑呢……"

"与其说是多疑，不如说是谨慎，'透明人'迫使我谨慎。"

"哈……我觉得这是一样的。继续说下去吧。"

"推出乐小豪被你利用，除了上述理由外，还有是依照结果推原因的。那天我在公园睡了一下午，醒来后打夏薇电话，隐约听到她的铃声。当时我以为是幻觉，现在仔细一想，我有理由认为并不是幻觉，只不过在我附近的不是夏薇，而是手机铃声和他一样的乐小豪。也就是说，当时乐小豪也在公园，并且离我不是太远。他出现在那里，就是为了指示那个穿溜冰鞋的小孩和我说那些话，让我误以为自己中间离开过却一无所知。当然，这些都是你指使的，而我，只是在公园睡了一下午，根本没有离开过。"

"漂亮！"陈宏轻拍了一下掌。

"推到这里，其他几个问题也就变得显而易见了。大前天，我身体不适被送到医院，见到怀婷后，她因我问的问题感到奇怪，因为据她所知是陈斌教授打了我的电话，然后告诉我让怀婷来看我，但我醒来见到怀婷后却表现得一无所知。事实上，这也仅是据她所知，你我之间并没有通过电话，存在我手机上我和你的通话记录，有可能是医生接的，又有可能是你派了什么人去接的，这并没有一点难处。而你这招精妙之处就在于，你知道怀婷当时并不会在意这样的小事，她完全可以认为我因为过度疼痛而不记得这个电话，也就不会去深究。直到后面，连续死了两个人，使我成为怀婷心中第一嫌疑人后，她再想到这件事，便进一步确定了我具有双重人格的事实。"

"很好，我可以告诉你，那电话的确是医院的医生接的。继续！"

"大前天晚上，在陈斌车上，怀婷接到的那个留言，是你吩咐乐小豪留给她的，怀婷误以为那是我的声音。后来乐小豪又欺骗怀婷，让她认为氟乙酰胺是我带到那里去的，加上我明明给了她一段留言却否认，显而易见，她认为你是被我毒死的，而我要么就是一直在骗她，要么就有第二重人格。根据重重表现，她显然更愿意相信第二种可能。这个时候你又让乐小豪说出一件假事，那就是当夜我出去过，火是我纵的，外公是被我害死的。由于怀婷本来就对我失望，又听到这样一件看似合理的情况后，更是对我具有双重人格深信不疑。但是，今天我碰到室友王昆，问他我那夜是否离开过，他的答案也是'是'，不过十分含糊。我想王昆是被人威胁过，不敢告诉我真相。今天下午在寝室思考的时候，我也想打电话向乐小豪询问事实，但我知道他只是一颗棋子，又不想为难于他。于是我自己寻找没有去过青韵的证据。在青韵的树林里，有一种特殊的青藓，这种藓黏附力非常大，只要踩过去必定粘在鞋上。今天下午我翻遍了我们寝室所有的鞋，除了那天我救火穿进去的那双，其他鞋上都没有粘上这种藓。而那双鞋，我记得非常清楚，凌晨我从床上跳下把它穿上的时候，也是没有带上这种藓的，说明这也是在我进青韵救火后才粘上的。由此推出的结果就是——我当晚一直睡在床上，没有离开过。门，显然是被乐小豪打开的。至此，以上所有指向我具有双重人格的条件，事实上没有一件是成立的。"

自始至终，陈宏都没有瞥自己手上的镣铐一眼。

自始至终，林源也没有管缠在头顶的绷带以及那个伤口带给他的痛感。

陈宏连连鼓掌："妙！实在是妙极！真没想到你竟然看出了这么多！那接下来，你是不是应该向我解释一下，你为何知道我是陈宏，而不是陈斌？"

"这一点我是刚想明白不久的。主要是依据我外公留下的证据，以及你墙上的那些画作。"

"哦？那些画，你全部能看懂？"陈宏饶有兴致。

"既然你能明目张胆摆出来给我看，那我又怎么会让你失望呢？"林源闭了下眼，"通过之前的推理，我能明确地知道自己没有第二重人格。但是，还没有非常明确的证据指明是你在陷害我，也没有证据表示我外公、陈斌，甚至是怀婷的死，都和你有关，尽管我对这个结论深信不疑。其实直到今天下午，我还以为死去的就是你而不是你哥哥，直到我看懂这张纸条的含义。"

林源拿出黄远山留下的那十个数串，均写在一张纸上：13112、1719、1812、1933815、2216、252517、26371114、3211、33110、36341316。

"这是什么？"难得见陈宏轻蹙了一下眉头。

果不出林源所料，即便陈宏也对此一无所知。

"我外公在一本《新华字典》上留下的一些数字。不仅隐藏的地方难找，表达的方式也非常隐晦，可见他对某个人的防备心有多重。"林源在"某个人"三个字上加了重音。

"哈，他也真看得起我。"陈宏闭了下眼，过了几分钟才睁开。其间林源也没有去打搅他。

"我刚才试了很多解码方案，并没有想到怎么破解。黄远山那老头，还真有两套。"陈宏带着些许欣赏的语气，"想当年，第一个想到魅之鬼城出口的，也是他。"

"我也是今天下午才知道这是什么意思。要将汉字用数字的方式表达出来，必定要通过一个载体，这个载体可能是钢琴键，可能是 ASCII 码，也可能是输入法的多次转换……"

"都不是。"陈宏摇着头。

"这些数字都是以 1、2、3 开头……"

"键盘！"陈宏思维非常快。

键盘字母刚好占三行，数字要转化成汉字，用字母是最直接了当的方式。

林源心底苦笑，他是今天看到那个从天而降的键盘，并且知道第一个数字在《新华字典》中"jian"拼音的地方，才联想到键盘的。而陈宏只是稍微一点拨就明白了。

"那么第一个数字的含义是行，第二个数字当然就是列了。十个数串分别代表 e，u，i，o，s，g，h，x，c，n。这是什么意思？"陈宏还是想不清楚。

"那就要往后看了。"林源也想看看，陈宏究竟有多厉害，所以也没有把自己推导出的结果第一时间说出来。

首先要把这些数字和键盘联系起来就不容易，而要想到数串前两个数字分别代表行和列亦是困难。然而，更为巧妙的地方，其实还在后面。

陈宏思索了两分钟左右，摇了摇头："后面这些数字很难理解，你还是直说吧。"

陈宏这话多少有点出乎林源意料。

"我以为你愿意多花点时间，好好去想的，毕竟这是个富有挑战的问题。"林源抖了抖烟。

"如果让我恢复到你这样的年纪，我自然愿意。现在我老了，已经没有挑战难题的心思了。"陈宏吐了个烟圈。

"那你为什么要做这一切？"林源本以为今天已经克制一切情绪和他说话了，但是在说这句话的时候，仍然有种咬牙切齿的感觉。

"那是我的兴趣。"陈宏淡淡回应。

"我从没听说杀人也能成为一种兴趣，即便是杀手，我也不认为他会享受杀人的过程。"

"是吗？那么第一，你还是太年轻。第二，我没有杀人，虽然我承认，没有我，他们都不会死。第三，你还是解释一下这些数字吧。"

林源双目短时间内出现了火焰，但他很快冷静了下来。林源拿着纸："你已经知道了这些数串前两个数字的含义。那么就要接着往后看，第三个数字，会是什么意思？我一开始也没明白，直到我想到，每个数串中第三个数字越大，整个数串就越长。由此问题迎刃而解，第三个数字代表前两个数字推出的字母重复的次数，1 就是一次，2 就是两次；第三个以后的数字，则代表字母所处的顺序号。"

林源已经说得非常清楚了，见陈宏闭目不语，便接着说："譬如 13112，表示字母 e 出现一次，位于推导结果的第 12 位……"

这时陈宏已经睁开眼睛，并且仰面而笑："凶手陈宏！哈哈！黄远山这老头，用这么高明的手法，最终隐藏的竟是一组拼音。"

林源则很冷静地说："没错，数串最终解出的答案，就是'xiongshouchenhong'，也便是'凶手陈宏'。看来外公早就看出你的身份。你是不是该解释一下，我外公是怎么知道你身份，却又没有说出来的？"

"你说的这些，似乎还没有达到可以让我招供的要求吧。"

"那我就继续往后说了。外公为人非常谨慎，他留下的东西，必然有很大意义。在推断出我并没有双重人格后，首先想到的当然是陈斌，毕竟所有人都认为你已经死了。而得到外公留下这些数串的含义后，我又疑惑，陈宏明明死了，又怎么会是害死外公的凶手？于是我又联想到另外一件事，我室友王昆和我说，陈斌的学术水平并不高，原因是他提过一个问题，陈斌答不上来。当时我觉得陈斌是不屑于回答，而后在我解出'凶手陈宏'这个答案后，我问了一些人，发现他们中也有不少和王昆反应一样。一直以来，我都有在怀疑，你和陈斌以交替的身份出现。这一条线索，很好地印证了我的想法。"林源丢下抽完的烟。

"于是，你就懂了我房间里几幅画的意思。"陈宏说道。

"没错。四五六幅画中，第四幅一人往前，一人往后，往前的是陈斌，往后的是你，说明在争夺刘佳慧阿姨的竞争中，你逐渐淡出。第五幅画一男一女牵手，表示最终刘阿姨和陈斌走到了一起。这两幅画的意思我第一次看的时候就大概看懂了。可是第六幅，画的是一艘船，船上有一应俱全的食物和用品，船身精致，水面平静，不过从荡漾的水波来看，又感觉随时可能有大浪。当时完全不懂，但把刚才说的一切结合起来，就非常明确了。陈斌的确没有什么水平，他所取得的成就，其实都是你一手缔造的，他则赢得了名声。第六幅画那艘漂亮的船，指陈斌，是说他拥有了一切，声名远播，而涌动的潮流则是你，意为水能载舟、亦能覆舟。暗示你可以赋予他名誉，也一样可以毁了他。"

陈宏点点头："既然你完全看懂了，我就给你补充一下吧。佳慧本来是我的人，但最终投入了陈斌的怀抱，以至于我对功名利禄都没有兴趣。私下里研究出的成果，被陈斌盗用而去，这算是我刻意而为。后来他靠我的这些研究上位成教授，并广受好评……哈哈，他看到这些画后完全有机会杀了我，但他没有，说毕竟我是他亲弟弟，怎么下得了手——都是狗屁！因为我死后，他就什么都不是了，所以他根本不能杀我，还要靠我来维持他的名声。"

"我记得他把各项荣誉挂满在家中第二层楼的会客厅，可见陈斌极其虚荣。所以他也逐渐沦为你的利用品，并且最终你以此为要挟，夺去了他的生命。"林源说道。

"接着说你的推理。"陈宏点燃了第二根烟。

林源点点头，说道："陈斌假教授的身份一直没有暴露，是因为你和他交替出现，正常人也根本没法分辨。"

"你想说你能分辨？"陈宏笑了，"那你倒说说，几次见面中，何时是我，何时又是他？"

林源轻咳了一声，徐徐说道："两个人，外貌一样，声音一样，而你又完全有模仿成他的能力，所以一直以来我都无法分辨。但现在我想明白了，两个人，终归是两个人，具体表现出的内质与外在，总是要有区别的。你和他的区别就表现在，你始终给你旁边的人带来压迫和阴暗之感，他没有。所以，从那一晚公交开始说起，那个搭载我的公交司机是陈斌，他的话里没有讨论人性，也听不出阴暗的感觉。后一天，在学校的大学生活动中心观看表演的，是你，包括你讲的三个故事，包括你的各种观念，都是你哥哥陈斌不可能表达的。看完表演后，你去接怀婷回家，整整隔了一个多小时的时间，当时我还颇感烦躁。怀婷明明就在学校，接她不用这么久，所以这一个多小时里，是你们兄弟俩完成身份的交替，你回家做准备，并控制那段乐小豪提供留言的拨通时间，而当时接我和怀婷过去的，则是陈斌，他在车上基本上一句话都没有说，换成是你，想必不可能一言不发。晚上到了你家后，你出现在我们面前，并和我说了一句话，你说你和我刚见面不久。在当时我的观念中，我和陈宏是一直未曾谋面的，要说见面也得追溯到十三年前。现在我明白了，因为下午和我一起看表演的那个人是你，所以你才这么说。在你那儿看完八幅画之后，你留在了房间，陪我们一起吃饭的是陈斌，而你，我所料不错的话，你当时在楼上，在那杯咖啡里，投放了氟乙酰胺。饭后陈斌上楼一次换衣服，你们两个身份再次交替，送我回学校的人变成了。陈斌受到你的要挟，你可能和他说不愿意喝下毒就把他的秘密泄露出去之类的话，陈斌最在乎的是名，为了名，他宁可选择死亡，所以当晚他就躲在阁子内服毒自尽，而你则来到学校，并在半夜制造出那起火灾。"

林源一口气说完上面的推理，拿起边上的水杯咕噜喝下一整杯。喝完后，林源继续说："所以，尽管你们长相一样，声音一样。但他终究是他，你终究是你。

两个人，就是两个人，不会完完全全一样的。"

"唔！"陈宏丢下手上的烟。难得的，他在看林源的眼光中，也露出了些许钦佩之色。

林源放下手里的杯子，继续说："所有过程，都是你为了除掉我们几个的手法而已。但是你没有直接杀死任意一个人。《七宗罪》里面，凶手约翰·杜利用基督教七种罪孽，暴食、贪婪、懒惰、愤怒、骄傲、淫欲和嫉妒制造了七桩命案。而你，则反其道而行，以我们国家一直崇尚的品质为行凶之法，迫使他人自主选择死亡。陈斌之死，是因为名；我外公的死，是因为仁，明知有危险，还是救了那个女生；怀婷之死，是因为信，乐小豪抛弃了她，而我是她认为主使一切的元凶；至于我，你把双重人格的暗环加在我身上，认为我为了不再伤害他人，也会选择自尽，这是我一直以来崇尚的品格——德。"

说到这里，林源看了一眼陈宏："十三年前，你制定了魅之鬼城七日的杀人游戏，但结果出乎你的意料，没有人去杀害别人。但是你并没有因此甘心，在十三年后，你继续游戏，并且有了一套新的规则——你要让我们每一个人，都死在自己所崇尚的品格下，因而有了这几天发生的一系列事情。并且我不得不说你的方式非常特别，你自己设定的游戏，居然把自己也兜了进来。"

"自己把自己兜进来，你觉得我这么有格调？而且，既然是我设定的杀人游戏，为何我不杀了你们这些人？"陈宏笑了笑。

"因为，真正有第二重人格的人——其实是你。"

听了林源这句话，陈宏慢慢收敛了笑容。

林源说道："我起初并不明白你是怎么想到给我戴上一个双重人格的暗环，毕竟这个需要的可不是一点想象力。现在我知道，是你自己有双重人格，而你把这种特性，潜移默化地转接在我身上。"

"为什么——我有双重人格？"陈宏身体微微前倾，手铐发出轻微的声响。

"我既能自称看懂了八幅画的意思，不会连这个都不知道的。最后一幅画，是你的自画像，可是这幅画画得很不像，各种线条的勾勒都不明朗，与前面几幅画相比可谓大失水准。第七幅画，是一幅双重人物画像，既可以看到少女，又可以看到女巫。于是我在想，第八幅和第七幅放在一起，是不是也意味着它也有两重含义？两个线索结合起来，思路就清晰了——这幅画之所以画成这样的水平，是因为它除了自画以外，里面还可以看出另一层事物，为了达到这个目的，笔画的勾勒不能完全依照人物本来的面目刻画，导致画作水平看起来非常一般。而这幅画的第二重意思，是必须从上往下，反角度看。也就是说，这幅画倒过来，看到的是完全不同的事物。我今天中午在你家的时候，特意花了大量时间看这幅画，才看懂——这幅自画像倒过来，是一个魔鬼的头像。"

陈宏戴着手铐的双手再一次鼓掌："厉害，林源。我必须承认，你真的很厉害。就算是经常和我接触的陈斌，这么多年也不懂这幅画的含义。那么，你看出了这幅画倒过来是一个魔鬼，又能说明什么？"

"我第一反应是你自认为以一个魔鬼的形象存活在这个世界上。仔细一想觉得并不合理，因为如果是这样你似乎没有必要表示得这般隐晦，只要在自画像上稍微润色一下，修补几笔，就可以表达这层意思。所以，正画和反画截然不同，并不是为了反应你以魔鬼般的角色存在。那么，解释这幅画，就需要和之前的画作结合。第一幅画是一条眼镜蛇，第二幅画是含羞草，第三幅画出现了一条大狼犬，狼犬和含羞草依偎在一起，而眼镜蛇则被赶跑。我第一次看到这三幅画的理解是，眼镜蛇是陈斌，含羞草是刘阿姨，大狼犬是你。然而现在来看，并非这么回事，因为你不太可能把陈斌刻画成丑恶的毒蛇，尽管你不喜欢他，但也会以事实为根据。这三幅画再联系上最后一幅，就可以看出意思了。在你的身体里面，存在两个不同的身影，一个是展示在世人面前的保镖，一个是不为人知的魔鬼，这是你用正画和反画表现出两种完全不同形象的真正原因。而含羞草指的是刘阿姨不错，但眼镜蛇不是陈斌，而是你。眼镜蛇和大狼犬都是你，眼镜蛇指魔鬼的、邪恶的人格，大狼犬是保镖的、正义的人格。"

"你说话真直接啊……不过我喜欢。"陈宏笑道。

"现在，我已经没有任何需要保留的了。"林源说道，"八幅画结合起来，正如你当时所言，是在说你的故事。你本来的身份一直是一名保镖，同时对科技有独特的爱好和研究。有一天，你忽然发现自己身上出现了第二个人格，这是第一幅画。美丽的刘佳慧阿姨走进了你的世界，她在你的内心占据了极其重要的部分，这是第二幅画。为了得到年轻的刘佳慧阿姨的芳心，你强行将邪恶的那重人格压制，并成功和刘阿姨相依相爱，这是第三幅画。可之后，邪恶人格又在涌动，并制造了魅之鬼城的一系列事件。从鬼城出来后，保镖人格的陈宏受到剧烈冲击，性情发生了很大变化，也让刘阿姨对你的认识产生改变。这时，你哥哥陈斌出现在本来只有你们两个的世界中。论本事，他远远不如你，但刘阿姨被他的简单和真诚打动，慢慢靠向了他。于是陈斌的光芒越来越强，你则越来越暗，这是第四幅画。最终，刘阿姨和陈斌结成了一对，这是第五幅画。在此之后，保镖人格的你逐渐因为恋情的打击陷入半疯狂状态，而另一个人格经常出现占据你的内心。你们之间彼此都知道对方的存在，甚至有过交流，但一直以来正邪交并，没有一方能够完全压制另一方。这时邪恶人格的你开始了各项研究，并且把成果交给了哥哥陈斌——主动的人是你，这也为你后续控制陈斌为傀儡埋下伏笔。而后陈斌获得各种名誉，这也正是他最在乎的东西。所以第六幅画表达，水能载舟，亦能覆舟，指明你随时可以毁了陈斌。第七幅画和第八幅画必须结合起来，是你对自身的一种表述，指明你也和这幅少女巫婆二重人物画像一样，体内蕴含着双重人格。"

"本来我以为这些需要我来告诉你的，看来也不必了。"陈宏道。

林源接着说："你之所以参与进自己制作规则的游戏，是给另一个你'玩'的。那么现在，我们就可以聊聊魅之鬼城七天的事情了。"

林源已经感觉口腔、喉咙和肝脏都很不舒服，但他还是决定把剩下该说的说完。

"关于'透明人'的身份，在我听完、包括看完七天的叙述后，有两个比较明显，同时又合理的推论。第一是'透明人'就在我们七人之中，事前事中事后，他对我们的了解都出奇的详细。第二是子午禅师就是'透明人'，两人所表现的气场基本一致，神秘之外，所言所举如出一辙，而且有能力杀死怀炎，恐怕也有必要依靠'隐身'的办法。这两点基本上大家都想到了，所以怀婷死前也跟我说子午禅师就是'透明人'。"

陈宏笑道："因为隐身斗篷是我研制出来的，而'透明人'一直以看不到的状态存在，也必定借助了隐身斗篷这样的道具。所以'透明人'就是我。你要是这样推我也无可厚非，不过这可没有体现你之前的逻辑水平啊。"

"不。隐身斗篷的确是你研制的，但是仅以此不足以判断出你就是'透明人'，因为其他人也完全有可能使用到这件东西，所以只能说你的嫌疑最大而已。"

"继续说。"

"前面说到过，'透明人'与子午禅师有极大的可能是同一个人。那么问题来了，子午禅师只出现过一次，在怀婷的日记当中，当时的时间是第五天，陈斌和林晓夕一起在子午塔上遇到子午禅师，随后怀炎出现，也就是说这三个人绝无可能是子午禅师。另外，当时我和怀婷在去往城市的路途中，而你和我外公则在鬼湖东南，在那里研究出口的位置，这样一推没有人会是子午塔上的那个子午禅师。然而再次阅读怀婷的日记后，我发现一个细节，怀婷的原文是'陈宏在魅之鬼城第五天潜入水中，直到第六天天亮，他才浮出水面'。人无道具情况下，能在水里停留的时间，绝无以小时为单位的可能，更不要说天。也就是说，在探寻水底出口的时候，你应该会有浮出水面换气的时间，但是依照怀婷的语意，你就是在水下潜了这么久，中间没有出现在我外公的视线中。如果没有想到前面那一层，我可能会理解为，你浮到我外公视野之外的地方去换气了。但是，事实上，你根本就没有在找什么水下出口，而是直接前往子午塔，以子午禅师的身份出现在陈斌和晓夕面前，并在第六天后才回到原地。"

"哈哈哈……"陈宏仰面而笑。

"有了这些，是否足够你和我说一些我不知道的事情了？"

"比如？"

"我只想问两个。第一，杀人规则是你制定的，你的目的不出我意料的话是想看我们这些人在只剩本我的前提下，会做出怎么样的事情来。而你自己也参与到游戏中，是要测试你的正义人格在没有'超我'的约束下，是否会为了自保而杀死其他人，是不是？"

"理解大致不错。"

"可是七天中，你的邪恶人格也不止一次出现过。"

"那是当然，毕竟当时在这具躯体中，占主导地位的是我。而我也没有影响你们的游戏，只是以催化剂的作用，润滑你们的进程。"

"你都直接杀人了，居然还说得出没有影响？"所谓"杀人"，当然是指在子午塔中被害的怀炎。

陈宏只是摇头笑笑，并未说话。

林源继续说道："关于我外公死亡的一些问题，我也想清楚了。首先，外公死后，警方查过他的所有通讯记录，查证他当晚是被谁叫出去的，却并未发现任何可疑之处。这点比较容易明白，因为事情是你做的，以你的能力，完全销毁这些信息并不困难。第二，孔明灯一定在那对情侣不注意的时候被你做过手脚，否则也不会恰巧掉下来。第三，关于这十个数串为何藏得这样隐蔽，我当时推断——能进这里，能看到这里所有书的人。陈斌正是其中一位，而你和他以交替的身份出现，所以这也不难解释了。"

"你说的，都很正确啊。"陈宏道。

"那么我的第二个问题是，我外公似乎早已知道你的身份，他为何不揭穿？"

"说白了，黄远山老头儿还是输在'仁'字上面。佳慧不久前发现我的不对劲，直接怀疑到我体内有存在第二重人格。她没有把这件事和陈斌说，而是告诉了与我们一家交好的黄远山。佳慧也大致了解我们十三年前经历了一件非常不一般的事情，并且元凶一直没有现形。她跟黄远山说，我体内似乎有两个人格，并且那个人格可能就是要找的元凶。黄远山将信将疑，这是他没有说出这件事的第一个原因——没有把握的事，他通常都不会说。另一方面，佳慧对我一直都念有旧情，她恳求黄远山不要把这件事请告诉别人，因为她相信我可以自己战胜自己而好起来……哈，到现在我也不知道自己战胜自己是个什么意思。黄远山那老头儿确是宅心仁厚，再加上他并不能确定这个信息的实情，所以没有说出去，只是对我多了一丝提防。后来随着他来我们家的几次接触，以这老头儿的智慧加上他本身的疑心，很快就发现我的确不对劲，但他还是惦念着佳慧和他说的话，一直不能狠下心。他留下你手中的这十个数串，是为了防不测，因为他预感我可能会对他不利。以这样委婉的方式表达'凶手陈宏'这四个字的内容，如你所言，是怕我发现而毁掉这一关键信息……对此我只能说，他实在想多了，我对他那办公间没有丝毫兴趣。如果他直接写下'凶手陈宏'这几个字，你可能很快就能把我找出，也不会有这么多事端。所以这样说的话，黄远山老头儿也是间接杀死怀婷的凶手之一呢……"

"你真敢说！"

"彼此彼此吧……"

"我走了！"

"我想你还有一些事没弄明白，为何不再坐一会儿？"陈宏带着笑意。

"我跟你，本就没什么好说的。六天的事情已经说完了！"

的确，从林晓夕那天晚上乘坐夜间公交到现在，刚好经历了六天。

第一天林晓夕坐公交车，黄远山设计魅之鬼城的场景试图让怀婷回想起鬼城第六天的记忆。

第二天，并不知内情的林源开始调查此事，根据线索查出了公交车的司机是陈斌。之后他又见到了黄远山和怀婷，才慢慢了解到十三年前的前因后果，同时知道林晓夕其实是他堂妹。

第三天，林源起床腹痛，送进医院。醒来后见到前来看他的怀婷，并见识了陈斌（实为陈宏）研制出的隐身斗篷，开始怀疑陈斌。接着林源和陈斌（实为陈宏）在学校观看表演，之间两人的对话让林源进一步对陈斌产生怀疑，晚上林源去往陈斌家里，途中了解到怀炎兄妹的往事。来到陈斌家后，林源参观了陈宏在自己房间画的八幅画。

第四天，H大景点青韵一场大火烧死了黄远山。在黄远山工作的地方，林源发现黄远山留下的一系列数串，暗示着什么内容。昏迷几天的林晓夕在医院醒来了，林源前去看她，发现晓夕对一切仍是一无所知。晚上林源再次前往陈斌家调查真相，却意外发现最有可能杀害黄远山的凶手陈宏竟然也死了（实为陈斌），而怀婷对他态度非常不好。

第五天，林源偶然发现怀婷的男朋友是自己的室友乐小豪。从乐小豪口中得知，那天晚上发生大火的时候，林源竟然出去过，同时让陈宏致死的氟乙酰胺，也是林源带到陈斌家里去的。奇怪的是，林源对这一切都一无所知。夜晚，林源和怀婷通了电话，通过六件主要事情的描述，怀婷确定林源具有双重人格，并认为林源就是他们一直要找的"透明人"，而林源也无从反驳。通完电话后，怀婷跳楼自尽。

第六天，因为怀婷最后回光返照的动作，让原本绝望的林源意识到整个过程并没有这么简单，他根据和怀婷讨论的六件事情在各个地方寻找线索，并将这些组织起来，得到了答案。

"你不要忘了，在魅之鬼城，可是有七天的……"陈宏伸手向林源递过一支烟。

"但是在这里，不会有第七天了。"林源没有接。

"是吗？"

"因为你马上要被警方逮捕。"

"那么，在我被逮捕之前，你似乎还有一件事没有告诉我。怀婷死前的动作，究竟是什么意思？"

林源闭上了眼睛，回想着怀婷临死前又睁开眼睛的那个动作。

很久，他才把眼睛睁开："晓夕告诉我，人在临死前的刹那，会回忆起自己的一生。那再短不过的瞬间，在濒死者脑海中却长如永恒。我和婷的那通电话里，一共提到过六件事情，而前面五件，都有了答案。第六件事情，是在魅之鬼城的第五天，记忆的开始，我的手里拿一把刀，正向着她。电话里，她告诉我，我是想杀了她。"

"而她临死前记起了这件事，她想起，我并不是要杀她。"

"真正的原因，我想其实非常简单。当时婷经过一次游泳，全身都湿漉漉的，而我们身旁就有一个火堆，说明我们很可能是想烤火烘干身上的衣服。那时候我们两个都全身乏力，于是我说我可以用这把刀割下她的衣服，她才会笑着对我说'来呀'。所以我拿刀对着她并不是要杀她，否则她也不会笑的。怀婷最后拉衣领的动作，就是在告诉我这个吧……"

28 黑白的世界

很久，没有睡过这样舒服的觉了。

结束了……这个噩梦终于结束了……

林源睁开眼睛的时候，感觉嘴角还挂着笑容。

而眼前一个人，也正带着笑容，眨着眼睛看他。

"薇薇……"林源马上爬了起来。

"终于肯起床啦！"夏薇点了一下他的额头。

"啊，疼啊……你怎么一大早就跑医院来了？"

"早点来看你也有意见？"

"当然没有。"林源笑着一把将女友拉坐在自己腿上，并试图吻上去。

"哎呀脏死了，你个牙都没刷的坏蛋！"夏薇赶紧把头扭开。

"咦？"夏薇灵敏的鼻子立刻闻到林源嘴里的怪味，目光变得厌恶起来，"你抽烟了？"

"呃……"林源暗骂自己愚蠢，昨晚抽了烟，夏薇要是闻不出来就成怪事了。

"嗯。"林源一直以来都认为恋人之间要坦诚，他也几乎没有骗过夏薇。

"哼！"这次夏薇是真的不高兴了，推开林源，起身就往门外走。

林源赶紧从后面抱住她："薇薇对不起，我保证这是最后一次……"

"你放开我！"夏薇不停地挣扎，"你还说自己不抽烟，就会骗我！骗子！坏蛋！"

"这是我对这几天遭遇的……可以说是一次释放吧。我没骗你，我过去从没有抽过烟的，只有昨晚那一次。"林源的声音很轻、很柔。

夏薇逐渐放弃了挣扎，回头看着林源："林，你这些天，到底怎么了？昨天下午，我都不知道你叫我跺脚是在干什么……还有啊，你真是吓死我了！我以为，我以为……"说到这里，她的声音都开始哽塞起来。

"对不起薇薇……"林源深情地道歉，"等一下我会好好和你解释的。现在，先去吃点东西吧，好饿的说。"

两人吃完早餐，走到医院的地下停车场。

"真是的，直接上去就是了，来停车场干吗？是不是现在就可以离开医院了？"夏薇带着半抱怨的口气问。

"不是，我去车上拿点东西啦。"林源牵着女友的手。

夏薇停了下来，两眼瞪着他："拿东西？你要拿什么？"

林源哭笑不得："薇薇，这里是医院，你想到哪里去了？我去拿车上的木糖醇，你不是嫌我嘴里有味吗？"

两人没走出几步，又停了下来。

这次止步的是林源。

"怎么了？"夏薇问，并随着林源的目光看过去，停留在停车场边缘那块肮脏的墙壁上。

"怎么了？"夏薇又问了一次。那面墙乱七八糟的涂满了东西，她也不知道林源在看什么。

"上面那几个数字，昨天就在的吗？"林源声音稍微显得有点沉。

"哈？"夏薇看了看，才知道林源指的是墙上一个大大的数字"7"，是用白色石灰刷上去的。在这个"7"前面，隐约还可以看到"1"、"2"、"3"、"4"、"5"和"6"，不过都被擦掉了，只能看到一点模糊的痕迹。

夏薇这才开始回答林源的问题："昨天没有注意哎。这就是 7 个数字，有什么特别的吗？"

"没有吧……"林源摇了摇头，"可为什么那个'7'，没有像前面六个数字一样被擦掉？"

"谁知道？"夏薇觉得林源问这个实在是无聊，人家小孩子在墙上写几个数谁管他擦没擦掉？

"没事，可能是我对这几个数太敏感了吧。"林源苦笑着摇了摇头。

两个人回到 1625 号病房。

"薇薇，你先答应我。今天和你说的事，不要告诉别人。再好的朋友，都不要说，知道吗？"林源说得很郑重。他也知道，只有用这样的语气和夏薇说，才能引起她的高度重视。

"哦。你放心，我不会告诉别人的。"夏薇也很郑重地点了点头。

"那你要做好心理准备哦。"林源微笑着轻轻勾了一下夏薇的鼻子，同时构思着该怎样委婉地把前前后后的整个经过表达出来。

"知道啦。"

本来林源是没有打算将这件事和别人讲的，但是现在一来真凶已经现形并被警方逮捕，二来不和夏薇好好解释一下，感觉也不好，毕竟他觉得在夏薇面前是没有秘密的。

于是林源开始讲了。从魅之鬼城七天的经历，到这几天连续发生的事情。他已经尽可能跳过一些带有血腥的情节，但也足以让夏薇惊叫连连了。

············

············

"大概就是这样喽。"故事一直讲到陈宏被抓为止。林源讲了一个多小时，其中一些推理的过程当然是被省略了，他知道说了夏薇也听不懂。

夏薇原本就大的眼睛瞪得更大，老久老久才说出话来："你是说，黄院长死了？陈教授其实是个骗子，他也死了？那个女孩，她是……是一个杀手的妹妹，也死了？林，林晓夕，她是你妹妹，而你直到这几天才知道？"

"是啊。现在你不会怪我抽烟了吧？"林源能理解夏薇此时震惊的心情。

"我，我，我……"夏薇已经不知道从哪里开始讲了。

"不知道怎么讲就不要讲吧。"林源再一次抱住了她。他知道夏薇一个女孩子，听到这样的事是很难平静下来的。

夏薇也没有再说什么，只是让林源抱着。

两人就这样相拥，也不知过了多久，夏薇从林源的怀里挣出来。

她看着林源的双眼："你……你为什么不早点告诉我？如果你不相信我能保密，为什么现在又和我说了？你……你先前有在怀疑我，是不是？因为我铃声和那两个人一样，所以你怀疑我了，对吗？"

林源清楚地看到，夏薇一双水汪汪的大眼睛流下了晶莹的泪水，她的身体也一直在发抖。

"对不起，薇薇。当时的我实在是太迷茫了，我不知道，不知道谁是可信的，谁是不可信的。就连我自己，我也怀疑了。对不起，真的对不起，原谅我好吗？"

林源搂着她，一连说了很多道歉的话。

"不，我不要原谅你，不要……"夏薇在他怀里哭了出来，用力拍着林源的胸脯。

而林源，只是紧紧地抱住她，任由女友拍打。

夏薇哭了好一会儿，才抹干鼻涕眼泪。

林源也松了口气，他清楚自己的女朋友。哭完了，就没事了。

"那，那你给我解释一下。昨天下午，你到底是在演什么戏？"夏薇问。

"总的来说，我要让陈宏误认为我已经承认了自己的双重人格，并且选择放弃生命。昨天下午三点，我悄悄在你耳朵上戴上了微型耳机，为后面的行动打下铺垫。你应该记得，我的动作非常隐秘和谨慎，那是因为我知道，陈宏手里有隐身斗篷，他可能在随时监视着我的行为，因而我不能有丝毫的大意。"林源说道。

"那你为什么不直接和我说呢？早点让我有心理准备，我就不会……你是不知道，我那时有多担心你！"

"那样你就演不像了。"林源笑着说，"实话说，我就是要你担心我。结果你还真哭了出来，那样的效果就是再好不过了。"

看着夏薇恶狠狠地瞪着他，林源赶忙止住了笑容："那个时候陈宏听到我要跳楼自杀的消息，当然也闻讯赶到现场，也就是图书馆楼下。这场戏，就是表演给他看的。"

"首先我表现出真的要自杀的状态，来误导他，让他以为我已经掉进了他的圈子，这叫反间计。但我不能真死，因而需要一个假象，或者说是理由来避免这次坠落。我把这个任务交到了你身上。从你拨通我的电话开始，就是进入正戏的时候。"

"我假装接通电话，但实际上你听到的是微型耳机上的留言。这样做是因为，如果我真的和你通话，那你就会说出话来。由于你根本不知道我要干什么，所以你一旦开口说话，后面的局势就会出现多重化，也就是说我无法预料和控制，那样的话在旁边观察的陈宏就会窥视出异常。所以我要达到的目的就是让你不开口，整出戏按照我的剧本演下去。但同时，我把电话放耳边，让陈宏误以为我们的确是在通话，让他认为我在死前给你做最后的交代。中间我的留言里有两次让你听懂摇头，是因为这种场景下，摇头远比点头有更高的误导性，表达出'不要'的意思。你可以想象，我要跳楼，而你作为我的女朋友，在通话过程中点头的话，那有多不合理？"

"接着我交代完毕后，从楼上丢下手机，使得场景更为真实，我要自杀的现象越发明确。这时你按照我的交代，左右跺脚，来达成这出戏的最后一步计划。"

说到这里，夏薇打断了林源："对啊，那些乱七八糟的跺脚，是什么意思啊？"

"摩斯电码。"林源说，"因为我已经把电话丢下，而你带着哭腔没法大声喊，喊了隔着十六层楼我也不一定听得见，所以这时候你要用另外的方式来传达你的意思。传达的方式，既不会让你说出话，又必须让'观众'身份的陈宏看到。摩斯电码中的点和划，其实可以通过各种形式表现出来，而我借用的则是你性感的两条腿。跺左脚表示点，右脚表示划……这个以陈宏的智慧，一眼就能看出意思。"

"也就是说，我当时的动作，是给你敲出了一连串的字母？"夏薇很惊讶。

"对，依次是 f、e、r、m、e、p、s、e、n、o、t、t、o、d、i、e。"林源说道。

"这……这是啥意思啊？"夏薇脑袋乱了。

林源耐心解释："FER 在摩斯电码里面就是 for，而 PSE 是 please，合起来就是 'for me, please not to die'，也就是'为了我，不要死'。这样就造成了一个合理的假象，为了你，我最爱的宝贝夏薇，我没有选择跳楼自尽。"

"讨厌！"夏薇总算笑了一下，戏称，"那我要不按你说的做，或者脚踏错了，你是不是真要跳下来？"

"所以我事先没让你知道，否则你哪能有那样伤心的表情？指不定还会觉得好玩而乐呵呵的呢。"林源说道。

"林，你……你真的好聪明啊。我，我都不知道是不是该怕你了。"想清了林源的思路，夏薇不得不佩服于林源胆大的同时，又有巧妙的想法和严密的思维。

"不要怕，在你面前，我永远是笨蛋。"

"就会耍嘴皮子，哼！"夏薇嘟着嘴，"不过说起来，你也真是勇敢，我记得你说过你有恐高的。"

"所以我在楼顶也是一直很害怕呀……不过，这也没办法呢。"林源说道。

"嘿嘿，你还折损了一个苹果手机呢，土豪！"夏薇笑着说。

"没事，我还有一个。"林源从裤兜里掏出一部老得不能再老的非触屏手机，是用按键来打电话发信息的那种。

"这什么啊？这么土！见都没见过。"夏薇一副鄙夷之色，"你还是接着说后面的事情吧。"

林源收起手机："接着我下去之后，直接往和张猛事先约好的地点跑去了。所幸这一次陈宏没有跟过来，否则我和张猛那出戏指不定就被看穿了。悄悄跟着我们的是我的室友乐小豪，他是陈宏的眼线。"

"第二出戏比第一出简单很多，张猛借我偷酒为由，来找我麻烦，而我在话语中反映出我有双重人格，这样也是再次让陈宏以为我已经跌进他的圈套。最后张猛击伤了我——这伤是真格的，只不过他控制好了力度。而我，也被送到了这里。"

"你要把陈宏引到这里来？"夏薇问。

"瞧，你这不是很聪明吗？"林源笑了笑。

"不，我不懂……"夏薇摇着头，"你既然已经看穿了陈宏的身份，有很多场合可以指明的，为什么要选择在医院呢？"

"主要有两个原因。第一，魅之鬼城七个人中有四个已经死了，不出意外，陈宏会想办法害死另外两个人，也就是我和晓夕。接着我和晓夕都在医院，如果真相和我推理的一样，那么陈宏必然会在昨晚来到医院，将我和晓夕一网打尽，至于方法我就不知道了。结果他真的来了。所以目的之一，是为了验证我的推理。第二，与陈宏一起的，一定还有其他人，因为那个叫吕馨雨的女孩，并不是被陈宏抓起来的，那个时间陈宏正载着我在去H大的路上。这个人可能是陈宏手下的小喽啰，也可能，是什么比较重要的合作者。作为最后要除掉的人，我和晓夕都在同一个地方，那么如果是陈宏重要的同伙，也会有高机率和他一起出现。这就是目的之二——一网打尽。但结果来的只有陈宏一个，说明我想多了。"

"你想的真是太多了。"夏薇光听着就觉得头大。

"所以……"林源看了看表，笑道，"不要想了，我们去吃饭吧。"

"嗯……是不是要叫晓夕啊？"

"当然。我留在这里，就是为了下午和她一起出院呢……"

"哼！"

"不是吧……连我妹妹的醋你也要吃？"

"哼！"

三个人吃完中饭，林源获得夏薇的准许，让他有一个单独和林晓夕在一起的时间。

夏薇当然知道，事情已经完结了，林源想好好和妹妹聊一聊。

1627病房。

林晓夕已经获得了出院许可，非常开心："哥，我就要出院了，你还好心进来陪我。"说完笑着看林源脑袋上的伤。

林源摸了摸脑门上的伤："这不是想和你一起出去吗？"

"哈哈！"林晓夕忍不住坏笑。

"死丫头我都这样了你还笑得出来？"林源拿起巴掌就试图拍晓夕的大腿。他吃饭的时候告诉林晓夕，自己是摔伤的。

"嫂子就在隔壁你也敢欺负我？"晓夕毫不避让，瞪着双眼看着他。

"唉……"林源放下了举起的手，一副我服了你的表情。

两人都笑了一阵。

"哥，你今天心情好了很多呀。"林晓夕说。

"你不也是？"

"我是因为要出院了。而你，昨天还是那样子，今天就好起来了。"

"这你也看出来了？"林源苦笑。

"当然啦。昨天你心情很不好，故意在我面前装成很高兴的样子，还以为我不知道？"

林源语塞。

"哥，能告诉我，到底怎么了吗？"

林源想了想，觉得就算现在事情已经完结，告诉林晓夕也不合适。

"呼，学校一点破事情，郁闷罢了。"林源叹口气说。

"是吗？"晓夕将信将疑。

"比起这个，今天妹妹你能平安出院，更是我高兴的原因呢。"林源笑着转移话题。

"嘿嘿……"晓夕也一样笑得很开心。

想了想，林源还是决定不再管魅之鬼城那七天的事了。虽然林晓夕第六天的记忆到现在也没想起来，但已经没有关系了，毕竟"透明人"已经伏法，这其间还有什么不知道的过程，又有什么关系呢？

"哥，我的手好冷，能帮我暖一暖吗？"林晓夕调皮地对林源眨着眼睛。

"你也知道薇薇就在隔壁，这不是为难我吗？"林源苦笑。

"哦，你要真把我当妹妹看，那可不会在乎呢！你要是不敢，说明你对我……嘿嘿，那就是对薇薇姐的不忠诚了！"晓夕仍然在坏笑。

"什么古灵精怪的逻辑？"林源简直要无语。不过他还是伸出了手，把晓夕的小手握住。

这一幕就算被夏薇看到，后者也顶多假装吃吃醋。因为夏薇已经知道林晓夕是他堂妹，所以肯定不会怪他。

"你……你还真敢啊？"林晓夕有点吃惊，她只是随便说说的。

"你的手真有点冷。"林源暖暖地说。

两人沉默一阵，林晓夕又看到林源胸前的挂饰，说道："我真记得小时候有戴一个和你一样的挂饰，不过只有一半。好像……我爸生前还跟我说过，挂饰上有什么秘密。"

"啊？"林源有些错愕，"可是我记得不久前，我爸还跟我说，这上面什么都没有啊。"说着他还把这个由小紫檀木刻成的观音像拿出来摸了摸。

这时，林源好像听到病房里有轻微的响动。

林晓夕嘻嘻一笑："哥，你在说什么呀？我们戴的又不是同一个，当然不一样了。"

林源"呃"了一声，想到林晓夕到现在也不知道他俩是堂兄妹，自然也不知道他们小时候戴的是同一个挂饰，只是一人一半，直到魅之鬼城林晓夕把另一半给了他，合成了完整。林晓夕没有魅之鬼城第二天的记忆，又没有人跟她说起，当然她就不知道那一半挂在胸前的小紫檀木去了哪儿。

林源隐隐感觉这其中似乎有蹊跷，他的父亲林子风和叔叔林子云，对这块一样的挂饰持有不太一样的观点。叔叔为什么会觉得这里面有秘密呢？

想了想，林源感觉思考这个问题也是没有意义的，笑着回答了林晓夕之前的话："哥犯傻，把你当亲妹妹看了。"

再之后，夏薇也过来了，三人嘻嘻哈哈度过了一下午。

不知不觉，时间就来到了晚上。

"终于可以回学校喽！"林晓夕开心地说。

"被你说得学校很好似的。"林源摇头说。

夏薇则嘲讽："像你这种不爱学习的人，当然觉得学校不好。"

三人有说有笑地走到电梯边，按下了下楼的按钮。

林晓夕收起了笑容。她看着自己住了六个晚上的病房，感慨万千。以前从没有想过自己会住院的，结果这才不到二十岁，就在医院住了好几天，还认了一个哥哥，真是世事无常啊。

"哥……"晓夕轻唤了一声。

"嗯？"林源看着她。

林晓夕则害羞地扭头看夏薇："薇薇姐，你不介意吧？"

这时电梯已经到了十六楼，三人走了进去，里面并没有人。

"啥？"夏薇按了一下关门的按钮，"你说叫他哥对吧？我不介意啊！他爱认几个认几个呗！"

林晓夕吃吃笑了："哥你看，嫂子还是吃醋了吧？"

就在这时，电梯门奇怪地又打开了一次。

问题是，电梯门口并没有人。

夏薇还伸出头去瞧了瞧，没好气地说："谁啊？大半夜的在医院装鬼，真是够了！"

随着电梯门第二次关闭，林源猛然感觉到心里一阵莫名的紧张。

"怎么回事？"他自己在心里问自己。

电梯慢慢往下，中途都没有停。

见中间没有人上来，林晓夕继续说刚才的话："哥，真的很感谢你。非但帮我出钱，还那么照顾我。"

林源没有回答，只是点了下头，脑子里却仍在想问题所在。

林晓夕继续说："一直以来，我都是没有玩伴的。小时候，我有的只是家，家的周围什么也没有，不像很多人，有这样那样的亲戚，这样那样可以一起玩耍的小伙伴。我从小就生活在一个黑白世界里，也不知道从什么时候开始，有了色彩。直到我上大学，也感觉没有人关心我……"

林晓夕没有再说下去，因为她注意到，林源的脸色，忽然变得很苍白。

"哥，你怎么了？"

夏薇也观察到林源表情变化巨大，很奇怪地问："林，你怎么了？"

林源看着林晓夕，用发愣的声音问："你刚刚说什么？"

"啊？"林晓夕不明所以，"我说直到我上大学……"

"前一句。"

"我从小就生活在一个黑白世界里，也不知道从什么时候开始，有了色彩……"

当这句话再一次从林晓夕嘴里说出来的时候，一阵天旋地转的感觉萦绕着林源的整个躯体……

29 最后的涅槃

"穿过山洞与湖泊……什么山洞？什么湖泊？"林源以手支额，在电梯里喃喃自语。

"林，怎么了？"夏薇不知道林源又在犯什么糊涂。

"哥……我，我说错什么了吗？"林晓夕也自责。

电梯缓缓到了一楼，林源立刻按下开门。

"不是要去停车场开车吗？"夏薇蒙了，林源怎么在一楼就按开门啊？

"走！你们两个快走！"林源一只手放在口袋里，另一只手把夏薇推出电梯。

夏薇猝不及防下，被林源推了出去。

随后，林晓夕也被林源推出了电梯。

"我还有点事，你们先坐公交回学校！"

"可是……"

"薇薇听话，晚上我来找你。"林源说完这句话，立刻按下电梯门关门键。

电梯再一次启动，往负一楼，也就是停车场去了。

并不明亮的白炽灯，照亮这只有几平方米的电梯间。

林源闭上眼睛，听到了一声冷笑。

尽管有所准备，但在这只能看到他一个人的电梯间里，传出一个不是他的声音，还是让林源背脊发凉，毛骨悚然。

林源想起昨天和陈宏的一些对话，才知道是有蹊跷的。

"然而这一次，足以挽回之前的每场败局……除了，死者不能复生。"

"这可未必，要看你究竟看穿了多少。"

陈宏这句话是在说，他不认为林源真正看穿了一切，所以也挽回不了败局。

"我怎会如此大意？"林源心里不断自责。他现在知道自己的想法是对的，与陈宏一道的，真的还有一个人……

来到地下停车场，电梯门打开。

随后，原本昏暗的地下停车场，一排又一排的灯有序地亮起。这些灯都不太亮，林源却早已出尽了冷汗——此情此景，和某个系列电影的最后场面何其相似？

停车场墙上那七个数字在昏暗的灯光下又一次出现，深深刺痛着林源的眼睛。

第七天——这才是真正的最后一天！

昏暗中，一个人的身影缓缓出现，仿佛凭空出现在停车场中央。

素未谋面的亲人……

"叔叔。"林源低头轻轻叫了一声。

对面凭空出现的，那个很像林源父亲的人，正一步步朝他走近。他的声音带着嘶哑，像是即将死去的老者："林源啊林源，你真是——我的好侄子呢。"

林源抬头与他对视。

而被林源称为"叔叔"的人，也正看着他。

双方都试图读出对方的心理。

不知对视了多久，先开口的是那个人："没错，我就是你叔叔，林子云——一个你们都认为不在这个世界的人。"

"你的死，只是从晓夕口中说出来的。没有人证实过，也没有人见过你的尸体。"林源缓缓说道。

"你是想说，你知道我还活着？"

"不，我从来没有想到过要把你和整件事联系在一起。直到现在我才忽然想到，你也是整个事件的起始人之一。"林源道。

"我不会像陈宏一样和你浪费那么多时间，我不像他那样有这么多稀奇古怪的嗜好。人性……哼，他怎么不早点把自己杀死？"一袭黑衣的林子云冷笑，"你来选择吧。你先说，还是我先说？"

"我有选择的权利？"

"毕竟，你是我侄子。"

"那我先说吧。"

"为什么？"

林源苦笑："我怕你先说，我就没有再说的机会了。"

"那我就给你这个机会。"林子云坐在一辆汽车的车头。

林源想了想，找到一个开头："晓夕并没有失去对第六天的记忆。她一直向我们阐述的，就是她那天的全部过程。"这句话虽是从林源嘴里说出来，但就连他自己也感觉异常震惊——所有人费尽脑筋想找出晓夕在魅之鬼城第六天的记忆，但谁能想到，她说出来的，其实就是全部？

　　"我已经做好了心理准备。"林子云说道，"今天就算你能把所有前因后果推出来，我也不会惊讶。"

　　"就在刚才，晓夕告诉我，她从小生活在一个黑白世界里，不知从什么时候起，有了色彩……黑白世界，我想到的，就是魅之鬼城。也就是说，晓夕童年的很长一部分，是在魅之鬼城里度过的。换而言之，她是在那里长大的。"

　　"但是除了父母外，她并没有接触过其他人，她说她的家就是家，周围没有别的人。所以说你们的家，或者晓夕的家，其实在魅之鬼城内部，区域应是城市。"

　　说到这里，林子云插口问了一句："为什么？你为什么知道在城市？"

　　林源想了一会儿，说："我能说到的理由有三个。第一，城市那里存在建筑，也就会有居住的地方，当然，我们在草原也发现了居民，但如果我没有猜错，并没有人常驻在魅之鬼城内部。草原上见到的那些居民，都是你安排的手下。"

　　"继续。"

　　"第二个理由，魅之鬼城第三天，陈斌和林晓夕一起来到城市区域。根据怀婷日记的描述，晓夕到这里后不止一次哭着喊要妈妈，说明她熟悉这个地段，知道她家就在那里。当时陈斌自然没有办法联想到这么多，所以并没有多问。"

　　"第三个理由，则要和其他内容联系起来。这里，可能就要从魅之鬼城第一天开始讲了。"

　　"最初，我们七个人在魅之鬼城七个不同的区域里，晓夕是在城市。第一天，你把晓夕带到我外公所在的荒野，让晓夕和我外公以及陈斌在一起。而直到第三天，晓夕又一次回到城市。第五天，陈斌让晓夕离开，让她给其他人传递魅之鬼城出口在东南方位的讯息，而后有了晓夕在山洞里与我和怀婷偶遇。接着在第五天夜里，我们再次来到魅之鬼城的城市区域，被困在子午塔上。后来我和晓夕一起破解了子午塔第七层通向第八层的方法。我先前一直没有想明白，晓夕只看过一次摩斯电码'open'的敲打，十分不解她是如何记下来的。现在这个问题好解释了，就因为，她的父亲是你。"

　　"而后，第五天结束，我也没有了记忆，第六天是晓夕记忆的开始。根据怀婷的日记，当时陈斌看到走下子午塔的只有我和怀婷，而晓夕却从这个时候就消失了。现在我明白了，晓夕第六天的记忆并没有消失，她不止一次说起这个，父亲背着她穿过山洞与湖泊……也就是说，第六天，你从子午塔开始把她往魅之鬼城之外带去，湖泊就是魅之鬼城中心的鬼湖，山洞自然就是鬼湖和不同区域连接的那些岛。前几天在医院，晓夕似乎想起了尸体上爬满蟑螂这一场景，因为这正是第六天的开始，而时隔太久，她没能把这件事和你背着她离开联系起来。后来你在魅之鬼城边缘的悬壁之上，故意坠崖，完成一次假死，也就成了晓夕所言的坠崖而亡。"

林子云冷哼一声："然后我又再次出现，把晓夕带出去？你是觉得你叔叔我，脑子不正常还是怎么样？"

"不对……"林源摇着头，"让我想想。"的确，林子云坠崖后又再次出现在林晓夕面前，这肯定是没有道理的。

林晓夕说过，父亲坠崖后当夜，有一个人出现，把她带走。现在林源明白，这个人并不是之前大家所理解的那样把林晓夕带进魅之鬼城，恰恰相反，是把她从儿时一直居住的魅之鬼城带了出去。林子云坠崖是为了假死，成为被大家忽略的点。可按理来说，林子云完全可以把林晓夕带出去后再假死，何必多此一举再出现一次？

林源立刻又联想到昨天晚上他和陈宏对话的时候，对陈宏第五天潜水下去做的事情有过推测，他的推断是陈宏没有找出口，而是去了一趟子午塔，以子午禅师的身份出现。而陈宏对于林源的推断，只是"哈哈"笑了几声，没有给予任何评价……这是不是说，林源想错了？

对了，林源又想起了后面的话。昨晚他质问陈宏："你都直接杀人了，居然还说得出没有影响？"而陈宏反应则是摇头笑笑，并未说话。也就是说，陈宏并不承认自己动手杀过人。那么，其实子午禅师并不是陈宏。林源昨晚的推理的确在这一环存在问题。

这个问题的正确解答其实也能以怀疑为中心来推断。在子午塔遇到子午禅师之前，杀手怀炎事实上先后和其他六个进入魅之鬼城的人都有过见面，也没有要杀他们其中任意一个的意图。而在子午塔上，见到子午禅师后，怀炎却猛然攻击要置对方于死地，这足以说明，子午禅师事实上不在他们七个之中。

"我懂了，子午禅师和'透明人'的确是同一个人，但并非陈宏。"林源说道，"魅之鬼城只有一个出口，必须要经过一次较长时间的潜水才能通到外围。如果你直接带晓夕出去，她必定会对这次潜水有非常深刻的印象，那么你的身份也自然就会变得可疑。另一方面，林晓夕有第六天的记忆，你本可以在度过这天后把她带出去，但是这样她就没有办法记住你坠崖而亡的信息。为了同时达成这两个目的，你和陈宏之间完成了一次配合，即你把林晓夕带到山崖之上，假装坠崖而亡。之后在这天夜里，以寻找魅之鬼城出口为由而脱离所有人视线的陈宏现身，把林晓夕带出了魅之鬼城。"

"而晓夕被带走之后，第六天就到此结束，所以她不记得那个带走她的人之后潜水将她送出了她一直长大的地方。怀婷的日记中也有记叙，陈宏潜水的时间很长，直到第六天天亮，他才浮出水面。为什么会过好长一段时间？因为他要把林晓夕带出去，然后才回到我外公那里。"

"最后第七天，大家出去后看到林晓夕在外面，询问她是怎样离开的，她一无所知，只记得她父亲失足掉落山崖，然后一个人出现把她带走，而这些……其实就是她前一天发生的事情。我的天哪！"林源说到这里，用力拍了一下自己的脑门，他怎么会笨到忽略这些重要的细节？

当时是魅之鬼城的第二天，陈斌询问林晓夕的时候，晓夕只是说她爸爸不见了，而没有说过爸爸从山上掉下来摔死，因为那个时候根本还没发生林子云坠崖这件事情。陈斌又问她为什么会来到这里，是谁带她来的，晓夕回答是一个不认识的人，这个人只是林子云随便派遣的手下，而"来到这里"的意思，其实就是把林晓夕从魅之鬼城的城市区域带到荒野区域。林晓夕只在城市区域待过，所以对她而言等同于来到另外一个世界。

还有，仍旧是魅之鬼城第二天，陈斌与黄远山、林晓夕一起乘船离开魅之鬼城的"荒野"区域。在湖上，曾经有这样一段——

"那边，往那边！"船上，林晓夕指着一个方向喊。

陈斌瞥了一眼，晓夕指的是西北。

"为什么？"

"我家在那个地方。"林晓夕天真地说。

当时陈斌猜到林晓夕家可能真的是在西北方向，可又怎么可能知道，林晓夕指的——正是鬼城的"城市"区域，也就是她从小长大的家。

在魅之鬼城几天的时间里，林晓夕从头到尾也没有说过爸爸死了。林子云的坠崖而亡，是晓夕离开魅之鬼城后才提到——然而中间这一切的一切，是根本没有人能想到的。

事后林晓夕也不记得自己是怎样回家的，因为那个时候第七天还没有结束。

林晓夕还回忆说她是一个人回到家里，但实际上送林晓夕回去的恰恰就是和林子云配合的陈宏，所以接下来陈宏带晓夕回家这一环自然是他爱怎么编就怎么编了。林子云早早在魅之鬼城外部打造了一个和鬼城里面一模一样的家，所以以林晓夕当时的幼龄根本察觉不出她先前的家和后来的家有多大变化，就算她发现周围的环境略有不同，也不会放在心上。而林晓夕所说的"不知从什么时候起，有了色彩……"，实际上也就是从那个时候开始的——因为她离开了只有黑白两色的魅之鬼城，而来到一个有色彩的世界。

"从一开始，我们都被误导了。"林源叹了口气，"我们都以为，要找的'透明人'就在我们七个人中间，但都没想过，我们七个人中，只是有一个一直在和'透明人'配合的存在。真正的'透明人'，其实是你！子午禅师，是你！包括把陈斌引到子午塔的那个哑巴，其实也是你！"

"你说的——实在是太对了！"林子云眯起了眼睛："那么，你说完了没有？说完的话，是不是该轮到我了？"

"你讲吧。"林源瘫坐在车头："因为不管我说得再多，也太迟了……"

林子云，鸿蒙集团有限公司前董事长林永观的第二个儿子，有很强的经营管理天分，一直以来都受到父亲的器重。然而林子云心术不正，却是鲜为人知的秘密。

一年因重病之故，林子云去乡下养病，偶然在一次潜水中发现了一块宝地。

这里与世隔绝，里面有一个大湖，还有七个不同的区域。显然这里过去曾有过居民，但现在只有尸骨。林子云也不在乎它是怎么来的，就当浑然天成吧。更神奇的是，这个地方非但形式上与世隔绝，而且里面介质接收及反射太阳光的能力也和外界全然不同。外界能通过太阳光的反射看到五颜六色的事物，而这里——只有黑与白两重颜色。

林子云大喜，取其名为"魅之鬼城"，并将其构造研究透彻，在魅之鬼城的城市区域建立了一栋房屋，成了他一个人的世界。后来林子云娶一妻，一起带了进来，而后生一女，也便在鬼城之内成了家。

虽然长期居于鬼城之内，但林子云无时无刻不关注着外界的动态。

不久后，父亲林永观过世，并把财产和整个公司的继承权都交付给了长子林子风。

林子云惊怒交集，他无法理解林永观为什么会这样做。同时他也对兄长林子风怀恨在心，立誓要夺回这家公司的所有权力。

后来林子云打探到消息，实际上并没有证人可以指明林永观生前把公司指定给谁继承，据说林永观生前把他的遗愿留在了那块由紫檀木雕刻的饰品上面。而林子云身上就有这件饰品的一半，挂在女儿林晓夕的脖子上，另一半则在侄子林源身上。

林子云秘密把另一半从林源身上弄来——当时林源还非常小，对此自是一无所知。观察了好一阵，林子云也没有发现这块紫檀木有什么秘密。为了不引起哥哥林子风的怀疑，他又把东西放回了林源身上。

后来林子云四处笼络人脉，形成了一个神秘的黑帮组织——曌龘。

其实这个组织远没有外界所传的那样可怕，只是林子云想尽办法命人四下吹嘘，加上一个奇奇怪怪的名字，弄得人心惶惶，都以为是多厉害的黑帮。

这时，林子云认识了哥哥手下的一名保镖——陈宏。

他从陈宏的一些反常行为中猜测其有双重人格，不断接近陈宏，终于验证了自己的猜想，并且意外发现其中那个邪恶人格是个顶级天才……

林子云发现陈宏第二重人格主要有三个人生目的：一是占领这具躯体，让另一个正义人格彻底毁灭，但是这个没有办法通过身体来完成，因为一旦躯体死亡则两个人格都会不存在，所以必须靠意念和智慧来完成毁灭；二是以揭露人性的丑恶为由，来进行游戏；三是研制出各种各样匪夷所思的发明，彰显卓尔不群的才华。

陈宏答应与林子云合作，并将隐身斗篷赠给林子云。

林子云有了隐身斗篷后，来无影去无踪，身份越发神秘，所以在组织曌龘内部也被传得神乎其神，并且无人知道他的真实身份竟是鸿蒙集团前董事长林永观的儿子。

林子云一直以隐居乡下为由没有出现在林子风的视线当中，而林子风也因诸事繁忙没有和弟弟有多少交流，只当弟弟一直在乡下养病。

但是林源胸前的饰品被盗去一段时间似乎引起了林子风的注意，他对林源保护措施越发周到，使得再次要拿到这另一半紫檀木变得不那么简单。

另一方面，陈宏体内的邪恶人格已经迫不及待要毁灭正义人格，他打下赌注，认为第一重人格也不是什么好玩意，外在形象都是装出来的，没到迫不得已的时候，谁不想正义凛然？

于是第二人格陈宏制定了一个杀人游戏，他认为保镖人格的陈宏在失去超我条件的控制下，也会为了自保而杀死其他人。如果正义人格陈宏真的杀人了，说明他根本没资格带着保镖的头衔，也没资格再拥有这具身体。他坚信以这样的方式，一定可以彻底摧毁正义人格陈宏。

林子云非常乐意配合陈宏完成这个游戏，同时还找来了刚刚纳入门下不久的杀手怀炎，用来对陈宏构成威胁，迫使陈宏的第一人格去杀人。另外，林子云同时也想得到林源身上另一半紫檀木。

于是林子云部署了这样一个周密的计划。他先是想方设法让哥哥林子风莫名其妙得罪组织嚻龘，并扬言要杀林子风一家。他预算林子风为了儿子的安全，会把林源送到自己手里来，因为林子风一直认为林子云在一个安全神秘的乡下养病，不知道弟弟在江湖上兴风作浪已久了。

结果没有出乎林子云的意料，林子风就这样把林源送了过来，并且他所需要的陈宏也被带上了。至于黄远山和陈斌也随同林源一起是林子云没有想到的，不过多这两个人也不重要了。

另一方面，林子云派遣杀手怀炎出动，制造要杀死林源的假象，其实是要把怀炎纳入游戏中，让他对陈宏构成威胁。其实林源死不死，林子云并不在乎，他在乎的只是紫檀木上的秘密。林子云一直认为，林永观应该会把位置传给他的。他甚至觉得，肯定是林子风知道在父亲心目中的地位不及林子云，所以加害生父，如果是这样，林子云弄清楚这其中所有过程的话，就有绝对的资格让林子风下位，并且让这个讨厌的哥哥一生积累的名誉全毁。

场地的话，林子云一直居住的魅之鬼城，就是最好不过的选择。既可以让所有人初始不在一个地点，又非常符合陈宏对杀人游戏的品味。

而林晓夕在这一游戏的作用，是因为林子云也考虑到游戏会以失败的结果告终，也就是没有人去伤害其他人，还会想方设法离开魅之鬼城，并且陈宏也不能破解小紫檀木上的机密——这样的话可以说是全败。这时就需要一个人来散发出一些虚假的讯息来帮助自己和陈宏脱身，让魅之鬼城这几天的过程变得扑朔迷离，无人可解。林子云的女儿，未经世事的林晓夕，就是一个非常好的选择。

林子云的准备可以说算无遗策，一旦全败，他也要制造一个假死的现象，让他本人脱离黄远山以及兄长林子风的视线，让他人没有办法将他和这件事情联系起来。

于是七天的游戏就在林子云和陈宏的精心部署下开始了……

结果，陈宏的第一人格在失去超我的前提下，仍然没有加害他人的意思，并且还想自己陷入沼泽地中意图自杀。不仅是陈宏，其他人也都在想方设法逃离这个谜一样的地方。

在魅之鬼城七天中，大部分时间内陈宏都是第一人格在游戏，只有两次短暂的时间例外：一次是为了完成和林子云的配合，将林晓夕送出魅之鬼城；另一次是为了研究小紫檀木上的秘密，以第二人格的形式现身，结果什么也没看出来。

于是林子云和陈宏联合部署的这次杀人游戏以全败告终。

因为紫檀木上的秘密没有破解，林子云知道人为杀死这几个人中任意一个都毫无用处，索性早一步送他们出去。这样做的话，可以在时间还没有过第七天的时候让这些人离开，也就可以让林晓夕不知道是怎样回到家里的了。

于是林子云以子午禅师的身份出现在子午塔，为陈斌指明了出口方位。同时，他也在鬼湖东南处安排第十五艘船，就是希望这些人能趁早离开。当然，林子云不知道另一头的黄远山其实也已经发现了。而这个时候，出现了一件意外，怀炎忽然现身子午塔，并对子午禅师，也就是林子云展开了攻击。无奈下林子云转入暗门内，并设法杀死了怀炎。

除了怀炎外，其他所有人都离开了魅之鬼城。

林子云怕事后黄远山等人还会再来魅之鬼城进行探寻，故纵火造成整个魅之鬼城被烧毁的假象，以防下一次有人来这里找到证据。同时他也不甘心这次失败，所以给黄远山等人传递出"游戏暂停"的讯号。

由于林子云制造的一系列假象，让黄远山等人离开后变得彻底无迹可寻。

在这之后，第二人格陈宏履行承诺，退出了这具躯体的竞争。

林子云则名义上死去，实际在想办法扩大罂鼍的势力，伺机而动。他清楚自己身备隐身斗篷，有机会直接杀死哥哥林子风，但这样做并不能达到他的目的，鸿蒙集团还是和他没有关系。所以应该做的还是等待时机，一旦有机会查出紫檀木上的秘密，他就可以扭转局势。君子报仇十年不晚，林子云知道陈宏的第二人格势必还会苏醒，他需要等待，同时也在暗中寻找有没有像陈宏这样的人物来帮他看透那块破木头上的讯息。

陈宏这边，第二人格暂时退出竞争，陈宏也和刘佳慧幸福地度过了一段时间。但是随后，刘佳慧却发现，陈宏似乎是两个人，并对他们的恋爱态度产生了怀疑。

失去刘佳慧的陈宏陷入了疯狂与绝望之中。于是，陈宏第二重邪恶人格又一次若隐若现，劝第一人格陈宏自我毁灭，来完成救赎。两重人格再一次碰撞出思想的火花，所以陈宏给人的感觉就是疯了。而经医院检查，发现陈宏大脑的确有问题，但因为弄不清是什么病，因而根据症状诊定为精神病患者。

后来在林子云的推波助澜下，陈宏的第二重人格又一次占到了上风，最后在魅之鬼城事件十三年后彻底毁灭了第一人格，成了真正邪恶的陈宏。

这时的陈宏决定继续先前未完成的游戏，他要让那几个逃出魅之鬼城的家伙，一个个死于自己所信奉的精神理念上。

林子云对女儿林晓夕本就没有爱意，于是愿意和陈宏再一次配合，并希望事成之后陈宏能帮他查出紫檀木上的机密。

林子云正式向黄远山传达出"game continue"的讯息，意味着游戏继续，然后就有了后面一系列事件。

"原来，这后面还有这么复杂的背景……"林源听完后，觉得非常不可思议。他这才发现，一直以来，他还是把这件事情想得太简单了。

"现在我有一种被耍的感觉……"林子云咬着牙，"因为你说，这破木头上面并没有秘密。也就是说，我一直以来的这么多的心机，都是在做无用功？"

林源不知所措，只能摇着头。

"算了，我也不要什么鬼继承权了。现在我的想法，就是要找那该死的林子风问个清楚！而至于你，小林源，你成就了我这么多'好事'，作为叔叔的我当然不会忘记给你应得的奖励！"

林子云从腰间掏出一把手枪，对准了林源的脑门："我宣布——game over！"

接着……

"嘭！"

医院地下停车场传来一声枪响。

30 黎明的光芒

林源紧紧地抱着头，看着面前的林子云瞪大眼睛，缓缓倒在地上，倒在自己的血泊之中。

而林子云的背后，走出一名身着警服的年轻男子，手里拿着枪，一脸震惊地看着林源。

此人，正是林源的表哥黄俊。

"你来得真及时……"林源双手渐渐松开头部，嘴里还喘着粗气，"表哥，你再来晚一点，就看不到我了。"他的声音不停在颤抖，显然之前那一声枪响，林源也以为自己死了。

"你能不能给我好好解释一下，这一切到底是怎么回事？"黄俊看了看地上的尸体，又看了看面前的林源，一头雾水。

"待会儿我慢慢和你说。"林源仍旧喘着气，"现在，这尸体怎么办？"

"我会派人过来弄走，就当什么都没发生一样，你不用操这个心。"黄俊一脚将林子云的尸体翻过来，这一惊非同小可，"我去！这……这不是你父亲吗？林源，你，你怎么回事？"

"他不是我爸。"林源蹲了下去，感觉就要呕吐出来。他第一次在现实中见到爆头，这种视觉冲击绝对是非同小可。

黄俊也知道林源不能看下去，说："我们先离开这儿吧，边走边讲……"

与之前和夏薇的叙述不同，林源对黄俊说的话远远更为详细，所有起因经过结果，他都一五一十地向黄俊做了汇报。

黄俊作为一名警员，在听到这些过程的时候，表情一点也没有比之前听这个故事的夏薇好。

整个过程持续了超过五个小时，其间黄俊不断问出一些问题，林源都尽可能一五一十做出了解答。

最后，两人上车，黄俊准备将林源送回学校。

"那么，你再解释一下。"黄俊拿出自己的手机，翻开短信："这条信息，你是怎么发出来的？"

短信上只有五个字母——YYTCC。

以黄俊的机智加上林源所在的位置，他不会看不出这是"医院停车场"的意思，只是林源一直被林子云紧盯，他怎么能把这条信息发出来？

林源苦笑："说起来还是这不中看的诺基亚手机救了我一命。"他掏出之前那部被夏薇嘲笑的手机，说道："我是在电梯停在一楼的时候，推薇薇出去的同时，另一只手快速伸进口袋按下了要按的键。由于这部手机我用的时间久，非常熟练，恰好联系人没几个，所以成功打好五个字母后发到你手机上，整个过程也没几秒钟吧。那个时候林子云虽然也在电梯间内，但一者当时有四个人，他注意力不会全部在我身上，二者我的动作隐秘迅速，并且恰好晓夕挡住了电梯间内百分之八十可以看到我那只手的视线区域，他几乎不可能注意到。不过怎么说还是要感谢这手机，如果是智能机触屏机的话，不可能向你发出这条信息的。而我也就……"

黄俊讶然，心想林源这畜生简直不是人脑子，那种情况下还能在第一时间想到自救的办法。

当时黄俊还在对陈宏进行审讯，就忽然收到林源老号码发给他的信息——YYTCC。他很快判断出这是医院停车场的意思，而且林源并没有打电话，也没有用具体文字说明事态，所以黄俊意识到林源处境可能有危险。由是黄俊来到医院，秘密潜伏到停车场，恰巧看见举枪要杀林源的林子云，便立刻开枪将其击毙。

"表哥你枪法真准……改日教教我就好了。"林源心有余悸的同时竟然还有开玩笑的心情。

"兔崽子！"黄俊愤愤骂了一句，也不知道他是听了林源的话后高兴，还是在批评林源这时候还有心情开玩笑，抑或是在赞叹林源关键时刻自己救了自己的机智。

车在途中停了下来。

两个女生在黑夜中挡在黄俊的车前。

"她们都很担心你。小薇给我打了电话，我说你没事，她们俩都说非要来看你。"黄俊跟林源解释。

"死林源！臭林源！"夏薇看到林源安好的时候，一边擦着眼泪一边骂。

"薇薇，我……"这一次即便机智如林源，也不知道该怎么说了。

"不给我个说法，我就……就不要你了！"夏薇说出这句话的时候，显然很勉强。

而另一个女孩，林晓夕，也正满脸关切地看着林源。

"不好意思，让你们受惊了。"林源抱着夏薇，一边拍她的背，一边安慰。

这时黄俊插口帮林源找了个说法："林源在电梯里面通过门缝看到我们警察局在捕捉的一个嫌疑人，于是奋勇去捉拿对方。他怕你们两个受伤，就让你们先走了。"

林源听到这个说法后差点想吐血，黄俊这借口一句话里面就有几个漏洞。首先林源不会吃饱没事干去抓什么嫌疑人，这哪是他管的事情？再说就算真要抓什么嫌疑人也没必要让夏薇和林晓夕走人的。

"哦，这样啊……"夏薇居然信了！

看来警察说的话就算再愚蠢也比普通人可信。

黄俊自己也摸了摸下巴，他只是随便扯扯，夏薇还真以为是这样了。

不过这不是什么坏事啊……

车上。

"薇薇，过几天放假的时候，带你去旅游好不好？"林源知道这几天他和夏薇沟通得太少了。

"好呀好呀！"夏薇很兴奋。

"你看，你眼睛成什么样了？快睡吧……"林源说。

这时林晓夕已经靠在夏薇肩膀上睡着了。

"你还好意思，不都是因为你……"

"我错了，你快睡吧。"

不一会儿，一夜没有休息的夏薇和林晓夕都在后座睡着了。

见两女都已沉睡，隔了一小会儿，黄俊小声问："接下来，你打算怎么办？"

"怎么办？带薇薇去玩呗。"林源难得笑笑，声音和黄俊一样轻。

"我是说，这件事……"

"表哥！"林源打断了他，"这件事，已经结束了。我真的，真的不想去管了，就当它没有发生过吧……"

林源的口气很沉重。

黄俊能够体会他的心情，毕竟……几个重要的人，都为此离开了林源。

两人沉默一阵，黄俊又问："对了，所谓魅之鬼城的城主，是谁？我怎么觉得，并不是林子云。"

"'面具'。"林源只说了两个字。

"面具？"黄俊想了一下，"你是说，开公交的那个女的？"

林源点点头："其他人，诸如在草原出现的那些家伙，都可以理解为林子云的手下。唯独那个人，给人的感觉——很特别。而且……"林源通过后视镜看了看在后座熟睡的林晓夕，没有把下面的话说完。

"而且什么？"黄俊问。

"而且她提到的'V'，代表类似于革命性质的事物。所以，我觉得她很不一般。"林源说道。

其实，他真正要说的话是："而且晓夕从小是在魅之鬼城内长大，她的家从里面迁到外面，这一系列的过程，有一个人是不可能不知道的。"尽管林源没有和这个人谋面过，但可以想象，她的身份相当可疑。

黄俊还在想着林源这句话里的意思，"V"显然出自《V字仇杀队》。如果是这样，那个"面具"……

"亮了。"林源忽然说，嘴角露出了笑容。

"什么亮了？"

"灯。"林源抬头，看着N市城北一闪一闪的灯光。

经过连续七个夜晚的黑暗，这个地方终于再一次迎来了光明。

尾 声

乐小豪抱着一叠书走进宿舍，第一眼就看到站在窗户边的一道苗条倩影。

乐小豪放下手里的东西，毕恭毕敬地朝神秘女子鞠了一个躬："主人。"

神秘女子轻点了下头："林源发现了你的身份吗？"她的声音非常空灵，仿佛从尘世之外破空而来。

"没有。他只察觉我是被陈宏所控的傀儡，其他的并没有发现。"乐小豪仍旧弓着身。

"这便好。"神秘女子转过身，脸被面纱遮住，"林子云死了。"

"嗯？"乐小豪的表情似乎有点意外。

"这没什么好奇怪的。我本以为林子云和林子风是一个模子里出来的兄弟，但现在来看，十个林子云也不是他哥哥的对手。"空灵的声音不断传进乐小豪的耳朵。

"怎么讲？"乐小豪问。

"林子云自以为把林子风蒙在鼓里，其实林子风早就掌控着他那自作聪明的弟弟的所有讯息。林子风故意传播出紫檀木上有什么遗言，就耍了林子云整整十几年。"

"您的意思是说，林子风是故意把林源送过去的？"

"非但如此，而且怀炎其实是被林子风所掌控的，就林子云傻傻的一直不知道而已。怀炎这人的性情我知道，不达目的，不择手段，既然他选择了为家人报仇，就不会放弃这个目标。之所以投靠到林子云所在的嚣矗，是因为他从一开始就和林子风串通了，两人要合作除掉拥有隐身斗篷的林子云。所以在子午塔上，怀炎猛烈对林子云攻击，因为他知道林子云是他的仇家。哼，林源都会讲，'杀手必须要学会伪装，这一点需要远超常人的智慧以及洞察力'。但怀炎的伪装，林子云硬是没能看出来。"

"可是……怀炎不是已经报仇了吗？"乐小豪问。

"不，当年林子云亲自参与了杀害怀炎一家的过程。"神秘女子冷声说，"不过现在林子云已死，说这些都是废话了。林子云自以为持有隐身斗篷就可以随随便便解决林子风，孰不知他的所作所为早被林子风掌控。"

"那为何林子风不早点除掉这个对他来说的祸害？"

"林子风绝顶聪明，他早有意识，林子云背后还有人。他之所以迟迟不对林子云下手，无非是想把林子云后面站的人钩出水面。"

"啊？"乐小豪轻呼一声，"那他察觉到您的存在吗？"

"没有。现在林子云已死，就更没有机会了。"

"那便好。"乐小豪道。迟疑了一下，乐小豪又问，"对林子云的死，您不会……"

"他死了更好！"神秘女子冷冷道："当初我和他相交的目的，只是想借他为跳板进一步掌控林子风那边的讯息。没想到林子云那废物和他哥哥比差那么多。现在好，死了我也少个累赘。"

"也对。"乐小豪笑笑，"您假扮了几年村姑，也该出来见见光景了。"

"哼！"神秘女子只是一声冷哼。

"不过我一直奇怪，林子风拥有的，无非是金钱地位。这些东西，应该不是您在乎的。"

"你太小看林子风了。他身上有的，远远不止是这些……不过，我想要的东西，你还没有权力来管。"

"是是是！"乐小豪连连欠身。

"你应该做的，是好好读一下这篇日记。你自以为知道全部，可有想过忽略了多少东西？"神秘女子冷冷问。

"怀婷的日记我读过一遍，没发现什么特别之处。"乐小豪道。

"是吗？那怀炎一直被林子风收买，你为什么就没有看出来？"

乐小豪只得低头不语。

"你远非林源的对手，没被他注意到已是万幸。不过他接下来不会再干预到我们的行动，这真是再好不过。"

"是。"乐小豪点头。

神秘女子在宿舍中来回踱了几步："林子风，借助你那聪明的儿子，让你先赢了一轮。接下来，咱们慢慢玩……"

说完她又朝林源的床铺看了一眼，轻声笑了出来："小林源啊小林源，你以为，只是这样，就把'透明人'除了吗？呵呵……"

　　轻盈的笑声后，神秘女子凭空消失在宿舍，不带起一片涟漪……

（全书完）

图书在版编目（CIP）数据

七夜 / 林北尘著 . —北京：北京联合出版公司，
2016.4
ISBN 978-7-5502-7069-5

Ⅰ . ①七… Ⅱ . ①林… Ⅲ . ①推理小说－中国－当代
Ⅳ . ① I247.5

中国版本图书馆 CIP 数据核字（2015）第 321406 号

七夜

出版统筹：新华先锋
责任编辑：朱洁譞　夏应鹏
特约编辑：于勇波　朱六鹏
封面设计：王　鑫
版式设计：王　玥

北京联合出版公司出版
（北京市西城区德外大街83号楼9层　100088）
北京雁林吉兆印刷有限公司印刷　新华书店经销
字数150千字　787毫米×1092毫米　1/16　15印张
2016年4月第1版　2016年4月第1次印刷
ISBN 978-7-5502-7069-5
定价：36.00元